U0905190

很奇怪的他

孙智——著

中国友谊出版公司

目录

CONTNETS

第一章 被教训的初会

今天是6月13日，是我平淡的人生中奇峰突起的一天。

身为广州市一个清水衙门的员工，我的人生十分简单——管理着单位的机房，日常最繁重的工作就是给电脑杀杀毒，偶尔也重装系统，其他时间都在外面闲逛，有时候去公园看马戏，有时候拐过街角到名车专卖店里看跑车。生活就像一座老式的瑞士钟表，齿轮在刻板地滚动，有板有眼，毫无华彩。

我的女友不止一次说过我太安于现状，没有斗志。可是，社会上“圈稀缺资源、搞垂直垄断、系统性思维、跳维度打击、红海血海、干死对手……”这些杀气腾腾的概念和思维，让人疲倦乏力，我又怎么能放弃公务员这个最后的安身立命之所呢？

这天一大清早，我心情愉快地陪着朋友李明灿在白马服装市场进货，正指点风物、激荡心情，手机突然响了。

号码是杭州的，是我的大学同学，名字叫陆晨曦。

我的名字叫江鱼乐，陆晨曦在电话里说：“鱼儿，有件事想跟你说说。”

陆晨曦是个讨人喜欢的姑娘，读大学的时候，她有一个学期一直教我跳国标舞，还经常请我吃饭——大学里的男生，多多少少都有断粮的经历。在全班同学中，我和她的感情最好。毕业前我还向她许诺，以后她结婚的话，我会送她一辆汽车。只不过这个承诺现在看起来是不靠谱了。

我问陆晨曦：“大妹子，听起来你有些紧张？”

陆晨曦吞吞吐吐地说："昨天，欣然和她的几个小姐妹去喝酒了。"

欣然是我的女朋友，和陆晨曦一样，也是杭州人，她们在同一家公司。

听了陆晨曦的话，我怔了一怔，说："这事我知道，她跟我打过电话的，我还叫她早点回家呢。"

陆晨曦含混不清地说："她们喝了一晚上，欣然的小姐妹劝她和你分手。"

我大吃一惊："为什么？"

陆晨曦声音清晰了很多："她们说你没钱没斗志，还不愿意回杭州生活，跟着你没前途。"

我急着说："这些问题一直存在啊，从大学算起的话，欣然和我好了三年了，从一开始她就接受我的一切的。她们说这些话对她有什么影响？"

陆晨曦叹了口气："欣然说她想了好几个月了，一直想跟你分手，现在终于下决心了。"

我愣了："是真的吗？晨曦，这种事情你不能骗我。"

陆晨曦笑了笑："我真是做小人了，鱼儿，你忙吧，不说了。"

她挂断了电话。

我立刻打电话给欣然，但是怎么都联系不上，于是我一路急赶到机场，想和她面对面要个说法。

然后，原本毫无存在感地坐在一角，打算用貌似平静的坐姿安抚慌乱内心的我，却听到了："各位旅客请注意，我们抱歉地通知，从广州飞往杭州的MU9352航班由于航路天气不够飞行标准，将不能按时起飞……"

真是够了！

突如其来的航班延误广播引起了候机人群的小小骚动，我果断起身，走入明珠俱乐部的候机室，要了份铜锣烧和奶茶。十几分钟后这里坐满了人，人与人之间的距离不超过20厘米，这证明了我选择的正确性。

在手机上随意打开一首MV，戴上耳机闭眼听着，妥帖的"放空大脑，待机等待指令"状态，十分应景。

心情逐渐平静，只是突然耳机被人拽了出去。

"完全错误！"一个女声传来。

"什么？"我看过去，距离十几厘米外，一双眼睛黑白分明，瞳仁纯净明亮，给人本应该很柔美却不容被人质疑的矛盾美感。

她晃了晃手上的耳机："听的曲子是《流淌在记忆河畔的你》，对吗？打开方式完全错误！这是我最难以忍受的一个版本。"

她和我的视线一起看向手机屏幕。

夕阳下，衰草黄花满地，一条荒芜的公路上，Lindsey Stirling拉着小提琴，她的小伙伴，一个金发女孩在一旁弹着竖琴伴奏，画面美，曲子动听。

我没有说话，疑惑地看向她。

“一场毫无意义的炫技。”她先下了个结论，又补充说，“林赛的小提琴太尖锐，不但割裂了竖琴的柔和，更割裂了整首曲子的审美。看到你闭着眼睛陶醉的样子，实在太荒唐了，我不能忍。”

这个视频是欣然发给我的，说高雅陶冶情操什么的，被这个女孩一说，成了类似破抹布的存在了。

“那个……”我正想开口解释自己并没有陶醉，却被她果断地打断：“听听这个，看看有什么不同，知道吗？”女孩尾音带了一点拔高，又把我的耳机插入她的手机，再把听筒递给我。

一段小桥流水般的钢琴声响起，幽暗，含蓄。不到十秒钟，一种丝丝缠绕、似断似连、悲欢交集的悸动涌上心头。曲调优美略伤感，情感温暖，又带着欲语泪先流的无奈。

一曲听完，她又扯下耳机，用亮晶晶的眼睛看着我：“觉悟了吗？啊？”

又是这种奇怪的尾音。

“是的。你的版本好听太多了。”我老老实实承认，认真地看了看她——年纪很轻的样子，从容貌上看，可以轻易碾压95%以上的人群。这种女孩，别说现实生活中，哪怕在电视里也很少见。

唯一的缺憾是，她的眼神十分锐利，带着一种“我很愣，不听我的就教训你”的气势，有点上翘的眼角和刀削般的眉毛更加增强了这个印象。

并排的两个座位，我靠墙，她靠着过道，互相看着，陷入沉默。

难道说，刚陷入失恋的大坑，紧接着就要陷入被凌虐的天坑？如此人生还有光明吗？

我胡思乱想着，眼睁睁地看着她又逼近了几厘米：“我坐在过道旁边，走来走去，好多人，拜托你和我换一下座位，这是你的报恩。”

这什么语法啊？而且，原来不是因为共同喜欢音乐而搭讪，目的是要和我换座位。

“我拒绝。”我内心有些失望，毫不避让地看着她，“收到这样的拜托，让人太有负担了。你没有以性别差异为借口，而是提供了一首很好听的音乐来换座位，我很认可。但是你看看吧——”我指了指她身边的过道。

不断有人拎着行李箱进进出出，还有各种大孩子、小孩子笑闹而过，被他们碰到、蹭到是常态。

“你推荐的音乐很不错，我会好好听的。但现在离我登机时间还早，我只想好好休息一下。”说完，我靠在椅子上，摆出绝不妥协的态度。

女孩愣了一下，再也不看我，提着行李箱站起来，走到另一个坐在靠墙座位上的人旁边，什么话也没说，只是站稳盯着座位上的人，头歪了歪。座位上的年轻人神态局促，不由自主地让了出来。

我目瞪口呆地看着这一幕。这什么气场啊！女孩瞥了我一眼，似乎在说，推荐音乐以换取一个座位？你想多了。用你的生活逻辑来判断我的行为，可笑！

原定早上七点四十五分起飞的飞机，足足延误了三个多小时。服务人员通知我可以登机的时候，我看了看那个方向，女孩已经不见了。也许早走了吧，幸好！避开她就可以摆脱这种无声的打脸状态了。

十一点多的时候，我走进了飞机，座位特别狭窄。通道上都是提着大包小包的人，只有我一个人空着两只手，十分碍眼。就快到座位的时候，我被两个笑眯眯的空姐拦了下来：“江先生，恭喜您，这一班航班，您将成为明珠俱乐部的幸运儿。您的经济舱，自动升级为头等舱！”

于是，我莫名其妙地坐到了头等舱。

经历了一整天的倒霉，就在几个小时前还收获了一场自以为是的挫折，莫非这是转运的时刻？

摸着宽大的座椅，我脑海里产生一个念头。

下一刻，一只靴子踩到我的大腿上，我下意识地抬头看，在灯光的照射下，我只看到一个模糊的人影在晃动，影子说：“你别动，让我踩一下，我要放行李。”

是个清脆的女声。

我想反驳她，跟她指出这种行为是不对的，无论从哪方面来说，踩别人大腿似乎都算不上是文明的行为。但是，她的语气包含着不容置疑的态度，让人感觉，不帮她这个忙是件很失礼的事。

她踩得很重，我的大腿被压扁了，痛得眼泪都要流出来。

我咬紧牙关坚持，靴子与大腿稍微摩擦一下，就产生了锥心的疼痛，现在可是夏季，我穿的是薄薄的休闲裤。

我皮都被她磨破了，她才跳下来：“你的大腿很有质感，你叫什么名字？我叫李圣美，对你的表现很满意。”

我擦去两颗不小心涌出来的泪珠，把头转过去，用眼睛瞪着她，就是不说话。

灯光真的很讨厌，我还是只能看到她模糊的轮廓。

怎么又碰到一个强势的女孩啊？不对，这声音、这怪异的拔高尾音……

我用手遮住光看过去，果然是她，我以为已经摆脱的打脸女孩。哪怕是我从普通座位意外换到头等舱，居然也碰到她了。

我拿起抱枕靠在窗上，将整张脸埋了进去，希望借这个举动，断绝与她的交流。

但是她没有放过我，我感觉耳朵被拉住了，拉得很长，然后听到她可怕的声音："听到我的话为什么不回答？这是不是就是人们常说的沉默抗议？弱者经常用这一招，试图让强者感觉不舒服。"

我的耳朵被她拉得很痛，只好转过头来。

回头正好看见一双黑宝石一样的眼睛，睁得大大地盯着我。

我非常讨厌这种不讲道理的人，我用力瞪着她，想用眼里的怒火击败她。盯了不到三秒钟，我就气馁了，垂下眼皮说："好吧，被你打败了。李圣美小姐，请放过我吧。"

她哼了一声："真是个软弱的男人！如果你是我们东洋株式会社的员工，我现在就会把你开除掉。"

她说的这家公司我知道，是半年前才在广州设置办事处的一家韩国企业，距离我住的地方只有两站路。

第二章 云上世界

从名字来判断，她应该不是中国人，而是韩国人。中国女孩子的名字多半不会取成这样。读大学的时候，我见过不少韩国留学生，她们的名字都是很相似的，这种相似，指的是名字都比较土。比如，有一个叫朴金花，还有一个叫金宝宝，稍微典雅一点的名字，就是叫贤惠、美玉、淑贞之类的。

虽然她们长得都不算丑，但是取这些名字似乎有些欠优雅。

眼前这个凶巴巴的女孩，名字里又是圣啊又是美的，十有八九就是韩国人了。

李圣美一直没有放开我的耳朵，我不敢乱挣扎，生怕她把我的耳朵撕裂，于是就向站在旁边的两个空姐求助："请帮一下我，我的耳朵真的很疼。无论如何，请把这个女孩子拉开吧！"

那两个空姐笑了笑，然后推着饮料车走开了，好像我刚才只是在跟她们说"天气很好""旅途很愉快呀"之类的客套话，而从来没有跟她们求助过一样。

李圣美依然拉着我的耳朵，不错眼珠地看着我，我不知道她试图从我这里获得什么战果。

道歉，还是下跪求饶？

我想起到杭州要面对欣然的时候，是否也只有这两种选择，尽管不知道为什么要这样做。

飞机开始在跑道上滑动，起飞的时候，血液逐渐升入大脑内，眩晕的感觉阵阵袭来，我感觉恶心极了，不止是因为起飞，还有眼前这个女孩子，还有欣然，还有我的工作。

我非常讨厌坐飞机，每次坐飞机都会嚼口香糖，以此来减少不适感。但这一次，看着李圣美的红色衣袖，我再也控制不住，对着她的袖口，“哇”的一声吐了出来。

头等舱里的人用惊奇的目光看着我们。

李圣美终于松开了揪住我耳朵的手，像只中了箭的兔子，解开安全带退到了通道里。

我神思恍惚，意识却清楚，清醒地看到李圣美的表现极为反常。

一般人遇到这样的情况，肯定是先把衣袖内的污物倒出来，然后立刻脱下衣服换洗。李圣美却用另一只手托住那只袖子，仿佛袖子里藏了什么珍宝。她的脸色很惊惶，衣领上绣着的那只紫色蝴蝶在不停发抖。她呆了好一会儿，才在空姐的带领下去了洗手间。

她离开后，世界归于清净，我重获安定。

我无力地将头靠在窗上，木然地看着窗外的朵朵白云。当云层被阳光染上金边后，眼睛无法承受这样的光芒，于是我把窗户上的挡板拉了下来。

李圣美在空姐的陪同下回来了。

她那件红色的衬衣已经脱掉，现在穿着一件绿色的背心。这时候，我才发现她的脖子上挂着一串绳索，是用十几条小绳子编成的一条项链，末端是一个黑色的小木牌。

这块木牌，让我想起《笑傲江湖》中的黑木令。

她坐了下来，嘴里叽里呱啦地说着话，语速很快，等她意识到我不懂韩语时，我已经转过头去。

“听着，你真是我见过的最恶心的浑蛋。”她改用中文了。

“你是否知道我有洁癖？你刚才的行为给我带来了很大的困扰。

“转过头来，三秒之内，你不转头看着我，我就要你好看！3，2……”

我转头看着她的眼睛：“如果你没有男朋友，我们可以坐下来谈一谈；如果你也寂寞，那么，我们结婚吧。”

李圣美呆了呆，好似听不懂我的话，半晌才回答：“男朋友我有很多，每天的约会从早排到晚，一周七天，每天不断。”

她瞟了瞟我：“至于你，还是算了吧。”

我点点头：“那太好了。”

说完，我将座位调低，把抱枕盖在脸上。清静了没两分钟，肩膀又被人摇了摇。

我没理会。抱枕被人强行拿走，然后我又听到了她的声音："我闷死了，你跟我说说话。"

我有气无力地看着她："你想说什么？"

"说说看，你有什么条件可以结婚。"她饶有兴趣地看着我。

我回答："你们公司美女多吗？我的意思是，如果你不愿意，那你可以介绍其他女孩子给我。现在你就可以把她的电话号码给我，我下飞机就跟她说。"

"那你快说啊。"她催促我。

我疑惑。

她指着自己说："我不是美女吗？所以，我想听听你的条件。"

本来，我是不想和她纠缠才故意说那些话，但李圣美真是个奇怪的女孩子，不但没有被吓倒，反而越来越有沟通的兴趣。在这一点上，她表现出了韩国足球队"顽强"的性格。

我突然想起一件事。8月，我原计划要带欣然回家见父母，这件事是早已确定的了，如今看来，只怕要落空。按照欣然的果决性格，只怕她很难回头。

她是那样一个人，自认为自己很有原则，有时候说错了话、做错了事，也要维护那些所谓的原则，那些伤人又伤己的原则。尤其是她在朋友和父母面前说过一些话后，她就会拼命落实这些话，以此来体现她的性格。至于这些话是否正确，那已不在考虑范围之中。

我的脸上阴云密布，也许，在那些什么狗屁偶像倡导个性化生活以后，很多都市人病了，还病得不轻，病得无力回头。我茫然地看着前排的座位，我也病了，得了另一种病。

"你发什么呆，快跟我说说你有什么条件，居然敢提出跟我结婚。"李圣美推了推我的肩膀。

我回过神来，苦笑道："我吗？我长相普通，你看得出来。"

李圣美补充："不只是普通那么简单，甚至是丑陋。"

我懒得和她分辩，慢悠悠地继续说："我的业余爱好是听听音乐，听罗西尼，一遍又一遍地听。另外一个爱好是看马戏。过去三年，我隔一段时间就会去动物园看狗熊骑单车，风雨无阻。"

"你会跳舞吗？"她忍住笑问我。

"不会。"

“你对佛教知识感兴趣吗？”

“一片空白。”我把话题岔开，“说说我的经济条件吧，这个比较现实，女孩子都爱听这个，不是吗？”

李圣美不置可否：“说说看，也许你是个大富翁。”

我苦笑：“我一个月的总收入是三千多……”

“美元？”她问我。

我看着她：“你该感到庆幸，是人民币，不是韩元。”

她笑起来：“换成美元，就是五百多了，还好了。经济条件就不要说了，我们说点有趣的吧。”

我也笑了：“你对我的经济条件满意吗？”

李圣美的眼神很古怪：“总之是不错的了，就是好的意思。你别太灰心了。”

“现在，你有兴趣和我结婚吗？”我问她。

李圣美看了看我，破天荒地露出了一丝忸怩的神色：“如果是结婚的话，应该要先做女朋友——每个人都是这样的，对不对？而且，父母的意见也很重要。总体而言，这件事一定要慎重。”

“你没弄明白我的意思。”这时候，空姐问我们要什么饮料，我要了桑葚汁，她要了雪碧。

我转动着手中的饮料杯，看着紫红色的液体流转，阴郁地说：“你要是觉得我好，那我们可以花一周时间来互相了解，两周也可以。到最后你不讨厌我的话，不是爱上我，也不是需要我，只要你不讨厌我，那我们就结婚吧。”

李圣美不会明白我的话，她不会明白我为什么这么说，为什么是这样的内容。

她显然与中国女孩不同，听了我这些匪夷所思的话，没有说出“你病得不轻”“你是不是大脑有问题”之类当头棒喝的话，而是举起她的雪碧跟我碰了一下：“现在开始好吗？我们第一次约会是在飞机上，你喝桑葚汁，我的是雪碧。”

我叹了口气，和她碰了一下杯：“你嘚嘚的马蹄声是个错误，你不是归人，只是过客。”

她唰地一下将窗户上的遮阳板拉起，万道金光扑面而来。我闭上眼睛，依然感觉明亮一片，内心的潮湿逐渐干涸。

我又想起了8月回家看父母的事。

事情已经发生，生活还要继续。自己可以忍受痛苦，但又怎么能让父母失望？如果我一个人回家，父母问起欣然的事，我该如何面对？

之前，曾经有很多人想通过我父母给我介绍女朋友，他们一般都是直接拒绝，告诉对方我已经定下来了。三年来，这样的事发生过很多次。三年并不短，三年也不容易。

一个人，二十岁能把握自己的生命的话，那么他也许只有三个二十年好过。

如果回家告诉父母，欣然不要我了，我对感情没什么兴趣，以后随便找个人当老婆，给你们生个孙子就行了。

他们该是多么伤心和失望。

尽管处在万丈阳光中，想到这个局面时，我依然害怕得发抖。

"你在想什么？"李圣美问我，"我们该谈些什么才能增加彼此的好感？"

我问她："有的人消费金钱，有的人消费时间，年轻的女孩子都喜欢消费感情吗？"

李圣美茫然地点点头："是的吧。"

"但感情并不是只有欢乐、激动、相思，也有孤独、失望、冷落、漠视，对吗？"我随意说着。

"别谈感情，太复杂，太沉重。女孩子都是喜新厌旧的，你再不能让她有所遐想的时候，你就完蛋了。"李圣美还是用她那黑色的眼珠看着我，"她喜欢你的时候，可以把命都给你；一旦对你失去感觉，即使你跟她要一根头发，她都不会给你。"

我抖着嘴唇问她："难道一夜之间可以发生这种事吗？"

"当然可以。也许不用一夜，也许是一秒钟。"李圣美若无其事地说。

我盯着她："李圣美小姐，我彻底败了。"心里很清楚，我和欣然的事，已经宣告完结，这趟去杭州，本来也没有指望能挽回这段感情，目的只是想找到她，让她当面跟我说"分手"这两个字，这样我才可以死心。

闭上眼睛，思考了好一阵，我决定让自己成熟些，做点成熟的事。我问李圣美："8月你有没有空？能不能请假？我有事想找你合作。"

"什么事？你先说说看。"她笑眯眯地看着我。

我努力让自己振作起来："听着，我有个计划，8月的时候，我带你到我父母家，你跟他们说你是我老婆，怎么样？当然，我不会让你白干的，所有的费用我来承担，另外，我还会给你必要的劳务费。"

李圣美笑了起来："为什么找我？我是韩国人，你父母肯定会怀疑的。而且，我这么漂亮，看起来像是你的老婆吗？”

她说得确实有道理，不过我考虑再三，还是把想法告诉她：“就是因为你是韩国人我才找你，这件事不会给你带来坏的影响。如果是中国姑娘的话，会让她的名声受损。何况你的中国话很标准，只要你不说你是韩国人，大家也不会知道。”

“几年前我去过韩国，看来很多事早已注定。作为一个真挚、热情、好心的韩国姑娘，你应该帮帮我。”我想起以前的韩国之行，感叹地补充了一句。

李圣美看我说得认真，她也跟着认真起来：“我为什么要接受你的计划？”

我劝她说：“你就当作是一次免费旅游好了，而且事后又有报酬……”

李圣美打断我：“你老是报酬、费用的说个不停，好像很有吸引力一样，烦不烦人啊？你直接说给我多少钱吧。”

我想了想，说：“你只要去三天，我每天给你一千元人民币。”

李圣美笑。

我一咬牙：“两千！不行就算了！”

李圣美递了张卡片给我：“拿着吧，到时候打这个电话。”

我低头一看，是一张夜总会经理的名片，就问她：“你在夜总会做事？”

李圣美摇头：“当然不是。昨天我们公司在这家夜总会请客人唱歌，那里有很多漂亮的小姐，你找她们谈谈应该不错。”

我顿时怒不可遏：“你究竟有什么问题？你是不是觉得自己很高贵？你叫我带个小姐回家拜见父母？”

我失去了理智，抬起手，打算给她一下，她将杯子里的雪碧泼在我脸上：“你认为用钱让我给你做老婆，难道不是一种羞辱？你醒醒吧。”这时，我看见她的挎包，是正宗的LV，绝非是在白马服装城看到的那种货。我突然悲从中来：一天两千元的话，三天就是六千元，还不够她买一个挎包。说到底，还是钱少的问题。如果是一天一百万美元，你这个韩国妞只怕马上就同意了。

我躺回座椅，暗暗想着：和她说这么多话干吗？本来的意思就是想摆脱她的纠缠，现在目的达到了，可不正好？韩国妞是有名的蛮横不讲道理，找她谈事是自取其辱。

/第三章/ 想走不能走

从广州到杭州只需要两个小时十五分钟，这条航线我每年都会走上几趟，已经十分熟悉。下午一点半，当广播通知即将到达的时候，我从窗户往下看，依稀感觉底下的山脉似曾相识。

李圣美和我闹得不愉快后，我们再也没有交谈过。眼看目的地就要到了，她伸了个懒腰，然后翻了翻挎包，脸色突然变了。然后，她又站到座位上，取下自己的行李，打开行李翻找起来。接着，她的脸色越来越难看，坐在座位上思考。

飞机已经开始降落，乘客们脸上露出轻松的笑容。

“喂，能帮个忙吗？”她摇了摇我的肩膀，“你能帮我个忙吗？”

我看着她，没有说话。

“我的信用卡不见了，可能是刚才通过安检后，我不小心把它和机票一起丢进垃圾箱了。”她解释说，“你知道的，过了安检机票就没用了，尤其是机票那么丑陋。”

我打断她：“你想要我做什么？”

她吞吞吐吐地说：“你先把我送到酒店，我住雷迪森大酒店，然后帮我交一下酒店押金，等我补办一张信用卡，下午就可以还你钱了。”

“不行。”

“为什么？”她不解地看着我。

我气得笑起来："别问我为什么，你该问你自己，怎么能如此理直气壮。"

"哪有这样的人？真是小气的男人啊。"她小声说着。

"真是个小气的男人啊。"李圣美又一次嘀咕，她薄薄的嘴唇向我的耳朵靠近了些，带着粉色珍珠的光泽。嘴唇看起来并不红艳，似乎有些缺血。从这样的嘴里说出的话，每一个字都让人感受到潮湿的凉意。她几乎贴着我的耳朵，重复着说："真是个小气的男人啊。"

我举起双手，说："好吧，我先跟你去雷迪森大酒店，我是个穷鬼，可不能免费把钱给你。你尽快把各种手续办好，等你的钱一到，就必须马上还我。"

李圣美拍了拍胸口，然后掏出小手绢，做出擦汗的动作："真是不容易呀！让我做到了！你想知道我来杭州做什么吗？想知道我什么时候有空吗？想邀请我去酒吧坐坐或者去山上吹吹风吗？每天二十四小时，若是我愿意，我的约会可以排满，你想预约几个小时来扮演一个角色吗？"

她笑眯眯地看着我，慢吞吞地说出一堆话。

我痛苦地呻吟了一声："李圣美小姐，请放过我。我暂时借你钱，下午你把钱还我，这就是彼此交往的全部，事情就这么简单。"

很快，飞机终于稳稳地停在了萧山机场。旅客们站了起来，将通道挤了个水泄不通。这个现象一直让我迷惑。每个人都知道，就算站起来拿行李，也不可能向前面走上几步。那么，坐在后面的人为什么不好好坐着，等前面的人走掉才站出来呢？除了白白站上十几分钟，感受人与人之间近距离的不适气息外，这样的行为还能收获什么呢？

我坐在座位上没有动，李圣美翻出一盒润喉糖，递了一颗过来，笑着说："大胆一点嘛，要有勇气尝试哦，试试看，味道是不是又酸又甜？"我对这类看似奥妙的双关语毫无兴趣，心里想着，这样的女孩子，多半是把男人当标靶，自己当射手吧。

李圣美手里拿着一颗糖，就在我的鼻子下面："你要吃，我坚持！"

我一声不吭地接过糖，剥开了放进嘴里。

飞机内人流终于散去，我解开身上的安全带，拿出电话，想给欣然打个电话，后来想了想，应该先给陆晨曦打个电话，从她那里多了解一些情况，然后再作打算。刚刚调出陆晨曦的电话号码，正要与她联络时，李圣美站起来，到座位上取行李。由于她个子比较小，取行李的时候比较费力，所以一下子就失去了控制，整个人向一旁歪去。站在外面的两个空姐连忙将她扶住。

然而，她的行李包却没有人接住，直接掉了下来。当时我正站在通道里打电话，眼睁睁地看着一切发生，来不及做出任何反应。我只听到李圣美的尖叫，看到她被人抱住，然后看到行李包迅速掉了下来，砸在我的脑袋上。我一阵晕眩，脑袋里一阵轰鸣，整个人缓缓地沿着座位滑下，坐在地板上。自6月13日开始，这样的遭遇，于我来说再不出奇，我已悲伤得打算习惯这一切，发生过的一切，正在发生的一切，即将发生的一切。

半个小时后，我背着李圣美的行李包，头发凌乱，眼神迷茫地跟在她的背后。

与新白云机场相比，萧山机场的候机大楼显得十分落魄，给人感觉就像五星级酒店和县招待所之间的区别。只是，它毕竟还是座机场，地面还是十分平整的。在这样平整的地面上，我一脚高一脚低地走着，如同深陷泥淖。这个时候，我已经放弃了和陆晨曦通电话的想法。

雷迪森大酒店是杭州比较豪华的酒店，虽然我没有在那里住过，但去那边吃过饭。我知道一天的房价是两千元左右，打过折后，也要一千多。按照一般的行情，交几千元的住房保证金是必不可少的。我这次来得匆忙，身上的钱并不多，替李圣美垫上房钱后，也没什么钱了。所以，只有等李圣美把钱还我以后，我才方便去找陆晨曦和欣然。

和李圣美走出机场候机楼后，我对她说："我们坐大巴进市区吧。"

她摇头："不坐！我最讨厌人多！那样很不卫生！我们坐出租车！"

我烦恼地说："坐出租车要一两百元，太浪费了。"

李圣美伸出食指在我面前晃了晃，阻止我说下去，她说："所有的费用，我会全部补给你，你不要那么小气。"我的心情很糟糕，也懒得和她争论，她怎么说就怎么做吧，一切都听她的安排。

进了市区，我和她来到了雷迪森大酒店，并且帮她办理了入住手续，结果发现身上只剩下两百元钱。随后我又陪她去银行办理挂失手续，重新申请了信用卡。李圣美告诉我，由于是异地，虽然她的卡已经拿到手，但是还要过几个小时才能开通。

她为这一切忙碌的时候，我一直坐在远处发呆，直到她推了推我，我才惊醒过来："都办好了啊？"

李圣美说："都好了，再过几个小时就可以还你钱了，现在你陪我走走吧。"

"哦。"

我们出了银行，沿着马路走着，看见旁边有延伸出的小巷，就不约而同地离开大路，走进了偏僻的小巷。走了十几分钟，谁也没有说一句话。路过一家小店时，李圣美停下脚步，说："你是个好人，我不该寻你开心，对不起。"她向我微微鞠了一躬。

"哦。"

她说："我看得出来，你很伤心，有心事，可是，我就是想欺负你一下，因为你看起来真的是很伤心的样子哦。"

"哦。"

李圣美微微偏转头，避过我的视线，说："年轻女孩子的话，漂亮、青春，像柠檬一样让人喜欢。所以呢，女孩子都是很残忍的。"我不明白她的意思，还是"哦"了一声。

两人站在小商店门口，李圣美拖了一条板凳过来，说："坐一下吧。"

这种板凳，木料制成，四只脚，从外表看，很光滑，颜色黄中带黑，至少已经几十年了。我和她并排坐在板凳上，让太阳直射着我的脸。

去年的时候，我曾经参观过一次老照片展览，展出的照片大都是百年前的作品。我花了一个下午的时间待在展览馆，仔细地看着每一张照片，在泛黄的历史中寻找细节。记得有一张照片是这样的：一对夫妇坐在自家屋前，屋檐下有几个燕子窝。夫妇俩并排坐在一条长凳上，男的穿着团花锦袄，女的穿着印花布右开襟小袖衣和长裙，衣上镶着花边和滚牙子。两人的神态看起来十分安详宁静。

各自的脚，在小腿以下，用脚跟和脚背相互交叠，这让他们看起来有些微微后仰。

我用手抚摸着光滑的板凳，心想：江南一地，一草一物皆有来历，是否这条板凳就是照片中的那条？

李圣美让小店老板送了一打啤酒过来，于是，我就和她坐在这条古老的板凳上，闷不作声地开始品饮。

我连喝了两瓶西湖啤酒，然后红着眼睛问李圣美："味道好吗？"

李圣美点点头："我发现名字跟水有关的啤酒都好喝，比如珠江啤酒、黄河啤酒，西湖啤酒也蛮好的，当然，最好喝的是汉江啤酒。"

我叹了口气，说："说起来，汉江啤酒真是我喝过的最好的啤酒，那滋味，怀念了好几年。"

李圣美用她黑色的眼珠看着我："你在韩国的时候，一切都很愉快吗？"

"不要问我关于韩国的事。"

我和李圣美，两个孤独的人。杭州是海洋的话，我和她就像两颗奇怪的油珠，身处茫茫大海，却又格格不入，如在别处。两个萍水相逢的人，坐在一条古老的长凳上，举起手中的啤酒瓶碰了碰，然后又坐着各喝各的。

十二瓶啤酒喝完的时候，我的T恤胸口处，已经沾上了斑斑酒迹。

李圣美小心翼翼地问我："你觉得我长得怎么样？"

我看了看她，说："这种问题，完全没必要问我。从在飞机上开始，有多少人在偷偷看你？坐在这里开始喝酒后，又有多少路过的人，走出很远还是忍不住回头？李圣美小姐，你长得很好看。"

"那么，为什么你对我一点儿兴趣都没有？"

"像你这样的人，不是我可以产生兴趣的。"我胸口一痛，"从三年前开始，我对所有女人都不感兴趣了，我认为我已找到可以效忠的对象，我需要靠她来拯救我，我的灵魂要回家，要靠她指引道路。"

李圣美无视我的悲情，笑了："你明显失恋了，爱情总是在害人。那么，你现在能告诉我你的名字了吗？"

"我叫江鱼乐。"

她笑了笑："子非鱼，焉知鱼之乐？"她总是在笑，是个爱笑的姑娘。

我和她，江鱼乐和李圣美，坐在一条江南古巷里，坐在一条板凳上喝酒。喝完十二瓶的时候，时间到了下午五点四十分。

我跟她说："李圣美小姐，请把钱还我。"

李圣美歪歪脑袋看着我："如果信用卡还没有开通怎么办？"

"那样的话，我想你就死定了。"

"走吧，小气的男人。"她站了起来，"跟我一起回酒店，我到酒店取钱给你，你顺便可以洗个澡。你现在的样子真邋遢，这个样子去见女孩子太失礼了。"

半个小时后，我和她回到了雷迪森大酒店，然后在她的房间我冲了一下身体，将浑身的酒气冲淡，将干涸的红眼睛变得湿润了些。

等我走出洗手间的时候，她已经把钱放在了桌子上。

她说："晚上一起吃饭好吗？"

"现在已经是晚上了，我要和朋友一起吃饭，你自己去吃吧。"

她眨了眨眼睛，说："为什么不把你的朋友叫来这里吃？这家酒店的饭菜味道还不错。"

"会花很多钱的。"

她说："如果你愿意的话，可以叫你朋友一起过来，到时候把我叫出来，吃饭的费用我来给，你看好吗？”

我摇摇头，说：“如果真要叫朋友来这里吃，我也不会把你叫出来的。李圣美小姐，我借了钱给你，你还了我，我们之间已经两清。”

帮她关上房门的时候，她说：“你想要我的电话号码吗？”

“谢谢了，没必要。”

五分钟后，我离开了雷迪森大酒店。

第四章 朋友

杭州是一座美丽的城市。

基本上，国内的很多城市给人的第一印象就是脏和乱。单位的处长曾经去德国考察，在那边待了两个星期，回国后就吹嘘他的衬衣在那边两天都不用洗，然后就抱怨国内怎么糟糕。在这方面，杭州远远超过了其他城市，比广州好，比北京好，也比上海好。

走出雷迪森大酒店的时候，天色已暗，我坐在出租车里给陆晨曦打了个电话。电话很快接通了，我说："晨曦，我到杭州了，现在是否去民航售票处等你？"

"你是在机场还是在市区？"

"我在市区，前面有栋大楼，叫平海大厦，以前我们去那里唱过歌，你还记得吗？"

"那你下车，我直接过来找你。"

我站在平海大厦前给欣然发了几个短信，想约她出来见个面。她只回了一条：我不会见你的，你回去吧。

我足足等了半个多小时，陆晨曦才出现在街角，快乐地挥着手。我微笑着迎上去，还没说话，晨曦就笑了："你看我是不是瘦了？瘦了十多斤呢，看起来会不会很苗条呢？"

我仔细打量了她，确实瘦了很多，不过，感觉她胖的时候显得白一些，更好看一些。冬天的时候，白白胖胖的晨曦像一个娃娃，现在看起来多了些干练的气息。

“去雷迪森酒店好吗？那里的环境比较安静。你知道的，我最讨厌吵闹的地方。”

陆晨曦诧异地看着我，说：“神经病啊，那里贵得要命。别乱想了，跟着我，带你去个地方，味道保证好。”

我很想跟陆晨曦说，今天一肚子的酒，根本没有胃口吃饭，菜的味道再好，只怕也难吃一筷。但看着她执拗的样子，我也懒得说了，闷头跟在她身后。

一路上我们没有说话，有时候她看我，我也看她，然后同时把视线移开，看着前方的路，似乎害怕马路中央突然出现一个大洞。

到了餐厅，我才发现事情有些不妙，餐厅非常吵闹，邻桌人的交谈声，足以把我们桌上的茶杯震得颤动起来。

晨曦点了几个菜，随意地吃了起来，我则喝着啤酒。

吃了一会儿，她的第一句话是：“她铁了心了，你不用再做努力。”她努力做出轻松的样子，手里随意摆弄着龙虾，“现在断掉也好，以后你们结婚了，有小孩了，再离婚，那才是恐怖的事。”

我咳嗽着给自己倒酒，啤酒洒了一桌：“晨曦，是不是……是不是有什么事我不知道？”

晨曦咬着龙虾，低头说：“没有。”

“那为什么？至少给我个理由。晨曦，我知道欣然的性格，弄成这样，她肯定是不会回头了。我只是想知道为什么，只是要她当面说出原因，当面说分手。”

晨曦抬头看着我：“你们不合适。鱼儿，听我的，这对你来说是好事。”她叹了口气，“我和她，从初中就认识，到现在十四年了，她做过很多错事，这一次，是错得最厉害的一次。”

我低声说：“晨曦，我已经打算做好人了，从三年前开始，我就努力学习做好人。好人不该受到坏的对待，好人应该有糖果吃。牧羊人把柱子放在羊圈周围，为的是保护他的绵羊，并且他在那儿做了一扇大门，他是要通过这扇大门守护他的绵羊。通过这扇大门，牧羊人和他的羊群保持着亲密的关系，并保护他们。事实上，不是他的羊，他是不允许进入这扇大门的。就是这个原因，绵羊才需要牧羊人。”

我喝了口酒，大声说：“羊群中有些羊是不愿受牧羊人管制的，这样的羊会进入死胡同，而把自己的路看成是一条美丽、光明的道路，事实上是一条危险可怕的路，因为它们不听牧羊人的话，拒绝受他的控制。”

晨曦闷声说：“你不是牧羊人！”

我叫着说：“可我是羊！”

晨曦盯着我，眼神从未如此犀利：“没人能做你的牧羊人。你，是一只只能依靠自己的羊。不止是你，每个人都是这样。最重要的一点是，你把欣然当成牧羊人是大错特错，她只不过是另一只羊，一只病得不轻的羊。”

“你回去吧，留在这里没有任何意义。”她缓缓地说。

我说：“我不甘心，我想让她当面和我说分手。”

“没必要，她不会见你的。”

“为什么？”

晨曦说：“见了反而纠缠不清，断就断吧，她有阳关大道走，你也有你的独木桥。”过了一会儿，她展颜一笑，“现实点儿，这种事好解决，一是靠时间，久了就忘了；二是马上找个代用品，转移你的注意力。”

我笑了：“现在我确定了，你绝对是个合格的经理人。”

晨曦依然在笑：“没错。邓杰出去学习了，明天才回来，到时候一起吃个饭吧。”邓杰是她青梅竹马的男朋友，他们两年前就结婚了。

“明天上午你计划干什么？”晨曦问我。

我说：“我打算去灵隐寺烧香。”

“你信佛？”

“不信，只是找个地方待着。”

晨曦点点头：“明白了。花点钱出去，这样可以舒服点。问一下，你哪里不平衡了？”

我苦笑：“晨曦，我太幼稚。我相信报应，我得到这么个结局，是报应。”

晚饭后，已经是十点多，晨曦把我安排进她们公司的关系酒店后，就回家了。

我把浴缸里放满水，然后躺进去，把两罐啤酒放在边上。这时候，电话响了。手机上已经有很多未接电话，大部分是单位的。我能想象到赵科长是什么表情，所以干脆不接。

这一次，显示的是李明灿的号码。

“明灿，有什么事？”

李明灿说：“我进了些衣服，还租了个摊位。”

尽管我精神状态不太好，听到这句话还是吓了一跳："你……你就这么干了？"

李明灿说："我在动物园这边找了家服装店，在这家店的门口租了张桌子摆货。"

我倒吸一口凉气，说："租金怎么算的？"

"一天三百五。"

我追问："你进了什么货？"

李明灿高兴地说："鳄鱼衬衣！国际名牌，每件进价只要三十五，我打算卖五十。"

听了他的话，我的心在逐渐下沉。虽然不经常逛商店，但我知道这种衬衣早已成了地摊货。

"你进了多少货？"

"一百零五件！"李明灿兴奋地回答。

"明灿！那可是你父母的血汗钱啊！"

李明灿很有信心地说："我会赚更多的钱给他们，你别担心，我很快就会卖出第一件，等你回来，我请你吃饭。"

我不小心把啤酒撞落在地上，也顾不上去捡。挂了电话，我颓然倒下。

第二天早上，李明灿又来了电话，他高兴地说："我租桌子的这家店的老板说我面相好，肯定会发达，昨天晚上还请我吃饭了，还跟我签了三年的商铺转租协议。"

我咳嗽着问他："明灿，你能不能把合同念给我听一下？"

李明灿乐呵呵地说："我也成老板了。合同是这样写的……"

他才念到第八条，我就忍不住吼了出来："这算什么合同？！只保障了他的权益，你得到了什么东西？"

李明灿说："租金不算贵的。老板说了，以前要一个月一万五，现在给我的话，只要一万二。"

"顶手费要多少钱？"我很不礼貌地打断他。

"二十万。"

"你哪里来的钱给他？"

李明灿说："可以分阶段给的，加百分之八的利息。"

"你有钱还吗？"

"你不要太小看我了。我的生意很不错，昨天卖了六十件，每件卖五十，赚了九百块！你比我会算账，每天都是这种生意的话，我还怕还不了钱？"

我无语，良久才说："明灿，广州有那么多人花五十块去买你的衬衫的话，广州就不是广州了。那些衣服，多半是店老板叫人去买的。你当我是兄弟的话，就帮我做件事。"

"什么事？"他问。

我说："你能不能赶快跑路？悄悄地跑，不要让那个老板发现你。"

李明灿说："那不行，我的身份证复印件都贴在合同上了。再说，我为什么要跑？"

我冷静下来，说："那么，我求你不要再干其他事了，维持现状，千万不要再和人签什么合同，答应我。"

说到这里时，我的脑海里浮现出明灿的那个小山村。

李明灿曾经带我去他的家乡旅游过，我依然记得那里的炊烟，还有老年人脸上的皱纹。

我也记得，明灿八十岁的奶奶坐在炉灶前，用蒲扇扇着炭火，给我煨茶。

明灿那个六岁的小侄女，拿着吹火筒在灶前费劲地吹着，草灰偶尔飘出来，将她苹果一样红润的脸蛋弄得脏兮兮的。锅里，煮着芋头鸭子。

李明灿不知道我在说什么，就问我："你是不是喝多了？"

我咳嗽着说："我宁愿我喝多了。明灿，你做生意吧，等我回广州再找你。"

第五章

灵隐寺中

杭州有两个著名的景点，一个是西湖，另一个就是灵隐寺了。

到达灵隐寺的时候，大概是上午十一点钟，寺院门口有几百个人，身处其间，一种怪异的感觉浮上心头。周围有几个日本和韩国的旅行团，尽管都是东方人，但很容易就能看出他们是哪个国家的人。这群人手里都拿着小旗子，规规矩矩地跟在导游后面，像是一群小学生。

剩下的人基本上都是广东人，熟悉的白话此起彼伏，个个中气十足，引得旁人纷纷侧目。有那么一个时刻，我以为自己身处广东韶关的南华寺。

买了票，跟着一个韩国旅行团走进寺院。站在入口的地方，我买了五把香。不是十元五把那种，而是九十九元一把的那种。抱着香，我犹豫着该去哪个神殿拜佛。

一个戴着导游证的人走近我微笑着说："先生，请往左边的小路走。您走到路的尽头向右转，可以先参拜济公，然后……"我看了看她，是个二十岁左右的姑娘，长得很是清秀，一看就知道是江南水乡的姑娘。

我就说："麻烦你陪我走走好吗？我需要你多给我介绍些知识。"

清秀姑娘微笑："好的，一个小时的费用是五十元。"

我还没回答，她看着我就接着说："您看门口这四尊像，很多人都说他们是四大天王，其实错了，他们是四大门神，知道这一点的人并不多。最前面这两尊，就是哼哈二将。先生，我看您的样子很虔诚，对相关的知识一定很感兴趣吧？”

“等一等。”背后传来声音。

然后我的肩膀被推了推，一个噩梦般的声音传来：“我要参与竞争！”

太阳当空，天气本来十分炎热。

听到这个声音后，我手心一片冰凉。

我回头，看到李圣美满脸微笑地在和韩国旅行团中的几个人说话，一边点头鞠躬，一边说着古怪的韩国话。这个时候的她，看起来完全是个淑女，动作优雅，表情礼貌而不失矜持，有十足的亲和力。

我暗暗叫苦，向导游小姐使了个眼色，示意她赶快和我一起走，以便逃脱李圣美的魔爪。

谁知道，我们刚走出没几步，还没走到哼哈二将的塑像前，李圣美就结束了和那几个韩国老头、老太太的交流，快步追了上来：“想跑？可没那么容易。”

她笑吟吟地看着我说：“一天没见，您又落魄了好多。”然后她捏了捏自己的下巴，“该死，我怎么还在用敬语？居然用敬语说这样的话，真是不恰当。”

我强笑着说：“李圣美小姐，你好。”

李圣美指着哼哈二将，问那个导游小姐：“请问哪位是哼？哪位是哈？”

导游小姐说：“请问您有导游证吗？”

李圣美也不回答，笑眯眯地说：“闭着嘴的是哼，张着嘴的是哈，很简单的答案吧。小鱼先生，我是否有资格做你的导游？”

导游小姐说：“这位小姐，景区内严禁无证导游拉客。”

本来，我对导游小姐的印象挺好，听了这句话，不知道为什么，心里有些不舒服。

李圣美还是一脸微笑：“导游小姐，我记得你。我第一次来灵隐寺的时候，也是这个季节，那时候我还是个学生。你当时也很热情，说是要和我做好朋友，最后把我带到茶庄，让我买了六千元一斤的龙井茶。我回家才知道，即使是清明时节的龙井茶，也不过两千元一斤。猜猜看我是怎么处理那些茶叶的？我把茶叶全部冲进了下水道。”

导游小姐脸红了，说了声“对不起”就走开了。

李圣美上下打量着我，憋着笑说：“两百元的劳务费用是不能少的，另外，你还要请我到茶庄喝茶，最后，你必须听我的安排，买上几捆丝绸回家，要是觉得还没尽兴的话，我知道有个地方专门卖珍珠，你可以去买个几百粒。”

我无言以对，明知道她在开玩笑，但这玩笑未免冷了些。

李圣美穿着一身运动服，背上还背着个运动包。那个包看起来挺大挺沉的，不知道装了什么东西。她看了看前方，看到那个韩国旅行团已经走远，神色就松弛下来了。

她取下自己的背包，递给我，简短地说："帮我背。"

尽管我有了一定的思想准备，听到这话还是失声道："什么？"

一直以来，我十分反感盛气凌人的派头。李圣美的表现，几乎从所有的角度都印证了这个成语。只是，她在做这些事、说这些话的时候，眼神里总是带着不容反抗的态度。

我很想逃走，又怕逃走的后果会更加严重，只能用左手把怀里的香抱好，用右手接过那个沉甸甸的运动包。

李圣美站到我背后，将大包固定在我背上。

全部事情做好以后，她长出了一口气："总算解脱了。"

我背着大包走在她身后，用生硬的语气说："你为什么会背这么一个大包？"

她如果足够机灵的话，应该听得出我的不满。

她笑了，说："旅行团里的那几位客人是我的长辈，他们等会儿要去北高峰拜祭财神，包里都是上供用的物品。我不背，难道让长辈背吗？"

我愣住了："北高峰？坐缆车上去吗？"

李圣美笑得很开心："坐缆车的话，就体现不出诚意了，必须一步一步爬上去。"

我吓坏了，大声说："我拜完五大神殿就要回去了，我不拜财神。"

李圣美看着我："你说什么？"

不等我回答，她就说："下山的时候，我的长辈会请一尊玉佛回去，到时候，也要靠你帮忙。"

面对压迫的时候，如果反抗，更大的压迫就会接踵而来。我现在明白了这句话的意思。佛教讲究的是生、老、病、死四大苦，要拥有超脱的心态，才能看淡。

我咬牙拉了拉沉重的包，心想，全部的不幸遭遇，就是所谓的生之苦吧。

李圣美施施然地走在我前面，并没有忘记她的导游职责："看到这处山壁没有？这是当年济公活佛睡过的石床，很多人叫它神仙床。你看，床上刻了很多字，不是每个字都可以乱摸的。"

她低声笑着对我说："你看那些人，随便就去乱摸，真是没有知识呀。伸出你的左手。

“用你的掌心去摸福、安……按我说的顺序摸，然后，从头到尾，用你的掌心接触石壁。”

在她的解说下，我的心态逐渐平和，按照她的指导，一步一步做着，脑子里什么也不想，就是全心把她交代的事做好。到了这时候，我终于渐渐清醒，从无力自拔的痛苦中慢慢解脱。

李圣美确实是个称职的导游，她又领着我参观了一线天、貔貅像，然后耐心地带着我参拜了五大神殿，不但告诉我应该怎么上香、该用什么姿势磕头，还不断示范给我看。一路下来，我磕了两百多个头，脑袋估计也肿了。等昏头昏脑地跟着她走到一个茶庄的时候，李圣美看着我的眼神里多了一些奇怪的意味。

她点了两杯最贵的龙井，然后说：“你真是很虔诚的，可以说，是我见过拜佛最虔诚的人。你信仰佛教吗？”

我苦笑：“李小姐，我没有信仰，这是我最大的问题。”

两人又陷入了奇怪的沉默。休息了一会儿，我说：“李圣美小姐，真是很感谢你给我解说，但是，我有事要回去了，你看，这个包……”

李圣美说：“想逃跑？你确定不是借口吗？”

我看着她说：“是这样的，我的女朋友跟我分手了，我要去她的公司看她一眼，然后我就要回广州了。”

李圣美问我：“你在广州是做什么的？”

这样一句话，我真的不知道该怎么回答。

我的单位是一个很清闲的“衙门”，它的职责，说具体一点，就是整理各地的县志。在市政府的各个机关中，这个部门可以说是最冷僻的单位。

但是，它始终还是一个政府部门。

这一次，我无故几天不去上班，后果只怕会十分严重。尽管是一个很糟糕的单位，每年想挤进去的大学生仍然是难以计数。记得上次处长说过，以后想进我们单位，没有硕士文凭是想都不用想了。

李圣美用略带生气的语气问我：“你怎么老是不理人？问你话呢！”

我说：“李小姐，我真的不知道该怎么回答你。你当我是无业游民好了。事实上，我几乎什么都不会，除了喝茶、看报纸，我想不起我的更多工作内容是什么。”

李圣美笑了：“明白了，你一定是政府的人。”

我微微一笑：“你真聪明。”

“你在广州住什么地方？”她问我。

我说："我住单位的宿舍。环境很糟糕，即便是深夜，也有很大的噪声，因为车辆太多了。刚住的时候，我有两个月都睡不好觉，现在总算习惯了。"

"我问的是你具体的地址，比如在哪条路上、在哪个区域。"她接着说。

我犹豫了一下，还是把地址告诉了她。

她听了以后，脸上露出不可思议的表情："太巧了，你住的地方，离我们公司只有两站路。天哪，我经常路过你的单位，因为那个区域有很多餐厅，或者，我们在餐厅里见过面也说不定。"

我笑着回答她："那不可能。李小姐，你说的那些餐厅我知道，我总共也没去过几次。一碗汤就要几百元的地方，可不是我这样的人可以去的。"

她执拗地说："不管怎么样，我们距离竟然那么近，这真让人吃惊。"

我看了看时间，说："李小姐，我真的要走了。"

我拿出钱包，找出两百元给她。把钱递给她的时候，动作十分犹豫，我感觉这样的举动实在太过荒唐。

李圣美倒没有表现出什么奇怪的表情，只是微微一笑，然后把钱收好。

她问我："你要我的名片吗？"

"还是不要了。广州那么大，回去以后见一面也无可能。"

"你太天真了。即便是我，也知道你前途不妙，你这样私下跑出来找女朋友，政府部门不可能再要你这样的员工。"

我问她："李小姐，你想说什么？"

李圣美笑着说："你很特别，让人看了就想欺负两下。凑巧的是，这样的你看到这样的我，心里恐怕也会认为被我欺负也是可以接受的事情。这样的我，想帮助这样的你。"

我知道自己前途不妙，起码单位那边我就无法交代，还有欣然给我的打击、明灿闯下的大祸，单是其中一件都让我难以承受，现在三件一起压下来，我都不知道该怎么应付。一个人的坚强程度是有限度的，何况我一直是个比较软弱的人，就是那种很容易认命、很容易逃避的人。

李圣美的目光看起来带着一丝真诚，看得出来，她是真心想帮我。

于是我问她："你能帮我什么忙呢？"

李圣美说："我不会给你钱的。只要是人，不管是男人还是女人，都应该凭自己的能力去赚钱。我说的帮你，是指如果你被单位开除了，我可以介绍你进其他公司。"

"你想把我带到东洋株式会社吗？"

李圣美说："那不可能，我不会因为私人的关系影响公事的。我们公司的实力虽然比不上三星、LG这些大公司，但在商界也算是有声誉的公司，所以对员工的要求还是蛮严格的，比如熟练掌握英语，是最基本的要求，请问你的英语水准如何？”

我老老实实地回答：“过了六级，不过口语很糟糕。”

李圣美点头说：“那就是了，中国的学生，口语好的人很少。英语只是一个很小的要求，其他方面，比如精神面貌、办事效率、遵守纪律、开朗向上等软性要求，我想了又想，你一条都不符合。至于一些硬性条件，想必你会更加糟糕，我怎么可能把你介绍进我们公司呢？”

我努力振作自己，装作没有被她的话所击倒，勉强笑着说：“我被你说得一无是处，那你究竟是什么意思？”

李圣美歪了歪脑袋，向我眨了眨眼：“受伤害了吗？”

我忍气吞声地点点头：“是的。”

李圣美笑了：“我又发现了你一个优点，除了老实之外，你一点儿都不虚伪。小鱼先生，我认为，撒谎和欺骗是不可饶恕的行为，这是缺乏勇气的表现。一个人，如果不能坦然面对自己，那么，他就没有希望。”她喝了口茶，接着又说，“所以，我心里是怎么看你的，我会直接告诉你，虽然你会感到难过，但至少知道了真相。”

我很想把我对她的看法也说出来，让她也知道真相，但我担心又引发不良后果，所以只能让自己闭嘴。

李圣美“好心”安慰了我，最后才说：“我认识一些友好往来的公司，可以把你介绍到他们那里去。这就是我帮你的方式。尽管你不能为他们创造什么利润，至少也不会给他们闯祸，我看人很准的。”

我不想再听下去了。

李圣美，从认识她开始，我先是在肉体上遭受创痛，被她用脚踩、被她的行李包砸、免费做她的搬运工……然后还要给她钱。最后，她还在精神上侮辱我，用一种救世主的态度看我。

接受这样一个人的恩赐，还不如死了干净。

这时候，我收到了一条短信。

奇怪的是，短信没有注明来处，也没有来人的称谓。我从来没有收到过如此怪异的短信。

我打开一看，立刻呆了——

“她是否告诉你，要到结婚之后才可以发生亲密的关系？”

我双手握住手机，盯着屏幕不放。

“三天前，她和别的男人上床了。”第二条短信慢悠悠地飘了过来。

我回了一条短信过去：“你是谁？”

短信无法传送。

“你为她失去贞操感到惋惜吗？不必。三年前，她已堕胎超过五次。”

我从座椅上滑倒，一下子倒在地板上。

李圣美跪坐下来用力摇我。

我看不清她的脸，也听不到她在说什么，只是专心地看着手机屏幕。

“地狱的大门已为你打开，你将开始你的炼狱之旅。欢迎你的到来。”

我感觉自己的头发全都湿了，我使出全身的力气钻到桌子下面，颤抖着手发了个短信过去：“你是谁？你到底是谁？”

短信无法传送。

我没有力气跪着，只能整个人躺在地板上，眼睛瞪得像死鱼一样看着手机屏幕。

隔了很久，一条短信来了，只有四个字。

“我——回——来——了。”

手机像被什么遥控了一样，屏幕一暗，自动关了机。

我眼前一黑，当场就晕了过去。

醒来的时候，我发现李圣美跪在地板上，拼命掐着我的人中。我睁开眼，她额头上的汗珠落了两滴到我脸上，很凉很冰。

她惊惶地问我：“你怎么了？中暑了吗？”

“刚才发生什么事了？”

李圣美说：“你拿着手机发呆，然后就晕过去了。”

我已经无法冷静，当即站起身，对李圣美说：“我要走了。我必须去女朋友的公司看一看。某些事情似乎正在发生，我不去看她一眼的话，恐怕会后悔终生。”

也不等她回答，我就转身向外走去。

李圣美大声说：“你的工作怎么办？”

我头也不回：“我的工作就是忍耐。”

李圣美叫得更大声：“可是……我们只相隔两站的路！”

我停下脚步，用清楚的声音告诉她：“李圣美小姐，我想我们不会再见面了。”

“不要走……”她的声音里有勇敢的味道。

我狠心不再理会她，快步向寺院门口冲去。

/第六章/ 碎片

灵隐寺外停了很多出租车，只不过这些车都不肯开回市区，只肯载着游客在西湖周围转。我问了好几个人，才找到停靠出租车的地方，拦下一辆车后，告诉了司机我要去的地方。

欣然和陆晨曦在同一家公司，是一家世界五百强的大公司，位于市区最繁华的地段。

虽然车内空调开得很大，可我的冷汗还是不住地往外冒，正无所适从时，电话又响了，是李明灿的。

我胆战心惊地接起电话："明灿，什么事？"

李明灿说："我招聘了四个女孩子，明天她们就来上班了。"

我问他："你给她们多少钱一个月？"

李明灿说："八百，包两顿工作餐。"

我惊讶万分："这么少的钱也可以招到人吗？"

李明灿说："你是外行，不懂行情。广州卖服装的女孩子，一般也就六七百，我给她们八百算是很好的待遇了。"

我本来就头大，现在似乎又大了些，我问他："今天生意怎么样？"

"今天有暴雨，所以街上人很少。"李明灿说。

"那就是没有卖出去一件？"

"是的。"

我叹了口气："那个老板，没跟你追债吧？"

李明灿说："你什么时候回来？我想跟你借点钱。"

我说："我明天就回。明灿，别害怕。"

半个小时后，我走进了欣然的公司。我在来往穿梭的职员中寻找她的身影。

我看到一个美丽的身影在人群中跑动。

在这样的环境中，突然看到一个跑动的人实在令人惊讶。

我的目光注视着那个背影，脑袋里轰然一声响，是欣然。

她居然在跑?

她一定是先看到我了，然后她的反应居然是跑?

我的脊梁骨像是被冰水灌入，整个人都被冻僵了。

唯一没有僵硬的地方是我的脸，我不由自主地笑了起来。

是的，我笑了。

她在往旁边的大门跑，等我反应过来，她已经拉开了玻璃大门，消失在门外。

我用尽全身力气，向着她消失的方向追了过去。

我一直冲到大街上，在人潮中拼命寻找，然而，没有找到她。

在杭州，她是一滴海水，我是一滴油珠。

她可以轻易融入海的世界，我却像站在一颗荒芜的星球上。

如果李圣美在我面前的话，我又要跟她说一句："李圣美小姐，我又被打败了。"

我站在街头发了一阵呆，然后回了酒店。房间在八楼，拉开窗帘，正好可以看到杭州的全景。我鞋也不脱，整个人躺在床上，精神恍惚。

陆晨曦的电话来了："邓杰回来了，一起吃晚饭吧。"

我昏昏然地说："我们去雷迪森酒店吃吧，听说那里很安静。"

陆晨曦呵斥我："怎么又是雷迪森酒店？你昏了头了。快出来，我们找个味道好的地方吃。"

我打车到达的时候，发现他们两口子正站在人行道上——不像一对夫妻，倒像是热恋中的情侣。

跟上一次见面相比，邓杰显得更帅了些，只是嘴唇上多了些胡楂。

他背着一个包，看样子是刚出差回来。

他对我笑了笑，说："打辆车过去吧。"

陆晨曦说："不行！路又不是很远，我们走路去，可以在马路上散步。"

邓杰捍卫了他的夫权，毅然拦下一辆车。

他们夫妻俩坐在后座，晨曦动不动就去捏邓杰的脸，拉他的耳朵，弄得邓杰狼狈不堪，骂又不好骂，打又不敢打。

我说："你们好歹也结婚两年了，这个样子有点不成体统吧。"

晨曦嘻嘻一笑，说："他就是我的大玩具，我不弄他又弄谁呢？"

我笑着说："你可是玩弄他十几年了，不厌烦吗？"

晨曦说："十几年算什么，我要玩他一辈子。"

我摇头，暗想，身为一家外资公司的中层管理人员，如此作风让手下看到了会怎么想。想着想着，我也忍不住笑了起来。

晨曦这次没有让我失望，她找到一家杭帮菜酒楼，我们在二楼找了个座位，不算太吵。

朋友，关于朋友的定义是什么呢？

于我来说，朋友，就是一起和他们分享快乐，但是自己尽量不要麻烦他们的意思。

这次我灰头土脸地跑过来，可能也给晨曦和邓杰带来了一些麻烦吧。

我倒了酒，和他们碰了一杯。

在我的印象中，邓杰不爱说话，不过他说出来的话，总是有一些道理。

他就像一个把自己抽离生活的人，冷眼观看其间的人情冷暖、悲欢离合。他总是能用一些很简单的话，把一件很复杂的事情说清楚。

他递了支烟给我，说："随便吃，随便喝。"

我叹了口气，说："其实，和她弄成这样根本原因只有一个，那就是我没本事。我没本事给她的爹妈买大屋，没本事满足她的消费欲望。"

晨曦打断我："她不是那种人，不然也不会跟你三年。"

我笑着说："就是因为有三年了啊，她看不到希望。说起这些，我真是感到很惭愧。我对不起她。"

邓杰摇头："你错了。这些都是小问题，最大的原因还在于她本身。"

我惊讶："什么意思？"

邓杰喝了口酒，说："想想看，你给她爹妈买了大屋，你每月给她几万零花钱，分手的情况会不会出现？"

我想了又想，欣然根本不是那种很在乎物质的人，那么说来，我和她之间，即便物质极度丰富，恐怕也难以控制？

直到这时，我才知道某些事情确实出错了。

我喝了一口酒，问邓杰："你想说什么？"

邓杰说："她跟了你三年，我和晨曦都看到她改变了很多，变好了。她让自己改变了三年。"

我如遭电击，心里突然冒出很多可怕的想法。

欣然为了我改变了三年，她终于意识到她再也改变不下去，她要过她本来的生活了！

一直以来，我都把欣然看作是自己的精神支柱，为了她，我慢慢地改变自己，我努力做一个传说中的好人。

原来，欣然也是如此。

我们同时把完美人格当作规则，努力将自己套进去，做了三年的尝试，欣然终于发现，这些规则是枷锁，完全与她的本性冲突。

晨曦那天说过，我和欣然，都是病了的小羊。

我们在人生的最低谷相遇，我们互相温暖，我们都认为对方就是自己的牧羊人，然后，我们结伴而行，从歪斜的人生之路，慢慢向正道靠近。

我整个上半身压在桌子上，勉强喝完一杯，惨笑着说："羊群中有些羊是不愿受牧羊人管制的。这样的羊会进入死胡同，而把自己的路看成是一条美丽、光明的道路，事实上是一条危险可怕的路，因为它们不听牧羊人的声音，拒绝受他的控制。

"何况，根本没有牧羊人，它不愿意接受牧羊人的约束，又怎么会听另一只小羊的安排？"

邓杰抽着烟，说："这只是有些羊，不是全部，你完全可以找到你的牧羊人。"

晨曦努力笑着，说："明年的时候，你带着你的女朋友过来，我们找个地方好好玩。"

我喝了好几杯酒才略微冷静了些："晨曦，你不用安慰我的，我知道我垮了，我现在能做的，不过是让另一只小羊找到回圈的路。"

我忍着要哭的感觉："我和她，就快要和你们一样的时候，她放弃了。"

这顿饭，吃得不容易。

我想起了《阿甘正传》中的珍妮。

小阿甘出生后，这个摇滚女歌手变成了一个餐厅的女招待，戴上了围裙，目光重新变得清澈。

珍妮到死亡的那一刻，才找到回家的路。

有些人，一辈子也找不到回归之路。

这种人，就是病人。

我的头慢慢低垂，我想起那条噩梦般的短信。

短信说我走在炼狱的道路上，我想，若是回归前必须经过炼狱，那我就走下去吧。

在杭州的最后一夜，发生了很多事，和邓杰还有陆晨曦吃了饭、喝了酒，然后我们找了家咖啡厅喝茶。在最无助的时候，我把最完美的微笑展现出来，告诉他们冻顶乌龙茶原来真的比铁观音好喝，然后又告诉他们，欣然对我来说已经是陌生人，她以后做什么再与我无关。

当我回到酒店，我打了欣然家里的电话，欣然的父母告诉我，现在她一个人住在另外一套房子里，说是想冷静一段时间。

我决定这一切到此为止。

我把所有的灯都关上，房间里很黑，我靠在床上，突然想起自己已经有几十个小时未曾睡觉了。

我推开窗，看着夜晚的杭州。

与广州相比，杭州的夜，显得很冷清。我站在窗前，能听到汽车驶过的呼啸声。在远远的地方，有一处光亮。

最后，我冲进洗手间，将马桶盖拉下，整个人坐在马桶上。

我很孤单，也很害怕，于是我掏出手机，给我香港的朋友——我的兄弟黄华生打了个电话："你睡了吗？"

话筒里传来的声音很吵闹，他说："等一等。"

过了几分钟，他才说："好了，这里比较安静。我找了个马桶坐下来。"

我无语，半晌才说："你也坐马桶吗？"

黄华生说："这里只有卫生间最安静，好不容易才找了个马桶。今天叫了几个港大的妹妹出来，正在热恋中。"

我说："你跟我说说话行吗？我挺害怕……挺无聊的。"

他随口说："说话是好事嘛。怎么了？思春了？我就知道你小子早晚会原形毕露，要不明天过来，明天这边有个大party。"

我说："老黄，你什么时候结婚？"

黄华生说："早得很。我没事找个老婆做什么？不过，老家那个女朋友一直在催我，逼着我明年和她结婚。唉，这种事，能拖就拖吧。"

“老黄，你真幸福。”

“你吃错药了吧？你说你也在马桶上？”

我把手机拿到眼前，怔怔地看着通话孔。

一个亲昵的女声从话筒传过来，听不清楚在说什么。

我挂断了电话，依然坐在马桶上，点燃了一根烟。浴缸的边缘，放着一罐啤酒。

这趟杭州之行毫无硕果。

路遇一个蛮横率真的韩国女孩。

和晨曦、邓杰吃饭、喝茶。

明灿的服装生意多半上当了。

我始终没有找到欣然，终于和她彻底分手。

和所有的失恋一样，纷乱，繁杂，没有清醒的思绪。

第七章 路遇

第二天，我乘坐晚上十点二十的那趟航班，空空荡荡地回到了广州。在机场搭上巴士，回到单位已经是凌晨一点多。我心里有些不安，就悄悄从侧门进入宿舍大楼，也不坐电梯，从楼梯慢慢爬上去。虽说现在已是半夜，单位里的头头肯定回家了，但不知道为什么，我始终有种难以面对他们的感觉。

楼道里只有微微的灯光，我走到七楼，悄无声息地走到自己宿舍门口。

“你回来了。”一个瓮声瓮气的声音说。

我吓得浑身一抖，仔细一看，李明灿站在阴影中。

我没好气地呵斥他：“你干吗装神弄鬼？差点儿吓死我。”我让自己的心情平静下来，“你为什么不进屋？不是配了钥匙吗？”

李明灿说：“前几天都能打开门，今天打不开了。我从十点试到现在，门锁好像被换了。”

我立刻感觉不妙，掏出钥匙去开门，果然，试了几次都打不开。折腾了一会儿，我取出手机，手机上有几十个未接电话。我查询着短信，终于，找到了赵科长的最后一条短信。

“江先生，你想离开单位的心情我可以理解，但你采取的方式大错特错。鉴于你的工作态度，单位正式将你开除。有空的时候来找我，完成最后的交接手续。”

我看着李明灿说：“事情不太好，我被开除了。”

李明灿说："没关系，跟我一起去做生意吧。"

我说："明灿，我帮你解决问题后，你回家耕田吧。"

他低下头："我和他们签了合同，违反的话，要交百分之五十的罚金。"

我有些疲惫，顺着墙靠下来，蹲在地板上。

李明灿也蹲下来，说："我好像上当了。第一天卖了六十件衬衣后，剩下的四十五件，一件也没卖出去。"

我们并肩蹲着，像是都市里的两个流浪儿。

我递了支烟给他，我们闷头吸着烟。在黑暗的楼道里，烟头一闪一灭。

我问他："你该给他们多少钱？"

李明灿说："合同上说的是三个月押金，三万六千元。还有顶手费二十万，违约的话，要赔十一万八千元。"

我心如槁木："我在中国银行有十一万，工商银行有三千多，还有其他几个银行也有一点，加起来，大概有十一万六千。明灿，你有多少钱？"

李明灿说："现金的话，有一千六。"

我一拳砸在他脸上，把他打翻在地。我问他："除了现金，你还有什么？"

"四十五件衬衫。"李明灿擦了擦嘴角的血，慢吞吞地说。

过了一会儿，他说："要不我们跟他们谈判，让他们少收点儿？"

"明灿，这种事，想都不要想。这里是广州。他们最多会同意你缓付，问题是，就算是缓付一千元，按月百分之八的复利计算，一年后你该还多少钱？"

李明灿终于害怕了，颤抖着说："我不能连累你，我跑路吧。我跑到天涯海角，他们找不到我的。"

我盯着他的眼睛说："明灿，逃避解决不了任何问题。你的身份证复印件在他们那里，你想把他们引回你们村子吗？"

我坐下来，将腿摊开，无力地靠在墙壁上。

两个人就坐在这黑暗的楼道里等待天明。天矇矇亮的时候，我和李明灿走出了宿舍大楼。李明灿的眼里有血丝，他说："你不把你宿舍里的东西拿出来吗？"

我想了想，宿舍里值钱的东西就是一台电脑，其余的不过是些衣物和小家电。以我现在的处境，拿出来也不知道把它们放在哪里。

短时间内，原来的宿舍会被封闭，其他人也不会搬进去，暂时把宿舍当仓库也好。

问题是，我不知道该怎么跟赵科长和处长解释。

我叹了口气，说："明灿，先把你的事解决了吧。"

中午，我和李明灿来到了火车站。

在这之前，我们去了那家服装店，把违约金交给了他们，最后还差四百元。在李明灿的苦苦哀求下，他们以十元一件的价格回收了李明灿的衬衫。

我和李明灿抱着五个衬衫盒子站在火车站的月台上，盒子里，是鳄鱼牌衬衫。

我掏出二十元钱给他："你回去只要十六个小时，在车上吃两个盒饭，买瓶水，应该够了。"

李明灿说："那你呢？"

我摸了摸裤子口袋里的几个硬币，说："我还有。"

李明灿把怀里的五个衬衫盒子递给我："这些，你都拿去。"

明灿上了火车，透过窗户一直看着我。

天气很热，汗水顺着他的额头不断往下流，所以，他会经常扶一下他的黑边眼镜。

火车启动的时候，他终于哭了。

他先是咬着嘴唇，泪水慢慢滑落，然后他咧开嘴，哭得上气不接下气，脸也哭得变了形。

最后，他张大嘴巴，发出号叫一样的哭声。

火车在移动。

我大声对他喊："明灿，回去后好好耕田，好好读书。"

我抱着怀里的衬衫，看着火车把他带向远方。

自6月13日开始，所有的事一件接一件发生。

三天时间里，我经历了半个人生。

我抱着五件衬衫，坐在火车站内的一张椅子上。我不知道这是不是就是所谓的炼狱之路，如果说一切没有尽头的话，那么希望在何方？

现在的我，真的很像一条流浪狗，很想被人收留，那样就可以什么都不用想，什么都不用做。

夜幕降临的时候，我勉强站了起来，抱着衬衫离开了火车站，花了三个多小时走回市区。走到单位门口时，我才想起这里已没有我的容身之地。于是我只好继续向前走，走了一站多路，看到一座天桥。

我感觉到有些饿，毕竟，有很多天没有正常吃饭了。我看到天桥上有很多小贩在摆摊，想到手上还有五件衬衫，于是我找了个地方，跟人要了几张废报纸铺在地上，把衬衫摆上去，等着人来问价。

这里的小贩白天是不敢出现的，人们通常称之为“走鬼”。他们的货物千奇百怪，有梳子、小装饰品、水果，还有各种碟片。每当看到城管人员出现，小贩们就会抱起自己的货物，转眼消失在人群中。作为一个“走鬼”，货物却是鳄鱼衬衫，想必也是创造了广州纪录吧。

由于小贩很多，所以我连天桥都上不去，只能在从人行道走上天桥的入口那里，也就是靠近马路的那里摆开了摊。

广州我认识不少人，但这个时候，我完全想不起该向谁求助。

我经商的运气看来不是很好，摆了两个多小时的地摊，居然连个问价的人都没有。我又饿又累，感觉自己就要晕过去了。时间已经到了晚上一点，其他小贩纷纷收工，我想着，是不是应该把摊子摆到天桥上面去。

正打算行动的时候，一簇明亮的灯光射在我的脸上。我用双手遮住眼睛，将头歪了过去，以避免强光的直射。灯光消失，我听到一辆车停了下来，车门打开，然后脚步声传来。

“不敢相信，我的天哪！”一个女人的声音说，“我不敢相信是你。”

我的眼睛在刚才强光的照射下受到刺激，到现在还没有恢复过来。我的胳膊被人握住，将我向前拖。我心里大急，暗暗叫苦，怎么这个时候还有城管？我心里虽然慌乱，但还没有忘记我的货物。我紧紧地把五件衬衫抱在怀里。只听到车门打开，然后，我被人整个推进车里。

好半天，我才适应过来，睁眼向前看去，正好看到一双黑宝石一样的眼睛。眼睛的主人在笑：“这里不准停车的，如果我被抄号，损失由你来赔。”

我惊讶地叫了出来：“李圣美小姐？！”我心里升起一丝喜悦，“我怎么老是遇见你？不可能有这么巧合的事吧？”

李圣美笑得很开心：“因为你注定要遇见我。告诉我，你刚才在做什么？真的是在做生意吗？”

我感觉有些尴尬，迟疑着点了点头。

李圣美看了看我，嘀咕道：“真是的，哪有你这样的人？每次见到你，你都比上次要倒霉一些。看看你，衣服脏得要命，脸色也很可怕，像是饿了几天一样。”

我的衣服上只是有些灰尘，说脏得要命有些言过其实。但韩国人是亚洲清洁感最强的人种之一，所以李圣美说出这样的话，并不让我吃惊。

李圣美又说："你家在哪里？我送你回去。"

"如你所言，我被开除了。现在，我也不知道该去哪里。"

李圣美沉默了片刻，说："你没有朋友吗？"

"我不知道该找谁，李圣美小姐，我一个人都不想见。"

"你饿吗？"

"很饿。"

她把车停在一家便利店门口，说："你等我一会儿。"

过了几分钟，她提着一大包东西回来，将东西放到车后座，然后继续驱车前行。

我看了看那个大包，问她："好像里面有罐薯片，我可以吃吗？可以吗？"

她说："不止有薯片，还有蛋糕和方便面。不过，不能在车里吃，会把车弄脏的，到我家再吃吧。你忍一忍。"

我问她："你要把我带到你家去？"

她眼里带着笑意："我正好缺个保姆，你那么老实，让你来干这个活儿，我最放心不过了。"

就像一个即将沉没的人抓住了救命稻草，我急切地问："你肯收留我吗？李圣美小姐，你愿意收留我吗？"

李圣美笑眯眯地看着我："Maybe yes，maybe no。"

虽然我和李圣美的前几次见面，每次都给我带来不好的运气，但是我现在还能怎么办呢？我放弃了我那可怜的自尊和可笑的做人原则，用期盼的眼神看着她，低声说："Say yes，say yes please，please，please。"

不知道为什么，李圣美突然脸红了，她轻轻咳嗽一声，转头看着前方，做出专心开车的样子。

我害怕极了，唯恐她把我丢下，于是可怜巴巴地看着她："圣美，圣美啊……"

在我的催促下，李圣美恼羞成怒，突然大声说："哪有你这样的人！总是说些奇怪的话！听着，我的要求很严格，要是有一条违反了，我就会马上把你赶出去！你记住，每天必须六点钟就起来！每一处都不能让我看到有灰尘！还有那个……等会儿下车把座椅的外套取下来，认真清洗干净！"

我也不知道她为什么发那么大的脾气，只好坐在座位上不吭声，呆呆地看着自己的膝盖。

在国家举办第六届全国运动会之前，天河区就是广州的农村。

虽然不曾亲眼目睹当时的荒凉景象，但听别人说起过，当时整个天河区有很多农田，农田外，就是茂盛的野草。全运会后，天河区得到了高速发展，十余年间已经成为广州最繁华的一个区，天河的经济最发达、天河的人最多、天河的建筑最漂亮、天河的房价最贵……

我的单位，开除我的单位，是位于东山区，李圣美的公司也在东山区。

我坐在车里，不经意地抬头，发现我们正行驶在天河北路上。

虽然我很奇怪李圣美为什么会把车开到这里来，不过，我还是忍住了没问她。

我们就这样行驶在这条宽阔的道路上，街灯划过车窗，一阵一阵，自我们的额头闪过。我看着李圣美，看着她的脸在光影中忽隐忽现。经历了十多分钟的沉默后，李圣美突然叹了口气，小声说："真是的，我为什么要把你带回家呢？小鱼先生，你有把人带回家的习惯吗？"

我说："没有。"

我没有骗她，事实上，我的几个同学都有我宿舍的钥匙，不用我带，他们自己会熟练地进入我家，如识途的老马。

李圣美的眼睛看着路边的人行道，说："你看。"

我将视线转过去，发现很多花枝招展的女孩子站在路边，等待汽车停在她们身边，向她们说些"做不做生意啊"或者"多少钱"之类的话。

李圣美问我："小鱼先生，如果你是女孩子，在你现在的处境下，你会和她们一样吗？"

我诧异地看着她，很奇怪她竟会问出这样的问题。

我看着那些穿着清凉背心的女孩子，想了又想，说："我不知道。"

李圣美微微侧过脸："为什么？"

我说："圣美小姐，我不知道一个人能悲惨到什么地步，我并不确认现在的我是否到了极限，或者，情况更坏一些，我也会和她们一样吧。"

李圣美没有再说话，似乎在想着什么。

几分钟之后，她将车驶进帝景苑内。

她下了车，我战战兢兢地跟在她身后，手里抱着她刚才买的食品，还有一沓文档资料，以及我刚才坐过的座椅套。

这些资料，应该是她从公司带回来的，有几千页那么厚。

走到大楼入口的时候，她把钥匙取了出来，将钥匙扣夹在手指间转来转去。然后，她用拿着钥匙的手按电梯，我们一起上了九楼。一路上，她一直在玩弄她的钥匙扣，有两次还把整串钥匙掉到地板上。

到她家门口时，她用钥匙开门，开了好几次才把门打开。

我们走进屋后，她咳嗽了一声，说："你……那个，你去洗澡吧。"

我说："我没有换洗的衣服。"

她突然很凶地说："为什么要我给你准备换洗衣服？啊？真是的，难道你不知道麻烦别人是很失礼的事吗？还有，你在我的地板上留下脚印了！哪有你这样的人？"

我无辜地看着她，不知道她发生了什么事。

她咬着嘴唇，看也不看我："我……非常疲倦。"然后，她掩着嘴，打了个哈欠，"你，把东西放到壁橱上，要整理好，每一页文档都必须对整齐。不行，把资料给我，应该把它们放在书房。"

她从我怀中接过几千页的资料，怒气冲冲地走进里面的屋子。

我真是不知道该说什么好，我连她生气的原因都不知道。

她进去了大半天，再也没出来过，仿佛忘记了我的存在。

虽然三米外就有柔软洁白的沙发，但我想了想，不敢坐上去。

我把座椅套放在地板上，然后悄悄打开一罐薯片，将薯片一片一片含进嘴里，等它软化后才咀嚼，再慢慢咽下去。我站在原地，尽量不发出声音，吃了十几片薯片后才略解饥饿。

这样的我，真的是很悲凉。

明明知道李圣美是一个恶魔一样的人，我为什么还要跟着她回来？

如果我还是个男人，就应该马上甩门离去。

如果我是个绅士的话，就应该很有礼貌地跟她道声"晚安"，感谢她所做的一切，然后毅然离开这里。

可我心里真的很害怕，不知道在怕什么。我反复问自己，终于明白，也许是这个城市太大，大得让我害怕。

在这个屋子里，我感到很安全。

这时候，李圣美出来了。

她问我："你怎么还没有洗澡？"

我无奈地说："我没有换洗衣服。"

李圣美大力呼吸了几下，说："洗澡间有洗衣机，也有烘干机。你把你的衣服洗干净，烘干，继续穿就是了。"

我说："现在快两点了，明天你还要上班。或者你先洗吧，这样你可以早一点儿休息。"

她不说话。

我不由自主地说："你不会是在紧张吧？"

她立刻回答："什么？这是我家，我的家！你等着，我这就去洗。记住，你洗的时候，不准用浴缸！"

说完，她又走了。

我呆了呆，取出蛋糕，一块一块地吃着。

我看看自己的脚尖，又看看自己的手，心里不断劝告自己：我已经习惯了，我还要继续习惯。就这样吧，就这样习惯吧。

第八章 羞愤交加

很多时候，我的脑海里总会泛起一些陈旧的话语，比如我五岁时就已知道“沉默是金”，也明白它所表述的确切含义，只是到了二十二岁时，在某一个时刻又突然记起这个词语，想起它的那一刻，感觉就像醍醐灌顶，似乎第一次知道有这个词的存在。

我七岁的时候，已经会背诵“山重水复疑无路，柳暗花明又一村”这样的诗。当李圣美把我带进她家后，我一度以为是自己写出了这句诗。只是接下来发生的事让我知道，世事难料。悲惨的事总是没有尽头，在黑暗的地狱里，总是难以仰望天堂。

李圣美的房子很大，应该有两百多平方米，大概是四室两厅的格局。

在有那么多房间的情况下，第一夜，她把我安排在玄关的地板上住宿。

进入她家的大门，正眼望去是两条大理石柱子，上面雕刻着梅兰竹菊的图样，很是精美。根据她的定义，我的床，就是两条柱子之间的地板。

我洗完澡，穿着干净的衣服出来后，李圣美手里拿着一杯水，坐在沙发上看着我。她说：“由于这样的事从没有发生过，所以我想了又想，你就住在玄关那里吧。”

“哦。”

李圣美说：“我刚才用手摸了摸那里的地板，一点儿也不冰冷，你住在那里会很安全。”

“这样啊。”

她说：“我每天早上八点起床，所以，你必须六点起来。你需要干的活儿不多，先帮我煮好早餐，一、三、五我要吃白粥和泡菜，二、四、六吃三明治和果酱。星期日就放你一天假，我自己也要有一天来享受做家务的乐趣。记住，每天都要有一杯牛奶，还要有一片煎蛋，不能煎太老，也不能太生，要看起来很新鲜，有活力，让人感觉放进嘴里就可以融化。你明白我在说什么吗？”

“明白。”

她喝了口水，继续说：“做完早餐，你应该把我出门要穿的鞋子擦干净，不能有一点儿灰尘在鞋面上，鞋底也要擦得很清爽。”

我感觉真是沮丧极了，但还是点了点头：“我知道了。”

她站了起来：“我要睡了，你也休息吧。我可不是在关心你，是怕你明天没精神工作。”走到房间门口时，她又说，“那个……我带你进我家，绝对没有别的意思，就是想找个人帮我干活儿，我自己很明白的，真的就是这个原因。要是我忘记了，你要随时提醒我。”

我昏昏然回答：“明白了。如果你忘了这个原因，我会提醒你的。”

等她不见了以后，我才走到那块地板上，把自己放平在地上。身体疲惫，内心更加累，很快就沉沉入睡了。

第二天醒来的时候，我做的第一件事就是看时间，竟然是下午四点！

我吓得不轻，慌忙起身，却发现身上多了一条淡绿色的毯子。我掀掉毯子，连忙跑到厨房，打算抓紧时间做点儿什么东西来给她吃，全然没想到她已经出去了。

路过饭厅的时候，我发现餐桌上摆着一个大碗，还有四个小碟子，然后我发现冰箱上贴着一张小纸条，还有一张白纸。

小纸条上写的是：

“真叫人难过。小鱼先生，第一天你就把事情搞砸了。好好反省一下吧。桌子上有粥和菜，吃完收拾干净。我不喜欢家里有凌乱的感觉。”

我取下那张白纸，坐到餐桌边上。

餐桌中央是一碗白粥，表面结了一层薄膜。另外有一碟辣白菜，一小碗酱肉汤，还有一片煎鸡蛋。最后一个碟子里，放着些我叫不出名字的泡菜。

看着这些清爽的小菜，我一下子感觉饿极了。

这些菜，应该是李圣美做的早餐。现在已经是下午四点了，我也不知道是不是应该称呼它们为早餐。

不管怎么说，我还是端起大碗，三下五除二地把所有的东西都吃完了。

吃完了，我才拿起那张白纸，看看上面写了些什么东西。

“主仆契约。”

看到标题，我就呛了一口气。

“纲领：圣美的意志高于一切；圣美说的每一句话，小鱼必须无条件赞同；圣美谈及每一个想法，小鱼必须全心全意地去完成它。

“第一条，小鱼每天都要擦洗地板，两个礼拜负责打蜡一次。每一面窗户，都要保持清洁光滑，每一件家具、家电也要保持整洁。在家里，任何一个角落，都不允许出现灰尘。

“第二条，圣美的外衣，小鱼每天都要认真清洗，熨烫整齐。家里的窗帘、沙发的布套，还有床单、被套，每个礼拜必须至少清洗一次。

“第三条，圣美需要采购时，小鱼必须担负全程运输职能。圣美心情不愉快的时候，小鱼必须表演歌舞，开导圣美。”

接下来，还有一些更加苛刻的要求，另外，她更规定了具体的操作时间，比如哪个时间该干什么活儿。

我大概算了一下，按照她的要求。我每天最少要干二十个小时的家务，不知道她以前是怎么做家务的。

李明灿那份合同我曾经看过，当时觉得真是不公平，现在看到李圣美制定的契约，我才知道，天外有天，人外有人。

直到第十三条，她才提到了我的权益。

“第十三条，本契约暂行实施时间为两个月，小鱼先生在完成全部义务后，将获得两百元人民币的报酬。如果小鱼的执行情况不能令圣美满意，那么圣美有权利扣除相应的报酬。”

这是一份用电脑打印出来的契约，在签名栏那里，李圣美用中、韩、英三国文字签下自己的大名，字体看起来十分娟秀。

我垂着头，看着这份很可能是有史以来最为“丧权辱国”的契约，不知道该怎么办。

签，还是不签。

是个问题。

很多科学家都说，人的潜力是无穷的。在我看来，这句话也可以理解为，人的忍耐是没有极限的。把碗筷洗完，放进消毒柜，我依然没有作出决定。

这份契约真的很苛刻，换作6月13日以前的我，会毫不犹豫地把它撕成碎片，把它当成一个笑话来看。

我想了很久，决定把那份契约藏起来，如果李圣美几天之内也没发现，那么她很快就会忘记这份契约吧。

我看了看表，快下午五点了。我不知道李圣美什么时候回家，就决定把客厅整理一下。

我找到一个小桶，又找了一块抹布，拎了半桶水，把抹布放进桶里，然后拿上清洁剂，开始擦洗客厅的地板。这个客厅大约有五十平方米，看起来似乎不算大，但要把它全部擦完，也是件很累人的事。

我努力擦着，花了一个多小时才完工。此刻的我，额头出了大汗，腰也酸，背也疼，连呼吸都变得粗重了很多。

其实地板并不怎么脏，一开始拎来的那桶水到现在还没变黑，只是显得混浊了些。

由于弯腰太久，我感到有些不舒服，就站了起来，揉着腰。

我打算休息一会儿，就把沙发套拆下来清洗。

这时候，大门一响，李圣美回来了。

她今天穿着一件蓝色的衬衣、白色的长裤。

她说："为什么不问候我？"

我呆了呆："什么？"

李圣美说："你该对我说'你回来了'。"

"你回来了。"

她走到我身边，看到水桶和抹布，满意地点了点头："让我检查一下你的工作成果。"然后，她蹲下去，用手指在地板上擦拭。

我的手机响了，有新的短信。

我一手撑着腰，一手打开看。

"她说，那个男人是她经历过的最棒的男人，感觉过去的三年白活了。"

我眼冒金星，站也站不稳。

我以为一切已经结束，我已经找到一个角落疗伤，这条短信一来，又狠狠地将我抽醒，警告我自虐式的麻醉不能解决问题。

"然而，那个男人注定了是在玩弄她。等她再次堕胎的时候，她会明白。"

我受不了，用最后的力气把手机扔了出去，然后，整个人软倒在地上。

水桶被我撞翻，我和李圣美一起倒在水泊中。

手机悠悠向前飞去，砸在一个青花瓷瓶上，瓷器和手机一起掉在地板上，发出稀里哗啦的声响。

看着一片狼藉的客厅，李圣美脸色白得可怕，看着我说不出一句话来。

我心里一点儿感觉都没有，跪坐在地板上，向李圣美鞠了一躬："实在对不起。我会把这里恢复原样，然后就离开。至于那个瓷瓶，请告诉我价格，我一定会赔偿给您。"

我说："我真是一个不可原谅的人，圣美小姐，谢谢您的关照。"

李圣美嘴一扁，终于哭了出来："啊？你怎么可以这样？我难过死了。"

我低声道歉，不断安慰她，她还是哭个不停。

我和她，就这样面对面跪坐着，最后，我也不知道该说什么好了。

过了好久，我咬着牙说："我这就把这里收拾干净，你别难过了。"

她抽泣着说："就算你把这里恢复原样，我心情不好的话，还是一样难过。"

本来，看到那两条短信后，我感觉世界末日已经来临，李圣美哭闹过后，我除了感觉心里空荡荡的，那方面的刺激也减少了很多。

听她这么说，我就问她："圣美小姐，要怎么样你才能不难过呢？"

她擦了擦眼泪，盯着我看了又看："你快背诗！"

我呆了呆。

她的眼泪不再流出来，声音也变得凶了些："站起来，背诵唐诗。"

无奈之下，我只好站起来。

此刻我心里乱糟糟的，哪里想得起什么唐诗啊。

李圣美说："你先想好，等我去洗澡，换好衣服你再背给我听。"

她回来的时候，穿了一件白色的浴袍，整个人盘腿坐在沙发上，说："背诗！"

我干巴巴地念道："向晚意不适，驱车登古原。夕阳无限好，只是近黄昏。"

她听完，闭着眼睛想了一会儿，拍了拍手掌，说："写得真好。继续。"

我又背："君问归期未有期，巴山夜雨涨秋池。何当共剪西窗烛，却话巴山夜雨时。"

"真是的，"她抱怨说，"那么好的诗，被你这样的人念着，你该感到惭愧。"

我说："圣美小姐，我脑袋很晕，很多诗都不记得了，等过几天我再给你背好吗？"

她立刻说："不行，继续背下去！"

我心里暗暗叫苦，虽然我是古汉语专业毕业，但对唐诗确实掌握得不多，平时也许能背个几十首，但现在的状态，能记起刚才那两首就已经不错了。

看到我张口结舌地站在那里，她的眼神逐渐变得严厉起来。

我突然想到，她是韩国人，我随便背点东西给她听，她未必能听出来。

在这种侥幸心理下，我张口背着："秋天到了，一群大雁往南飞，一会儿排成'人'字，一会儿排成'一'字……"

她面无表情，问我："这是谁写的诗？"

我硬着头皮回答："我不知道，可能是骆宾王吧。说起骆宾王，他还有一首名传千古的诗……"

李圣美瞪着我："你竟然敢撒谎！真是可恶！为了惩罚你，你必须做出动作。每念一句诗，你必须做出相应的动作！"

我头都大了："圣美小姐，我可不会跳舞呀！"

她冷冷地看着我，用眼神压迫我。

我胆战心惊地看着她，哀求着："圣美，圣美啊……"

我不敢想象几小时前屈辱的一幕。

在李圣美的逼迫下，我在她面前跳起了舞——先是僵硬地扭动身体、摇晃着脑袋，然后她提出抗议，要我更加投入些。我不得不把手举起来，随着我朗诵的诗歌做出动作。

这种舞极富羞辱性，有时候需要把双手抬过头顶，合十向天，然后扭动腰，脸上要表现出神秘的笑容。做到这个程度她依然不满意，依然再提出要求。

后来，在她的提示和诱导下——是的，她不断用语言诱惑我、对我眨眼睛、咬嘴唇，偶尔也会给一个微笑——用尽一切办法让我就范，让我把手摊开，把手掌贴在自己的臀部，装作是自己的两只翅膀，不断做出飞舞的动作。

那个样子，活像一只刚学会走路的鸭子。

我就这样扑腾着翅膀在客厅里一步一步飞着。

整整给她表演了两个小时，最后给她唱了几首儿歌，她才放过我。

在她的监视下，我把客厅收拾得干干净净，又给她削了一个苹果，然后，她又要求我拿着拖布当麦克风，给她唱朝鲜民歌。

我告诉她我根本不会，她就从沙发上跳起来，兴致勃勃地和我并排站在一起，共同握着那把拖布。她唱一句，然后逼我跟着她唱。

等我终于能把一首《阿妈妮》唱下来的时候，已经疲惫得无法站立，浑身都是汗，两条腿偶尔会抽搐一下。

折腾了一个晚上，她终于告诉我她不难过了。

或许有人会认为这一切都很有趣，但对我这样一个刚刚经历过三天地狱般的历练，然后又丢掉工作的人来说，李圣美恶魔般的表现，真的很让我痛苦。

我感觉自己没有灵魂了，像一具机器人，听任她的摆布。

当她告诉我“我们家小鱼真是厉害呀，真让人开心”的时候，我说：“好了，李圣美小姐，你现在不难过了。那个瓷瓶，我会赔给你的。我现在就离开，以后不会给你带来麻烦了。”

她呆了呆，看着我，没有说话。

我拖着疲惫的身体走到玄关那里，抱起那五件衬衫，慢慢穿上鞋子，把手搭在大门的扶手上。

她突然说：“不要走……”

我回头，看到她穿着白色的浴袍，一只腿跪在沙发的扶手上，一只腿站在地上，咬着嘴唇看我。她的两只手握在一起，手指在扭动，似乎不知道该放到哪里去。

我微微向她鞠躬，说：“给你添麻烦了，我会补偿的。”

她突然说：“你不要睡玄关了，从今天起你就可以睡沙发……要是还不行，我明天就收拾一间房出来，以后那个房间就给你住。”

我心里毫无感觉，说：“我想，我还是回到城市吧。”

她胸脯在起伏，突然大叫：“真是小气的男人！”

我心里有些生气：“圣美小姐，我建议你去买个大玩具，不管你怎么玩弄它，它绝对会听话的。”

她一下子站直了身体：“我不要玩具！不要玩具！不要！不要！不要！就是不要！不要玩具……

“不要走……

“你不要走……”她一面重复着，一面后退。

她向自己的卧室退去，说：“我现在睡觉了，你马上休息，明天还要早起，要煮早餐，要擦地……如果你累的话，可以过几天再干活儿。”

她慢慢地消失在客厅侧面的通道里。

我感觉这个女孩子简直变化无常，让人难以捉摸。我摇了摇头，抱着衬衫，走出大门。

大门在背后合上，发出砰的一声闷响。

我是一个没有灵魂的人。

或者说，我的灵魂被某个未知的力量控制着，让我无法抵抗命运的羞辱。

我不知道什么时候才能面对自己、面对自己的过去、面对无法赎救的命运。

我只知道一点，无法逃避，只能忍耐，我要等到圣光降临到头上的那一天。

我抱着那五件衬衫，乘电梯下到一楼，走到大楼出口时，发现外面下着暴雨。

雨不知道下了多久，哗啦哗啦的声音很大。我伸出手，雨点打得我的掌心一阵阵发疼。我掏出烟盒，取出最后一支被水泡过的、皱巴巴的烟。

大楼值班的保安从监控室走了过来，看了看外面，微笑着对我说："很大的雨。"

他说："您需要我去把您的车开过来吗？"

我怔住了。

他说："您在这里站了一会儿了，我想您一定是把车停在露天场地了。"

"我没车。"

住在这里的人会没车？他也许以为我是在开玩笑，就干笑了几声，礼貌地向我告别走了回去。

我叫住了他："请等一等。"

他回头问："请问有什么事？"

我迟疑了一下，问他："这世界上会不会有鬼？失礼了，我找不到人问。"

他说："我认为没有。"

他看起来很憨厚，很纯朴。听了他的回答，我一直飘来荡去、无法靠岸的心终于平静了下来。

我跟他握了握手，说："谢谢你，我也相信没有。"

雨越下越大，没有停下来的意思。

我伫立在大楼出口处，想着是不是就这样冒着大雨投入广州。

/第九章/ 失而复得

我站在台阶上，看着下个不停的雨。这是雨幕。

心里一直有冲进雨中的冲动，但看着怀中的五件衬衫，我犹豫了。这是我现在唯一的财产，被雨淋过后，那就真的什么都没有了。

雨还在下，从地下停车场那里投过来昏黄的灯光，一辆汽车缓缓驶了过来。

汽车驶到我面前的台阶前停了下来，雨刮器在挡风玻璃上左右摇摆，发出单调的声音。副驾驶座位旁边的车门打开了，车里传出音乐声。

若仔细听的话，可以分辨出是卡朋特的*Make Believe It is Your First Time*。

李圣美坐在车里看着我，说："你要去哪里？我送你。"

她穿着一件低胸连衣裙，肩膀上披着一件黑色的短上衣，头发用紫色的蝴蝶结束住，垂在她左边的肩头。

我抱着衬衣坐了上去，关紧车门。

她不再说话，启动汽车。

汽车驶出帝景苑，顺着龙口西路往下走，走到路的尽头时，她绕过好又多超市，向右转去，到了十字路口，她又转，向着天河南二路的方向驶去。

我和她，坐在车里，在瓢泼大雨中，游荡在广州的黑夜里。

车里一直放着音乐，她在反复听那首歌。

我靠在车窗上，看着暴雨敲打大地。

她一句话也没说，只是随意地开着车。

我们绕了好多弯路。

我们去了珠江新城，然后又去了五羊新城，绕着天河体育中心转了一圈，又把车开过珠江大桥。

最后，她把车开到二沙岛上，一圈一圈地绕着星海音乐学院、游泳馆和各类别墅，转个不停。

车的速度并不快，平缓地行驶在雨中，车轮过去，连地上的积水也溅不起水花。

她累了，把车停在珠江边上，车灯射出长长的光柱，投射到江面上。

我说："换我来开吧。"

她说："我们去哪里？"

我说："去一个别人找不到的地方。"

她摇头。

我把衬衣放到后座上，然后移动身体，示意她跟我换座位。

她勉强离开座位，从我上方移动过来，我的手抓住方向盘时，她坐在了我的大腿上。

我的鼻子靠在她的肩膀上，闻到了清新的味道，然后，她的头发盖住了我的脸。

然后，我把脸靠在她的背上，哭了出来。

她一动不动，我的泪水很快打湿了她的衣服。

这个样子的我们，很难交错而过。

她轻轻推了推我，把我按回原来的座位，她自己坐到驾驶座上。

她递了块手绢过来。

我捂住脸说："真是对不起，失礼了，请你不要见怪。"

她说："不只是失恋那么简单吧？"

我擦干眼泪，说："是的。"

她说："你究竟在害怕什么？在逃避什么？"

我沉默。

她看着我，说："首尔吗？"

我打了个哆嗦，说："圣美小姐，你给我讲讲童话好吗？"

她带着疑惑的表情，说："什么？"

我说："你看到了，我现在简直就是个垃圾，那你能不能给我讲个关于垃圾的童话？比如，给我描述一下有多么美好的前途、多么幸福的生活在等着我……"

她说："这样啊。"

她笑了笑，说："好吧。有一个很软弱、很可怜的男人，反正他是这个世界上最惨的男人，没有家，没有食物，没有人关心他，全世界的人都讨厌他。"

她一边想一边说："其实呢，这个男人很有艺术气质哦，他后来发奋读书学习，然后去拍电影，然后呢，他拍出了很好很好的电影，得了很多大奖，然后呢，他有了很多很多的金钱，娶了最美丽、最纯洁的姑娘，从此以后，他们过上了幸福的生活。"

她笑了笑："其实呢，这个男人不是艺术家，他很有才华，他努力上进，进入了大公司，他不但懂管理，还懂金融。很快，他就接管了一个大公司，还买了很多赚钱的股票，还创办了几个基金。他买了游艇……"

她显然也说不下去了，又笑了笑，说："其实呢，其实没有其实。这个男人就是很可怜、很孤单，他总是在害怕，但他遇到了圣美。"

她脸红了。

我也有些尴尬。

这样的话，听起来总是有些不自在的。

我这种男人，落魄得像只落水狗，又怎么可能遇到像她这么优秀的姑娘，发生什么特别的事呢？

圣美是个好心的姑娘，她是在安慰我、开导我。

她低声说："小鱼……小鱼，你不能逃避，勇敢地面对吧。"

我精神一阵动荡，心里终于拿定了主意，决定按圣美说的那样，拿出勇气来解决这件事。我思潮起伏，半晌才说："圣美，谢谢你。"

她笑眯眯地看着我，说："那把契约签了好吗？"

我脑袋轰的一声响，半天不敢作声。

她狡猾地笑了笑："你把契约藏在冰箱里面了，以为我发现不了吗？"

我说："8月以后，我需要一笔钱，所以，我要去挣钱。关于那个契约……"

她说："那我们回去把契约改掉，规定好在家你就必须听我的话，其余时间我不管你，好不好？"

我硬着头皮说："关于煮饭、洗衣的事……"

她说："其实我很喜欢做家务的，但是我更喜欢你和我一起做。"

我颓然道："好吧，听你的，我们一起做家务。"

雨停下来的时候，天也快亮了。

我和她坐在车里看完日出，时间已经是早上七点多。

她说："还好今天是星期日，不然这个样子去公司就太不体面了。"

我说："那我们回家吧。"

她笑着看我："回什么地方？"

我有些尴尬，说："回你家。"

她马上说："那可不行。"

我真是有些担心，唯恐她又说出"我的家是我的"之类的话。还好，她笑眯眯地说："今天是星期日，是采购的日子，我们去好又多超市买东西吧。"

她掉转车头，随意问我："你认识我的车是什么牌子吗？"

我说："是现代吧，还是大宇？你的经济条件看起来很不错，为什么不开宝马或者奔驰？"

她说："是现代，但是，是很特别的现代。去年的时候，我去参加华南车展，这辆车是中国区唯一的一件样品，他们刚开始不肯卖的，是我强行买下来的。"

我迟疑着说："那么？"

李圣美笑了笑："所以，你刚才要开我的车是不行的，因为它有一些特别的地方，和一般的车不太一样。以后呢，你要是想学开这辆车，我会教你的。"

会有以后吗？

我靠在椅背上，摸了摸烟盒，发现烟已经没有了。

半个小时后，她把车开回天河区，停在一个大超市前面。

然后，我跟在她后面，一起进入超市采购物品。

她领着我上了二楼，那里是卖衣服的地方。

她低声跟我说："你没有换洗的衣服，先在这里买几件吧。由于你没有经济收入，所以，我只能带你来这里买。如果带你去巴黎春天的话，你会欠下很多钱的。"

我愣了愣："什么？"

她说："我先借钱给你买衣服，以后你要还的。"

虽然是早上，超市里人还是很多，她说话的声音很轻，我们周围的人还是听到了这句话，纷纷用奇怪的眼光看着我。

我感到十分尴尬，但是也没办法，只好跟她说："我一定会还你的。"

十分钟后，我发现这一次购物算得上是又一次灾难性旅行。

每当我看上某件衣服，李圣美往往会看都不看，直接叫我放下。她会按她的眼光来给我选衣服。她叫我站直，然后就拿着衣服在我身上比画。我试了一百多次，感到疲惫极了。

我小声提醒她："我是借你的钱买衣服啊，又不是你免费给我买，能让我自己做主吗？"

她说："那可不行。"

"为什么？"

"事情就是这样子的，你不能剥夺女人的乐趣。"

我不能理解她的话，但我确认了一件事，李圣美很可能和美国电视剧《六人行》中的那个莫妮卡一样，是个真正的控制狂。

最后，她给我挑选了十多件衣服和裤子。

接下来，事情发展得更加让人难以置信。

她开始帮我挑选内裤和袜子。

我闭上眼睛，难堪地转过身去，因为她在和营业员咨询，是条纹的比较好看还是斑点的比较好看，纯棉含量为多少更加让人舒服。

在她们面前，我觉得自己像个透明人。

我虽然没有看她们，但我知道，她和几个营业员的目光一直在打量我。这样的感觉真不好受。当她们达成共识后，我听到一个营业员在跟她嘀咕："您的老公那么有钱，怎么会来这里买衣服啊？"

李圣美说："啊？老公？"

营业员说："您真是大美人，您的老公如果不是非常有钱，怎么能娶得上您这样的太太呢？"

李圣美说："他……他很邋遢的。"

营业员说："那可不好。您要好好教导他才是。"

李圣美含笑看着我："可不是嘛。"

我立刻闭上眼睛，装作没有听到她们说话。

挑选完衣服，她把衣服全部放进购物车，然后让我推着，跟在她后面向一楼走去。

一路上她老是在笑，一边笑一边打量我。我接触到她笑盈盈的眼神，就会马上掉转视线，感觉浑身不自在。

到了一楼大厅后，她走在货架中间，看到要买的东西就拿起来，放进推车里。

很快，这辆车就装满了。

没办法，我又拉了一辆。

走到糖果货架时，我和她同时伸手，拿住了一罐徐福记的润喉糖。

她说："我要薄荷的。"

我同时也说："拿薄荷的。"

我讷讷道："怎么，你也吃这个？"

李圣美微微一笑："因为它便宜啊。"

我说："可是你那么有钱。"

"有钱也要买合适的东西。"

我心里有些感慨，却没有说什么。

她真是很会购物，直到两个购物车都装得满满的，她才拉着我走向出口。

我推着一辆车，拉着一辆车，心里不知道为什么有一种喜悦的感觉，就跟她说："这里的气氛真好，让人感觉很幸福。"

她瞪了我一眼："真是的，那么多人，还有很古怪的气味，气氛一点儿都不好。"

话虽如此，我还是看到她眼里藏着笑意。

等到我们结完账，把货物搬进车里后，她跟我说："现在你欠我一千四百二十元，四舍五入的话就是一千五百元，记得要赚钱还我。"

我苦笑，哪里敢跟她核账，只好点头说："从明天起，我就去外面赚钱。"

回到小区，她把车停好后，我说："你能……能不能借一千块钱给我？"

她说："什么？"

我说："我的手机坏了，想买个新的。"

她看了看我，说："我陪你去买，钱可不能直接交给你。"

我苦笑："那好吧。"

她带着我来到一个手机大卖场，给我买了一个五百一十元的手机。然后，她又把账记了下来，告诉我现在欠她两千一百元。

按照她这种可怕的计算方法，也许用不了多久，我欠她的钱就会变成一个天文数字。

走出手机卖场后，我越想越不对劲，一赌气，索性对她说：“我还要买烟，我没烟抽了。”

她果断地说：“不行！绝对不能买烟！我家里不准吸烟。”

我说：“没烟的话，我就没办法思考，那我就不知道该怎么赚钱了，那欠你的钱……”

她犹豫了一下，说：“那好吧，只给你买一包，而且你只能在外面抽。”

我们走进一家便利店，她对店员说：“给我拿包烟，要最便宜的。”

我无语。

店员说：“双喜行吗？只要十元钱。”

李圣美问他：“啊？哪有这样的事。有没有一元钱的？”

店员挠了挠头，为难地说：“对不起，没有那样的烟。”

李圣美说：“那我不管，我要买最便宜的烟。”

我本来站在李圣美身后，听了这些话，就悄悄走到门外，感觉真是让人难堪。

隔着玻璃窗，我可以看到她在和店员争论，也不知道她说了些什么话，店员反而被她训斥得连连道歉。面对这样一个不讲道理的人，想必谁都会头疼万分吧。

店员都快被她说哭了。

到了最后，我看到店员哭丧着脸，把自己身上的烟拿了出来，是那种红色的红河，然后李圣美拿了一元的硬币给他，捏着那包红河走了出来。

她气呼呼地走出来，把烟递给我：“拿去！现在欠我两千二百元了。”

我急了：“你只花了一元，怎么成一百元了？”

她说：“一百元以下不好计算，所以零头全部折算上去。”

我一看，烟盒里只有三支烟了。

我没话说了，真是彻底无语。

她推了推我：“你的要求全满足了，今天回去好好休息一下，从明天起，你就要去努力挣钱了。”

回到家，她换了衣服，自己取出水果和零食，躺在沙发上看影碟，是一部很有名的歌舞片，叫《大河之舞》。看她的样子，真是十分惬意。

爱尔兰的音乐总是十分迷人，在这样仙乐飘飘的气氛中，我不知道该把自己放在什么地方。

坐在沙发上会显得很唐突，坐在地板上又太没有尊严了。

我站在玄关那里待了好半天，终于想到了可以让自己感觉自在的地方。

我悄悄走进卫生间，把马桶盖放下，坐在马桶上。

然后我把手机卡放进手机内。里面有很多短信，还有很多未接电话。

我闭上眼，呼吸了好几口气，让自己平静下来。

然后，我两手握着手机，查看短信。

大部分短信都是朋友发来的，也有晨曦和邓杰的一些安慰信息。

翻到最后一条时，我终于看到了我要面对的。

“您快崩溃了吗？炼狱的路并不总是悲苦。走下去，走下去吧，不会打扰你了。9月会是个好季节。”

我长出了一口气。

我一直在马桶上坐着，思考究竟该怎么去赚钱。我是学古汉语的，就业范围十分狭窄。再说，毕业三年了，一直待在国家机关，什么工作经验都没有。如果我是一个企业的老板，会要这么一个人进公司吗？也许，可以找一家报社，给他们做校对。不过，这个工作好像工资不高。我算了算，8月要见父母，最少要两万元钱；然后要去韩国，最少要三万元，还要还李圣美的钱，那么，我一定要在两个月内挣到六万元钱。

到了这个时候，我终于发现问题非常严重。

广州的就业情况，并不让人乐观。

在我了解的范围内，大部分人只有三千左右的收入。更糟糕的是，很多大学生只拿一千多的工资。而我的情况，恐怕连一千多的工作也找不到。就在我一筹莫展的时候，洗手间里的电话响了。我接了起来，李圣美在叫：“你过来！你掉进马桶了吗？快出来。我要看到你！”

我用冷水洗了把脸，走回客厅，对她勉强笑了笑。

她指着左边的沙发说：“坐下，你快看电视。他一秒钟可以踢地面三十多次，太了不起了。”

我坐了下来，看着电视里正在表演的踢踏舞。

李圣美的吃相真是叫人不敢恭维，她拿起一个苹果，一口咬下去，把嘴都撑圆了。

我说：“关于那个……你们公司的员工，一般收入是多少啊？”

她嚼着苹果，含混不清地说：“你说我吗？”

我摇头，说：“那些刚进你们公司的中国员工，一个月薪水有多少啊？”

她说：“工资都是三百七十元人民币。非常优秀的话，是七百八十元。”

我吓了一跳：“什么？”

她说：“一般员工还有一些补贴，比如洗理补助一千二，交通补助六百，通信补助八百，还有一些别的费用，大概是五百左右。”

我算了算，说：“你真是厉害呀，连入门员工的工资都这么清楚。那么一共是三千多？”

她说：“三千五左右吧。工作表现突出的话，还有几百元奖金。”

我忍不住问她：“那你呢？”

她笑了：“那我可不知道，也不能告诉你。”

她调小电视音量，不怀好意地看着我：“怎么了？你不会是有不好的想法吧？”

“不好的想法？”

她说：“你是不是想进我的公司？我告诉你，一点儿可能都没有。你完全不合格嘛。”

第十章 恶魔圣美

不可否认，在马桶上思索良久之后，我心里确实存有一丝侥幸心理。

李圣美是个好心的姑娘，最起码，经过几天的接触，我知道她是个很善良、很愿意帮助人的女孩子，尽管有时候并不那么可爱，甚至让人讨厌。

跟她谈起这个事的时候，我是很期待她邀请我加入她公司的，没想到会是这么一个结果，还没提出要求，她就告诉我“完全不合格”。

她歪着脑袋看我：“怎么了？灰心了呀。要是找不到工作，我可以把你介绍进其他公司。”

我黑着脸站了起来：“不必麻烦你了，我自己想办法。告诉你圣美，自以为是的人最让人讨厌了。晚饭你来煮！我有事情要忙！”

然后，我又跑进洗手间，坐在马桶上考虑前途的问题。我决定了，明天就去人才市场，问题是，门票钱我都没有，难道又要去跟她借？而且，就算进了人才市场，我这样的人，能找到什么工作呢？我想得头都痛了。

刚坐下没多久，手机响了，是黄华生。

我说：“有什么事？”

他说：“我打电话到你宿舍没人接，然后打你单位电话，他们说你蒸发了。”

“我被开除了，现在一个人流浪着，苦啊。”

“酷！这几天你都流浪街头？”

“也许更糟糕。”

他说：“为什么不找我？废话不说了，把你的卡号给我，要中国银行的。”

我心里一阵温暖，说：“不必了，我撑得下去。”

他说：“我找你有事，有件事想和你合作。”

我愣了。

这个世界上，我可能是最了解黄华生的人。从认识他那天开始，基本上，他就没做过一件正经事。在大学的时候，他就属于提着鸟笼、牵着名狗满街逛的人。你可以在网吧发现他的踪影，在校园附近的餐厅里看到他在吃饭，也可以在桑拿房、KTV里找到他在喝酒、唱歌，唯一不可能的事就是发现他在教室里上课。

他家里有个小工厂，所以经济条件不算差。从大学毕业到现在，他恐怕已经花掉家里一百多万了。这么一个人，突然用很正经的语气说出“合作”两个字，难免不叫人感到吃惊。

我随意问他：“什么事情？”

他说：“老鱼，你知道的，很多生意只有一两年的生命周期，过了这个阶段，什么钱都挣不到了，只能给其他先做的人擦屁股。”

我说：“你是不是吃错药了，突然跟我谈什么生意？”

“我找了个项目，只问你一句，敢不敢做。”

听起来他不像是在开玩笑，我认真地问他：“什么项目？”

他说：“你知不知道××的日本原声碟在大陆卖多少钱一张？”

我犹豫着回答：“大概要几十元吧。”

他打断我：“别扯淡了，我跟你说，可以卖到两百多！我这边的进价是多少你知道吗？五万块一吨。”

我吓了一跳：“一吨？”

他说：“没错，就是一吨。做这个生意是按吨来计算的。我跟你说，我认识了几个兄弟，他们是专门做远洋贸易的，一次可以给我带十个集装箱，一箱大概是二十三吨。”

我说：“你运几十吨她的唱片进来，那就不值钱了。”

他大笑：“你真是个白痴。肯定还有其他类型的嘛，比如摇滚、爵士，还有其他走红的音乐碟、电影碟，赚钱要赚到你笑。”

我问他：“在香港交易吗？”

他说：“当然不是，香港管得很严。一般在公海上转船，然后直接拉到大陆。”

我感觉里面问题很大：“我虽然不了解这个生意，但也知道几年前就有人在做了，现在做哪里还有机会。”

他说：“别那么多废话了，反正我有渠道，你做还是不做？”

我问：“我能做什么？”

他说：“你负责大陆那边，先要帮我搞定几艘平底船，然后帮我确定市场价格，之后负责帮我联络下线经销商。记住，分货能力在一百吨以下的根本不用考虑，我不想把这个生意做得太烂。”

我感觉事情有些不对劲，但又说不出问题出在哪里。不管怎么说，黄华生是我的兄弟，他不可能害我，再说，我现在这个样子又有什么值得害的呢？

按照黄华生所说的，前景美妙得像是个梦，让人根本不敢相信。

黄华生说：“老鱼，人一辈子要发财的话，也就那么一两年的时间，过了这村，就没这店了。你先想想，过两天给我答复。”说完，他就挂断了电话。

我坐在马桶上，仔细想着这些问题。

突然，我脑海里冒出一个可怕的想法。

自6月13日开始，一件又一件的事情不断发生，像精密的齿轮一样丝丝入扣，将我碾得体无完肤，总有一种力量在层层打压我，将我一路推向深渊。

每当我认为已经到达最低谷的时候，这股力量又会狠命一压，把我压向更深的地方。

唯一的例外就是李圣美的出现。

圣美让我变得更简单。

莫非，真的有只命运之手在操控一切？

我看着窗外阴云密布的天空，忍不住打了个寒战。

这时候，圣美又在叫我了。

她没有打洗手间的电话，而是直接砰砰砰地在敲洗手间的门：“快出来！你不能老是躲在洗手间！真叫人气愤。就算伤了你的自尊心，你也不应该这么小气嘛！”

我打开门，她端着个果盘站在门外。

她拿起一串葡萄，问我：“吃吗？”

广州的6月，是全年十二个月中雨最多的一个月。

广州的雨，与其他城市也完全不一样，十分钟前还是阳光灿烂，现在狂暴的大雨又下了起来，仿佛无须蓄势过程，没有前奏，一下子就达到了顶峰。

天一下子黑了。

洗手间的格局是这样的，长约三米，宽有两米多。进门后，靠左的一面是盥洗台，还有放置各类洗漱用品的架子，尽头靠墙的地方是马桶；右边是一个冲浪浴缸，顶头是淋浴喷头。

最里面是一块两米见方的玻璃窗，窗台距离地面只有六十公分的样子，宽有五十公分，人可以很舒服地坐到窗台上，俯视外面的世界。

李圣美把果盘塞到我手里，然后满脸狐疑地把头伸到我背后，使劲用鼻子嗅了嗅里面的气息，问："你不是在里面抽烟吧？"

"没有的事。"

她绕过我，走到洗手间尽头，然后脱掉拖鞋，踩在马桶上，双手搭在窗台上，一翻身坐上了窗台。我一直看着她的举动，感觉这个人真是奇怪。她把整个人靠在玻璃窗上，然后拍了拍外面的窗台，说："过来，陪我看雨。另外，你会调酒吗？"

我说："会一点儿。技术不好的。"

她问："会调哪一种？"

我犹豫了一下，说："红粉佳人、血玛丽……以前我经常调特吉拉泡给自己喝。"

她说："好了，就给我调杯血玛丽，一面看雨，一面喝血玛丽，这样才不会太孤独呀。你知道酒柜在哪里的，材料都很齐的，快去。"

我不知道该说什么好，就把果盘放到她身边，然后向酒柜走去。

所谓的酒柜，就在客厅和饭厅连接的地方，里面摆着十几瓶酒，没有十分名贵的。我略略看了看，不外乎是伏特加、歌顿、朗姆之类的，最多的是真露。

我个人认为，血玛丽是最难喝的一种，味道不但古怪，而且刺激性太强。李圣美为什么爱喝这种酒让人感到不解，也许，是因为雨天让人容易寂寞吧。

我从酒柜里拿出一瓶伏特加，走到厨房，找了个玻璃杯，先把酒倒进去，然后胡乱掺了些番茄汁、辣椒汁，又加了些盐和胡椒。我偷偷看了看洗手间的方向，见她没有注意这边，就拿了根筷子在杯子里搅了几下，弄成稀糊糊的一杯。调好后，我闻闻了味道，差点儿没把我熏翻。

这个样子拿过去，一定会被骂的。

没办法，我切了几片柠檬，强行挤了点柠檬汁进去，然后用柠檬片沿着杯口涂了几次。

做完这一切，我才胆战心惊地拿着这杯酒走到她身边。

她把脸贴在玻璃窗上，神态专注地看着窗外的暴雨，像一个三岁的小孩那么天真。

等我走到她身边，她回过头，用手将自己的双颊捏起来，嘴嘟着，然后笑嘻嘻地说：“像不像一只麻雀张嘴呀？”

我本来满腹心事，看到她这个怪样子也忍不住笑了起来。

她得意死了，继续捏着，捏得更加用力，上唇与下唇之间形成四十五度的角，洁白的牙齿也露了出来。

粉色的嘴唇就这样噘着，原本的杏仁眼被挤成了圆鼓鼓的模样，像她自己说的那样，非常像一只麻雀，而且是那种不懂事的小麻雀。

我把酒杯放在窗台上，捂着肚子，笑得直不起腰。

她终于忍不住了，松开手，发出清脆的笑声，头发和肩膀也跟着颤动。

我擦了擦眼泪，用力吸了一口气，说：“以后别这样了，会把人笑死的。”

她拍了拍身边的窗台，说：“快上来，雨蒙蒙的广州真是好看。”

我爬了上去，和她并排坐着。

她一边看着窗外，一边喝了口酒。

我紧张万分地看着她。

她却没有丝毫不良反应。

莫非她看雨看得太专注，还是她本来就爱喝这种怪酒？

过了一会儿，她又喝了一口，说：“这酒好怪，怎么比我以前喝的要好一些？”

听了这话，我一下子目瞪口呆。

她问我：“你怎么调的？”

我不知道该怎么回答，想了又想，应该是我没有加李派林喼汁，又滴了些柠檬汁的缘故，所以会显得呛味不足，多了些清新。

不过，我不敢把这个原因告诉她，只好说：“可能是你心情好的缘故吧。”

她又喝了一口，轻轻晃着手里的酒杯，说：“以后还要给我调。”

“是。”

她说：“不管发生什么事，我叫你调，你一定要调好再做其他事。”

“是。”

两个人并排坐着看雨景。

我问她：“圣美，你觉得我能挣到钱吗？”

她说：“如果一个人非常想挣钱，非常非常的想，那他一定能挣到钱。我父亲跟我说过，一个人生命中的百分之九十的财富，是在他百分之一的生命中赚来的。如果你非常想的话，你的百分之一就会到来。”

“哦。”

她笑着看我：“记住，要非常非常想，起床想、走路想、吃饭想、睡着了也想。”

听了她的话，我信心大增，感觉前途光明了很多。

心情开朗起来，我也笑着跟她说：“你为什么不擦香水？”

她警惕地看着我：“奇怪死了，你怎么问这样的问题？”

我说：“不擦香水的女人是最危险的，因为她们知道自己的优势，不会让香水把男人引入歧途，而让男人专注她们本身。”

李圣美敲了我脑袋一下：“我让你专注了吗？哪有你这样的人！快去煮饭！老是挨着我，烦死了，以后别动不动就和我待在一个空间。”

第二天，李圣美用车把我送到了人才市场。

原本以为她会带我到天河路上的几个大的人才市场，谁知道她说她知道有个临时的招聘会，然后带着我绕来绕去，把我带到环市路的一座大楼里。大楼的八层入口处，树立着一个大字招牌：职场空间。

她花了五十元帮我买了张门票，然后就自己去公司了。到现在为止，我欠她的钱达到了两千三百元。现在是早上，人才市场里的人并不多。和我想象中的热闹景象完全不同，很多公司的招牌在我眼前晃动，却没见几个人上去谈判。

昨天晚上我就想了很久，要想得到一份工作，必须和招聘人做一番长谈，否则我的专业实在不好办。只有通过交流和沟通，向别人展示我专业以外的能力，才有机会去正式面试。

在李圣美的帮助下，我用她的电脑做了十几份简历带在身上。

走过十几个摊位后，我眼前一亮，发现了×××公司的牌子。

这算得上是个新闻，×××竟然会来人才市场。

×××是国际商用机器公司的简称，我以前那个单位的IT设备，从服务器到笔记本电脑，很多都是它们的产品，所以我对这个公司还是很有好感的。

招聘台后面站着个穿着职业套裙的姑娘，看我走过来，对我微微一笑。

一直以来，我都没有应聘的经历，所以也不知道该说什么好。我对她笑了笑，说：“你好。”

她微笑着回答：“您好。”

我想着有什么语言技巧可以给她好感，想了半天却没有结果，索性直接说：“我想进你们公司。”

她愣了愣，想必以往没有见过我这样的求职者，不过她很快恢复了平静，说：“请把您的简历和各类证书留下，我们会进一步跟您联系。”

我失望地说：“我没带证件，先给你份简历吧。另外，我们不需要谈谈吗？”

她微笑着说：“我们的主管还没过来。您可以先去别的地方看看。”

我说：“你说话不用这么客气的，老是您啊您的，让人听起来很怪。还没请教你贵姓？”

她还是很客气地笑了笑，低头看着我的简历，没有回答。

不过，我从她的眼神里，看出有一丝不屑。

她看完了我的简历，抬头对我说：“没了吗？这是全部吗？”

我老老实实地回答：“是的。”

她惊奇地看着我：“您的全部工作经历就是管理过一个机房，所谓的能力就是能使用我们公司的设备。江先生，您真是一个有趣的人。如果我没看错的话，您是古汉语专业毕业的，我们公司虽然有科研基地，Via Voice项目就十分需要语言方面的人才，但是从您的履历来看，我看不出有一条理由您能与我们公司产生工作上的联系。”

我面子尽失，哑口无言。

半晌，我才说：“听说你们公司工资挺高的。”

她看我的眼神更加古怪：“不算高，普通员工的月薪只有五千。但我们公司并不是国际养老院，即使是不高的工资，也是给人才准备的。江先生，我想您明白人才的含义。”

她的语气还是十分客气，只是内容实在让人受不了。

我压下怒火，说：“我不知道你对我有什么意见，作为一个招聘人，说话不应该这么尖酸刻薄，那样显得很不尊重人。这是我对你所讲的话的感受。”

她耸了耸肩膀，摊开手：“So？”

我最讨厌这种做派的人，尤其是中国姑娘做出这种姿态，于是狠狠地说：“不可原谅！你知道你看起来像什么吗？你摊开手的时候，活像一只被撑开的卤鸭，我为×××公司感到羞愧，这么好的公司竟然有你这样的员工。”

她气得浑身发抖：“我为什么要尊重你这样的人？看看你的前胸！你穿了什么衣服来参加招聘？不懂得尊重自己的人，难道还想获得别人的尊重吗？”

我穿的是件白色T恤，是李圣美帮我挑的，早上出门的时候，她还认真地帮我整理了衣领。

我低头一看，发现衣服上有一团塑胶，我用手想把它扯下来，结果“腾”的一声，一个公鸡头弹了起来，直直树立在我的胸口。

那团塑胶是个充气装置，被触发后，我的胸前顶着一个五厘米高的塑料公鸡，一只花花绿绿的公鸡。

白T恤的胸口，顶着一只花花绿绿的公鸡。

我脑袋里一片空白，眼前发生的事，超过我最疯狂的想象。

这……这到底发生了什么事？我竟然顶着个该死的公鸡站在人才招聘会里。

套裙姑娘冷冷一笑：“江先生，给您一个忠告，我们公司绝对不会要您这样的‘人才’。按照您精彩绝伦的表现，您应该去戴尔公司，他们一定会张开怀抱欢迎您加入的。您的气质，与戴尔公司完全合拍。”

我快晕倒了，她说了些什么，我就像没听到一样。

这一刻，我恨死了李圣美！

早上出门的时候，我本来是穿着衬衣的，她说那个样子太老气，所以硬逼着我换件T恤。我站在玄关那里，她亲自帮我穿上。那时候，我还暗暗感激她，觉得她真是又细心又温柔。

现在我终于明白，圣美导演了一出滑稽剧，而我是主演。

第十一章 荒唐的圣美

职场里为数不多的人纷纷看着我，有的人还伸手指指点点，我恨不得找条地缝立刻钻进去。套裙姑娘嘴角噙着一丝冷笑，鄙夷地看着我，就差没有喊出“小丑”两个字。我昏头昏脑地伸出手，想把那个公鸡头按回去，按了半天也没有反应。

我打算落荒而逃的时候，她当着我的面，把我的简历揉成一团，扔进旁边的废纸篓里。

我快崩溃的心神被她的动作拯救回来。我吸了口气，平静地对她说：“您不但像只被撑开的卤鸭，而且您的手很胖，比鸭子屁股那里的肉还肥。下次揉别人简历的时候，千万不要那么用力。”

说完，我抱着胸口的公鸡头，愤然向大门走去。这时候，距离我进入这个人才市场还不到五分钟。快到门口的时候，我突然想到，这是花了钱买来的机会，怎么能轻易就离开？我站在原地想了想，最后转过身，闭上眼努力深呼吸了几次，重新向里面走去。

我的手也不再按着那只公鸡，按住的话，不但按不下去，反而会发出吱吱的声音，更加不雅。

走了几分钟，我终于找到了戴尔公司的牌子。有两个三十岁左右的男人在招聘台后面，我走上去，把简历递给了他们。

他们一脸愕然。

我说："两位先生好，我想加入贵公司做销售。虽然我过去没有做过类似的工作，但是，你们应该看到了我胸前的公鸡。我想，做销售也许很难，但总比挺着一只公鸡到处求职容易些。"

两个人对望了一眼，其中一个看起来年长一些的对我说："你想做售前咨询还是销售代表？"我说："哪个薪水高些？请你们评估一下，把薪水最高的职位让我来做。"

他说："请坐下来，我们可以谈一谈。"

我在他们桌前坐下。

年轻的那个问我："恕我直言，你这只公鸡显得很特别。我是说，做得很逼真……呃……其实我想问的是，你是否接受过成功学的培训？"

我茫然回答："没有，我从来没听说过有这个学问。"

年长的那个人看了看我脸上的表情，说："也许戴尔公司需要你这样的人，你什么时候可以把证件提供给我们？"

我说："你们肯要我？"

他回答："是的。"

我问他："你打算让我做什么工作？"

他说："让你负责大客户那一块儿的工作，当然，事先要经过培训。"

我说："做这个工作，月工资能拿到多少？"

他说："看你的业绩表现，做得好，几万也有可能；做得不好，卷铺盖走人。"

我又问他："要培训多久？"

他说："培训是必须的。江先生，您的公鸡体现了您的勇气，但是我想我们的客户未必会喜欢它。我们正着力开发一些行业客户，他们的品位想必是非常传统的。培训时间的话，应该是两周，也许是几个月，现在没法确定。"

我站起来，向他们微微鞠躬："谢谢你们，可我等不及了，谢谢。"

然后，我抱着简历继续在人才市场里寻找机会。

过了几个小时，市场里的人越来越多。

男人们，都穿着西装、打着领带，衣服都非常贴身，看起来十分精神；女人也穿着职业套装，显得颇为精干。

唯独我一个，像个怪物一样在四处游荡。

看着这些竞争对手，不，也许我根本没资格做他们的对手。看着这群求职的人，个个脸上充满自信，举手投足间都显示出优雅的风范。

很多人和招聘人谈判的时候，张口就是流利的英语。

这个招聘会显然有些特别，大部分公司我都听说过，都是有名的公司。

我不知道李圣美把我送到这里来是什么意思。局面不妙，本来十分软弱的我，被逼成这样后，反而生出一种要血战到底的勇气。用俗话说，就是破罐子破摔。

我昂起头，看到合适的公司就上去跟他们交谈，没有把内心的委屈和难受表现出来，说话的态度不卑不亢，尽量将自己的长处介绍给别人。

简历早就送完了，我没有退缩，依然向前和别人交谈。

我不知道谈了多少家公司，尽管大多数时候谈判的过程让我感觉十分屈辱，几乎所有的公司对那只公鸡的兴趣超过对我本人的兴趣，但我就像一个没有知觉的人一样，仍旧保持微笑和人交谈。

我从未感觉过自己这么勇敢。

等我十分疲惫的时候，已经是下午五点了。在这个职场空间，竟然站了有八个小时。当我又一次站到一家新的公司招聘台前的时候，还没来得及说话，对方双手递了一张卡片过来。

我双手接过，昏昏然抬头一看，竟然又转回了戴尔公司。

这表示，所有的公司我都光顾过了，现在又回到了原点。

对方微笑着说："戴尔公司随时欢迎您的加入。"

不知道为什么，我鼻子有些发酸，向他们大力鞠躬后，我离开了这个地狱般的地方。

我没有搭乘电梯，而是沿着楼梯走了下去。出了这座大楼，我回头看了看，感觉全身都没了力气。

大楼的门口有两座石狮子，我靠在狮身上，拿出烟盒，点燃了一支烟。路过的人都会看我一眼，然后再看我一眼，有的人走出很远，还会回头看。我当他们都不存在。时间也不知道过了多久，烟燃到尽头，将我烫了一下。这时，手机响了。

是李圣美的声音："你在哪里？"

我说："我在大楼门口。"

"工作怎么样了？"

"戴尔叫我去。"

"啊？啊！怎么有这样的事发生？"她的声音听起来十分惊讶，不知道是不是我的错觉，我感觉到声音里还有一丝不满。

"事实就是如此。"

她说："我过来接你，你别乱走。"

十几分钟后，她的现代车停到了我的面前，刹车刹得十分猛烈，好像汽车打了个喷嚏。我知道，她一定是看到了我的样子。

她一直没出来，不知道在里面干什么——应该是趴在方向盘上笑吧。

过了五分钟，也许更久，她才走出来，十分平静的样子，对我说："我们上车吧。我带你去吃好东西。"

"哦。"

汽车驶过立交桥，然后向北方驶去。

我面无表情地看着前方，一句话也没说。

她一直在偷偷看我，一接触到我的眼神就咳嗽一声，转头专心开车。

她问："你为什么不说话？"

"挺累的。"

她又问："你什么时候去戴尔上班？"

"再说吧。"

然后，我们就再也没说话。

车开到体育东站附近后，她找了处餐厅停了下来。

我随意看了看，是一家韩国面馆。

她要了个包房，我们坐在地板上。她问我："喜欢吃冷面吗？"

"喜欢。"

过了一会儿，服务员端了两碗冷面、几碟泡菜上来。

房间里还是沉默。

她突然把筷子拍在矮桌上，发出"啪"的一声。我看了看她，她居然气呼呼地看着我。

她把筷子又拿了起来，挑起几丝冷面，歪着头问我："你在生气？"

"是的。"

她哼了一声，嘀咕道："像你这样的男人，不管怎么样都是找不到工作的，跟那只公鸡有什么关系。"

我抱着头，歪倒在地板上："你说得很对，我投降。圣美小姐，我完全投降，全心全意。"

她的声音变大起来："这是不抵抗运动，还是不合作运动？啊？小气的男人！太令人气愤了！你快起来，快起来！"

其实，从认识她那天开始，我就知道她是恶魔。一度我被假象迷惑，以为她是天使，但经过今天这事以后，我再也不会改变对她的看法。

她站起身，噔噔噔地跑了过来，跪坐在我面前，大声说："快起来吃面！你一天没吃东西了吧？"

我还是不理她。

她把矮桌上的面碗端到我面前，用筷子挑起几丝面，说："快吃，里面有白菜，还有肉丝，味道很好的。"

过了半天，她端着面碗，愣愣地看着我。

然后，她把面碗重重地放在桌子上，用手不断地捏我胸前的那只公鸡，动作十分粗暴，好像在发泄心中的怒气。

那只公鸡一直在吱吱叫，惊得服务员拉开门，看了一眼，立刻又把门拉上。

我拨开她的手："我吃。拜托你一件事，以后不要再管我了。契约上规定的我会努力完成，但是，无论如何，李圣美小姐，求你放过我吧。我欠你的钱一天比一天多，请让我安心找份工作，早日把钱还给你。"

她说："我就是要你还不完！"

我一听急了，一骨碌爬起来，和她面对面跪坐着，膝盖碰着膝盖。我慌张地问她："你怎么这么狠心？就算你帮过我，但也不能让我做你一辈子的仆人吧？我下过决心的，两个月之内一定会把钱还给你，然后我就要去做自己的事。"

她怔怔地看着我，突然说："吃面吧。"

我们低着头把面吃完，她说："我叫人整理了一个房间出来，现在那里有床，有书柜，有电脑，还有美丽的植物，以后你就住那个房间吧。"

我说："谢谢你。"

她突然问我："你想让我唱《阿里郎》给你听吗？"

我摇头。

她又问："你不想让我唱《阿里郎》给你听吗？"

我摇头。

她迅速站了起来，说："好啊，我这就唱给你听。"

跪坐得久了，脚会疼，我靠在墙壁上，摊开双腿，无可奈何地看着她。

她果然唱了起来，还跳起他们的民族舞蹈。

她的声音很清脆，不含一丝杂质。说实在的，在现实中我还没听过这么动人的歌声。她的舞姿也十分优美，如风中娇莲，却多了一份柔媚；像柳梢明月，更增加了一份灵动。

我们房间的门被拉开，门口站了好几个服务员，还有其他房间的客人。门外的通道里，一下子挤了十几个人在那里。

等她唱完，门外传来了热烈的掌声。

她脸红红的，向众人鞠躬，然后横了我一眼。

我真是不知道该说什么，不过想了想，还是很认真地跟她说："你唱得真好，舞蹈也很好，我都看呆了。"

她问我："你现在不难过了吗？"

我心里一痛，说："不难过的。事实上，我没有生你的气。"有句话我却藏在心里没说出来：我是生自己的气，我根本不该和你走这么近，更不该改变对你的初始看法，所有丢人的事，都是我自作自受。

吃完饭正打算回去的时候，她的电话响了，然后她走到角落，和人说了半天电话。看得出来，她的表情不愉快。

等她重新坐下来后，她深深地叹了口气，脸上露出无可奈何的表情。

我哪有精神管她，自顾自地倒了杯真露，一边喝一边把玩手中的酒杯。

她突然一拍桌子，大发雷霆："你看到我不开心为什么不安慰我？太过分了！太叫人失望了！小鱼先生，你的自私态度叫我难以忍受，我不得不重新评估你。"

我说："那好，我安慰你，圣美，别不开心。"

她气呼呼地看着我，眼珠转来转去，不知道在想什么。

然后，她就盯着我的眼睛，一点一点移过来。最后，她的眼睛距离我的眼睛只有几厘米的距离，充满怒火的呼吸也喷在我脸上。

我有些心慌，拼命想后退，只是背后已经是墙壁。

我说："你……你要干什么？"

她突然笑了："我想出办法了。小鱼，我告诉你一些事情。"

李圣美的公司是做化工类原材料的，在韩国有几十年的历史。近几年来，韩国企业大举进军中国，李圣美就是该公司大中国区的运营总监。虽然她是怎么当上的我并不知道，但是，我想其中一定涉及她的家族的因素，否则，一个女孩子不可能做到这个高位。

她简单地给我介绍了一下背景后，继续说道："韩国企业在进军外国市场后，往往都形成战略同盟，今年，另外一家公司，名字叫大韩重化的公司也杀进了中国市场。这家公司的产品与我们重叠，也有部分产品与我们互补。所以，我们两家公司都希望结成同盟。"

我说："那是好事啊，你烦恼什么？"

她敲了我一下，说："问题是他们公司定下来的中国区首脑是个很可恶的人，他叫韩承晚，在韩国的时候就老是缠着我，这一次又自告奋勇来中国。我真是很讨厌他的，但是公司又不得不和他们结盟。”

我说：“你跟他说清楚，不理他不就行了？”

李圣美说：“我跟他说过几十次了，但他总是说他不会气馁的，一定是努力的程度还不够，让人听了都难为情。”

我说：“那好办啊。我做你男朋友，我们当着他的面抱一抱，再亲几个嘴，他一定会退缩了。”看着她的嘴唇，我心想，也许这个差事不坏。不是这种千载难逢的机会，恐怕一辈子都没机会亲她。想到旖旎处，男儿血性被激发出来，我立刻激动地说：“圣美小姐，遇到这种事，作为一个男人不能袖手旁观，我一定帮你！拿出自己的全部实力，帮你摆脱他的纠缠。”

她重重地敲了我一下：“真是过分！你亲我的脚还差不多！”

我看了看她的脚，她连忙把脚缩了回去，藏在矮桌下面。

我无奈地说：“那你要我怎么办？”

她说：“他绝对不会相信你是我的男朋友的。小鱼先生，等会儿我们回家后，我们并排站在镜子前面，你就知道他为什么不会相信了。”

我沮丧万分：“那倒也是。”

她说：“所以呢，我只能跟他说，你和我只是普通朋友。”

我说：“难道我们不是普通朋友吗？”

她笑了：“但我们是一起寻欢作乐的朋友，以后只要是和他谈事情，我们就到娱乐场所去玩，我们的目的就是让他产生不好的印象。”

我说：“你自己去不就行了吗？为什么要拖上我？”

她说：“真笨，一个女孩子去娱乐场所很不雅观的，必须由你保护我。”

我说：“那好吧。不过不能影响我的工作。”

她的电话又响了。她看了看号码，愁眉苦脸地接了起来。

我完全听不懂她说的话，不过，从她的表情看，应该就是那个韩承晚打来的。

说完电话后，她站了起来：“他从机场过来了，我们找个地方给他接风。”

我说：“去哪里？”

她说：“去国会夜总会吧，那里环境还不错。”

离开这家韩国面馆后，她把车一直向北开，穿过天河北路，向着火车东站的方向驶去。

十分钟后，我们进入了这家夜总会。

门口的两个小姐点头哈腰，领着我们走进电梯。

夜总会这种地方，我不是太喜欢。过去，每次都是在赵科长的逼迫下，我才跟去几次，这一次，没想到是被李圣美带着来的。

一出电梯，靠墙站着的十几个女孩子同时鞠躬，大声喊着："欢迎光临！"

我吓了一跳，感觉真是不自在。

一个领班走过来，笑着说："两位是要包房还是坐大厅？大厅的最低消费只要每人两百八，小房的最低消费只要一千二百八。"

李圣美说："先坐大厅看看表演，等会儿给我们开个房间。"

与我以前去过的夜总会相比，国会确实显得上档次些。倒不是说它有多豪华，而是说它的大厅就显得很大气。

整个大厅高有二十多米，面积超过一千平方米。

中央是一条T型台，周围摆着一些沙发，沙发之间的距离一般超过十米。

我和李圣美坐了下来，看着T型台上的模特走台步。

李圣美问我："你觉得哪个模特好看？"

我仔细一看，台上有二十多个模特，三三两两地走着，看起来还是挺有风度的。

看了好半天，我说："都挺好看的。那个穿紫色裙子的很漂亮，还有那个穿红色露背装的也很有气质，最好看的，是那个穿绿背心的姑娘。你看，她像个青苹果，脸上的表情很纯洁的。"

李圣美打断我："那谁最难看？"

我又看了看，说："那个，刚出来那个！天哪！她怎么能当模特的？除了一米八的身高，长得也太难看了。"

李圣美说："你确定她最难看？不要着急，你慢慢看，一定要看准。"

我把每一个模特都看完，用肯定的语气说："绝对是！你看，她好像有胡子，嘴唇上毛茸茸的。"

李圣美说："好极了。"然后，她把经理叫了过来："把那个一米八的模特叫过来，我的朋友要她陪酒。"

第十二章

进击的圣美

听到她的话，我全身冰冷下来，大声说："我不要！坚决不要！我从来不要人陪酒的！"

李圣美恶狠狠地笑着："紫裙子？绿背心？啊？青苹果？小鱼先生，由于今天任务特殊，所以你一定要表现得很恶劣才好！一定要让韩承晚对我们产生不好的印象。"

她对那个经理说："把那三个漂亮的女孩子预订下来，等会儿我还有朋友来。"

经理说："陪酒的小费是八百，四个一共是三千二，您确定要吗？"

李圣美挥挥手，把他赶开。

我恐惧地看着她，她真是个恶魔。

本来，这里空间宽敞，音乐悠扬，坐在这里是很惬意的。但是，那个高高的模特过来以后，情况变得完全不同了。

模特坐在我的身边，给我很大的压迫感。

李圣美盯着我，命令道："赶快进入角色！你不会是还在想什么紫裙子、绿背心吧？"

这个时候，我对一个词语又有了全新的认识：度秒如年。

半个小时后，我已经是满头大汗，韩承晚终于来了。

韩承晚居然是个大帅哥，身高有一米九的样子，身材十分健美，脸也长得很英俊。他刚想坐下来，李圣美就站了起来，一脚踩在茶几上，打了个响指把经理叫来："给我开个小房，把那三个美女带过来。"

韩承晚一脸愕然，用连珠炮般的韩语质问她。

李圣美也用语速很快的韩语跟他说话。

最后，她改用汉语："我的朋友不懂韩语，以后我们都说中国话。"然后狠狠地盯了我一眼。我心里害怕，只好搂住身边的模特，装作很自然的样子说："韩先生好，今天来了，就好好玩一次，这里的姑娘很不错的，我和圣美天天来。"

一群人簇拥着我们走进包房，然后李圣美把一堆上来发名片的经理都赶了出去，只留下四个模特，还有一个负责倒酒的女孩子。

李圣美把脚跷在酒桌上，用喜悦的声音说："啊，每天都可以来花天酒地，真是太叫人高兴了。这样的生活，真是幸福啊。"

我一哆嗦，她又盯了我一眼。

我咬紧牙关，强行把手放到模特的大腿上，却不敢摩挲，只是僵硬地放在吊带袜上，一动也不动。我干笑着说："小姐很漂亮，很漂亮，真是很漂亮的。哎呀，人生真是美满幸福。"

模特笑了。也许是靠得比较近的缘故，她能感觉到我的言不由衷，于是开始与我"互动"。她把头靠了过来，说："先生，我们喝杯酒吧。"基本上，我对红毒、紫毒的香水味道有些过敏，看着她毛茸茸的上唇，又闻到一股红毒的味道，我只觉天旋地转，差点被当场熏翻在地。我屏住呼吸，把脑袋转向另一边，发出比哭还难听的笑声："哈哈……那个……哈哈。我先去洗手间。"

然后我就跑了。

倒酒的小姐连忙招呼我："先生，你不用去外面，房间里有洗手间。"

关上洗手间的那一刻，我听到李圣美在大声说："他很兴奋，现在去洗手间'补充能量'了，韩承晚，你可以跟着一起进去。"

我把马桶盖放下，用卫生纸擦了又擦，然后坐在上面。我抹去额头的汗水，这种噩梦一般的日子，仿佛是昔日重来。

我用冷水洗脸，洗了一遍又一遍。

过了很久，有人在敲洗手间的门，不用想，能做出这种粗暴又不讲礼貌的事的人，肯定是圣美。她冲了进来，把我推出去，同时警告我："一定要让韩承晚和你一起玩。"然后，她对着门外灿烂地笑了。

洗手间的门，被重重地关上了。

我勉强露出微笑，坐回沙发，拿起酒来喝。

韩承晚身边坐着三个如花似玉的美女，看他的样子也有些不知所措。

我笑着说：“韩先生不要客气，抱抱她们吧，你看，她们多白啊。”

韩承晚看了看洗手间的方向，低声问：“圣美经常来这里玩？”

我说：“是啊，是啊，她有时候也叫美女陪她的。”

那个穿红色露背装的女孩子把手放在韩承晚的手背上，韩承晚看着洗手间的方向，反手握住女孩子的手。

我精神大振：“没事的，放开玩，大家都这样的。”

韩承晚拿出雪茄盒，递了一根给我：“还没请教你尊姓大名。”

“我叫江鱼乐。”

他猛然抬头：“江鱼乐？”

“是啊，有什么奇怪的？”

他笑了笑：“看江先生的样子，应该是学文学的吧？”

“我是古汉语专业毕业的。”

他凝视着我，说：“那很好。我们交换一下电话号码吧。”

李圣美一直不出来，韩承晚也表现得轻松了很多。他伸出手臂搂住一个女孩子，将手掌覆盖在她的胸前，不住摩挲，眼里全是火。

我说：“不如你把她们都带到酒店吧。”

他犹豫。

我说：“酒也喝了不少了，你刚飞过来应该很疲惫，先去休息吧。”

他看了看身边的三个女孩子，低声说：“那圣美？”

我说：“圣美是个很开明的女孩子，不会在意的。”

我实在忍受不了这样的气氛，只想早点儿结束，于是把经理叫了过来：“这位先生要把她们带走。”

经理说：“那好，结下账吧。”

我吓了一跳：“现在给吗？”

韩承晚说：“那好，我先带她们走，圣美真的不会见怪？”

我说：“我经常这么干，她从来不说什么。”

到现在，我终于知道一件事，那就是韩承晚是个标准的草包，也是个标准的色鬼。难怪他条件那么好，圣美却看不上他。

韩承晚出门的时候，还热情地看了看我，说：“江先生，以后多联络。”

我借口头疼，把那个高高的模特和倒酒的女孩子赶了出去，房间里彻底安静下来。

洗手间的门开了，李圣美出来了，一手拿起桌上的酒，一手把我拉了起来，将我往洗手间那边拉。

我问她：“干什么呀？”

她不说话，硬是把我拖到洗脸台旁边，然后低沉地说：“把两只手伸出来！”

我虽然不明白她是什么意思，但不敢违抗她的命令，就乖乖地把手伸了出来。她把酒倒在我手上：“刚才你是用哪只手碰那个女孩的？”

我说：“左手。”

她说：“快洗！”

我心疼地看着酒，说：“这瓶酒可是八千七百元买的啊！”

她恨恨地看着我：“你这个浑蛋！以后不管碰到谁，都必须用酒精给我洗干净！”

我说：“万一是在街上不小心碰到了呢？”

她说：“只要碰到女孩子，就一定要用酒精来洗干净！我不喜欢看到你邋遢的样子！那样很不卫生！”

我委屈地说：“不是你安排的吗？”

她说：“你不服气吗？啊？不服气吗？”她的声音越来越高，最后还用手敲了我一下。

折腾了好半天，她用酒帮我洗完，又用水冲洗了很久，直到我的手快被她洗破了，她才勉强放过我。

我和她坐在沙发上，她拿出一个小小的iPad。

一看到这东西，我脑袋里就轰然一响。

每次她要给我记账的时候，都会拿出这个东西。看到这个小小的电子记事本我就恐慌，这已经形成了条件反射。

她说：“这次你是帮我的忙，所以酒啊、水果啊、服务费啊就不算你的。但是——”她用充满怒火的眼神看着我，“那个女孩的小费一定要你来给。你竟然当着我的面让女孩子陪酒，实在是太过分了，真是不可原谅。这样的钱，没有理由让我来给。”

我一句话也说不出来。

她算了算，说：“现在，你一共欠我三千一百元了。”

我举起双手，说：“我没意见。”

她拿着手里的光笔敲了敲桌子，说：“回家以后，你要认真清洗自己，要把整瓶沐浴液都用光，否则不准上床。”

我说：“是。”

随后，她叫来经理埋单走人。

离开国会夜总会的时候，她盯着我的眼睛说：“如果你再到这种娱乐场所来，你就死定了。”

我已习惯，真的习惯了。一个人，要经历多少创痛和磨难，才能习惯李圣美的种种行为？经过她这段时间以来的锤炼，我想，我是做到了。

我老老实实地点头：“不会来的。”

她努力呼吸，嘀咕道：“忘记！忘记！我忘记了！”

她开着车一路在高速上行驶，渐渐地，她的气消了，问我：“给我讲讲今天的公鸡事件，好不好？”

我一听就来火：“圣美！不要再提这事，你想挨打吗？”

李圣美笑了起来，眼睛弯得像天上的月亮：“真是的，不要动不动就恐吓女孩子，很失礼的。那么，小鱼先生，戴尔怎么会看上你呢？我真是奇怪死了。”

我压住怒火：“我可能去不了戴尔。”

“为什么？”她问我。

我说：“我需要钱，我必须在两个月内挣到六万元，戴尔公司那里需要培训，然后薪水还不固定，去戴尔公司的话，我无法实现目标。”

她吃惊地说：“六万？小鱼先生，我想你应该冷静一点，没有任何一家公司会给你三万月薪的。”

我看着她，说：“圣美，有件事我应该感谢你。”

“啊？”

我说：“就是这只公鸡。我跟你说，我在招聘会上的时候，被这只公鸡推进了地狱。然而，也正是因为有这只公鸡，戴尔公司才会要我。在那样悲惨的情况下，我也能够被戴尔公司选中，那么，我为什么不能在两个月内赚到六万元？”

李圣美看着我的目光变得不同，她点点头，没有说话。

我的声音听起来有点低沉：“圣美，我不会被打垮的。我要走出去！我一定能走出去！我时间不多，只要能达成目标，我已经下定决心可以干任何事！任何事！”

她伸出手，摸了摸我胸口的那只公鸡，轻轻笑着说：“小鱼真是一个有勇气的人呀。”

很快，我们回到了家中。

她干的第一件事，就是把我轰进洗澡间，让我换下那套公鸡战袍。据她自己说，她会把这套战袍保存下来，因为“它见证了小鱼先生的复活”。

我洗完澡，发现她给我准备了浴袍，还有睡衣，大小十分合身。

一时间，我也不知道我在想什么。

圣美，总体而言是个恶魔，但有时候又让人感觉挺古怪的。

在这里的生活虽然很受压迫，可是，我觉得这种压迫好像也没那么难受。

我停止思考，警告自己：反正是两个月的合同，完成契约后，我就逃得远远的，彻底脱离她的魔爪，反正以后不见她就是了。

不见她就是了！

不见她就是了？

让我停止思考的原因很简单，圣美又在敲门了：“你又掉进马桶了吗？啊？快出来，该我洗了！你为什么老是爱待在卫生间？真是奇怪的人！”

又蹉跎了几天后，我终于做了一个决定，那就是放弃找工作。

因为我知道，再这样下去，我会变成一个废物。

只要圣美在我身边，我就不会被生活的压力摧残，几乎注定了会变成废物。

6月27日那天，我给赵科长打了个电话，和他说好去单位取回物品。我在路上找了一个收购旧货的人，领着他一起到了单位。赵科长把我原来宿舍的门打开，让那个收购旧货的人进去清点物品。他发了支烟给我，我们就站在宿舍门口抽烟。

他问我：“以后有什么打算？”

我说：“什么挣钱就干什么。”

赵科长笑：“挣到大钱了别忘记请我喝茶。”

我说：“那是当然。”

所谓机关单位，人与人之间的交情大抵如此，赵科长对我的态度，已经让我感觉挺温暖了。那个收购旧货的人跟我汇报价格：“电脑一千五，电视两百，其他小电器一共五百，还有各类衣服算五百，家具算三百，加起来给你三千元整。”

我有点犯晕，我的电视是29寸纯平啊，电脑也是才配了几个月的P42.4，那台电脑花了我将近八千，现在居然只值一千五？

我说：“兄弟，你看错了吧？你知不知道它是什么性能？”

他说：“老板，你这里路远，光是叫人来搬也要花不少钱。”

我说："你加点儿吧，别让我太心疼。"

赵科长也帮着说了几句，最后，那人加了五百块钱。

那人叫人过来搬运，忙活了半天，终于把宿舍搬空了。

我把钱放进钱包，一手扶在门上，看着住了三年的宿舍。

赵科长笑："怎么，舍不得？"

我笑笑："人都是有感情的，这屋子虽然糟糕，但仔细想想其实也挺好的。"

我看到门边的墙壁上有两条黑线，心里忍不住一酸。

那是欣然来这里度假时，我们两个量身高，用铅笔在墙上留下来的痕迹。

我一声不吭地走了过去，仔细地把那两条黑线抹平。

然后我对赵科长说："科长，我走了，以后要是我能牛起来，我请你去喝茶。"

赵科长拍了拍我的肩膀，什么话也没说。

就这样，我离开了熟悉的机关。

走到大街上的时候，时间是上午十点。我给李圣美发了条短信，告诉她我出去办事，可能要在外面逗留一段时间，叫她自己煮饭吃、自己去购物、自己看《大河之舞》、自己给家里的植物浇水……

刚发出去，她就打了电话过来："你要去哪里？"

我说："等我牛×了再回来找你，一定还你钱。"

她颤抖着说："要是不能牛什么呢？"

我说："我跟朋友交代过了，要是8月我还没回来，他会汇三千一百元到你的账户。"

她开始大叫："你不要去！我不要你牛什么，你回来，我要看到你！"

我还没来得及回答，她又说："六万块钱我给你，你不要走。"

我说："谢谢你那只公鸡。把我的战袍留着，以后再给我穿。"

她居然哭了。

如果这世界上有什么事让我想不到，那就是她居然会哭。

她说："求求你，不要走……不要走，不要走……我在哭。"

我说："圣美，你不要哭，没有人值得你流泪，值得你流泪的人是不会让你哭的。"

她说："你……跟我签……签约……"

我说："关于那个契约，我很抱歉。作为违约补偿，我向你发誓，我牛×起来后，一定会答应你一个要求，只要我能做到，就一定帮你做到，这是一个男人的承诺。”

她还在哭，断断续续说不出一句完整的话。

我怕她这样难过下去，一狠心就把电话挂了，然后关机，把SIM卡取出，折断成两半，丢进了垃圾桶。

然后，我找了个手机店，花七十五元换了个新卡。

我一直有个习惯，那就是喜欢把朋友的手机号码直接存进手机，而不是存在卡内。在圣美家摔破那个手机后，我已经丢失了不少号码。

这次损失的只是SIM卡，这几天保存下来的手机号倒是保留了下来。

我一路向前走，找了家超市，买了个旅行包，又买了瓶最便宜的水。做完这一切，我直接去了长途车站，买了张去潮阳的车票。

黄华生跟我交代了三个任务，第一个任务，就是找到能够转货的平底船，必须能够开进公海，能够运载一百吨左右的货物。

这一切对我来说完全陌生，我没有一丝信息。

世界是一片森林，我没有地图，只能独自跋涉。

中午十二点三十五分的时候，汽车开动。

夏日炎炎，我打开水瓶，大口大口地喝着水，冷静地看着街边景物向后飞逝。

不知道为什么，我突然想起今天的地板还没有擦，要等她下班以后自己擦了……

我禁止自己想下去。

第十三章 潮汕风情

潮汕地区一向是广东的走私重灾区，可惜官商合作力度不够，或者说合作不够严谨，20世纪90年代后被福建一举赶超。后来又被披露了增值税虚开事件，引来国家制裁。记得当时，一夜之间上千家公司迁出潮汕，号称东方犹太人的潮汕人在国内商界的地位一落千丈。

就在那一年，这片充满活力的地区成了广东经济唯一出现负增长的地区。

我之所以买到这里的车票，完全是因为自己一片茫然。因为除了这个地区，我真不知道该去什么地方，毕竟我在机关待了三年，对外界的了解接近于零。我只能凭着自己一些粗浅的知识和模糊的印象，在江湖上贸然闯荡。

在车上颠簸了几个小时后，我突然想起灵隐寺，心里很后悔，后悔当初没有去北高峰的财神庙上香。喝了一口水，我暗暗祈祷：上苍保佑，如果能赚到钱，我一定将十分之一的利润捐献到财神庙。

我把前额靠在前方座椅的靠背上，双手合十藏在胸前，不停地祷告，向未知索求幸福。

车开到距离潮阳市区几十公里的地方，抛锚了。

暴雨又下了起来，一车的人面面相觑。

“扑你阿母！”周围的人纷纷出口“问候”司机。

雨越下越大，天变得越来越黑。

我的邻座是个黑瘦的男孩，看上去只有十七八岁的样子，脸上稚气未脱，一双眼睛很灵活。他带了很多本杂志，一路上都在看。

看了一会儿车窗外又黑又厚的雨幕，我转过头来，对他说："雨很大，路真难走。"

他说："六七月的潮阳就是这样的。大哥，你不是本地人？"

我说："是的。你是做什么的？"

"我什么都做，我在广州待了一年，做过十几份工。"

"换工作那么快不是好事吧？"

"那也没办法，我年纪小，容易被欺负。"

我问："你叫什么名字？"

"叫小山，以前在一个工地干活儿的时候，他们说我特别能背东西，所以叫我骆驼小山。"

雨依然在下，车里的人越骂越大声。

小山说："大哥，你喜欢虾吗？"

我一怔，因为"虾"这个字在杭州话里代表女性生殖器的意思，所以我历来很少说这个字。

小山说："我妈会养虾，所以我要到城里挣钱给她买虾苗。到时候要我爸爸到海滩上拦一片地下来，放很多虾苗进去，有青虾、基围虾、沙虾……总之要放很多虾进去。"

我默然听着。

他的脸上在放光："我妈会养出很多大虾出来，然后我就把虾卖到城里去，还可以开个餐馆，专门卖虾。我还可以把虾做成虾酱，让城里人涂在面包上吃。"

我问他："你家在哪里？"

他说："离这里只有二十多公里吧，是个小渔村。"

我又问他："你们村里有船吗？不是打鱼的那种船，是那种运货的船。"

他说："没有。以前每家都有渔船，这两年渔船基本上都没用过了。"

"那你见过运货的船吗？"

"当然见过，前几年很多的，现在只有晚上才看得到……"

我急切地问："这些船会停到你们村吗？它们开到哪里你知不知道？"

"不知道。"

小山看了看外面的情况，突然说："我要下车了。我得走回去。"

"这么大的雨，为什么要下车？"

他低声说："大哥，我们这里有人在路上拦车抢钱的，现在车停在这里，要是碰上那些人怎么办？”

我一听也有些害怕，毕竟我身上的三千多块钱就是我的全部财产，如果被抢劫，我真不知道该怎么办了。

于是我跟他说：“我跟你一起走吧，坐在这里太闷了。”

小山带了两个很大的编织袋，看起来鼓鼓的，很有分量的样子。我见他瘦小，就帮他背了一个。

雨真的很大，刚下车，黄豆大的雨点就打得人生疼。

满车人都用古怪的目光看着我们，如同看着两个疯子。

下车不到十秒钟，我全身上下就都湿透了。

背上的编织袋突然重了很多。我吃力地拉了拉袋子，问他：“小山，这里面是什么东西啊？”

小山说：“是衣服，我准备拿到村里卖的。”

他领着我离开大路，顺着郊野的一条小路走去。

小路上的黄泥经水冲刷，变得像泥塘一样，地面堆积的水坑，最深的地方可以淹到我的脚踝。

泥浆的黏力很强，一脚踩下去，要费点力气才能拔出来。

雨不停地下，睁眼也困难。

我不停地用手抹去眼前的雨水，咬紧牙关，跟着小山一步一步向前走。

小山说：“大哥，我记得前面五公里的地方有个破祠堂，我们可以先去那里休息一下，等雨停了再走。”

我看了看他，他倒是显得很习惯的样子，似乎这种暴雨对他来说毫无影响。

背上的袋子真是重得可怕，我一个不小心没拉紧，脚下又踩到一块烂泥，当下连人带包摔倒在水坑里。

水花四溅，泥土的淡淡腥气扑鼻而来，整个人一下子变成了泥猴。

小山把我拉了起来，说：“还是我来背吧，大哥，别再摔倒了。”

我抹去脸上的泥浆，说：“这日子，真不是人过的。”

我和小山跌跌撞撞地在泥泞里行走，雨始终很大，路也越来越滑，短短几公里，两个人摔了十几次，衣服上的黄泥很快被雨水冲刷干净，然后又脏，然后又变干净。

我以为这条路走不完的时候，小山高兴地叫了起来，指着一个小坡上的黑影说：“大哥，你看，就是那个祠堂。”

我和他扛着两个编织袋，用尽最后的力气走到祠堂门口。一进门，我就一下子躺在地上，猛烈喘气。小山把衣服脱下来，用力拧干，说："大哥，地上湿气重，不把衣服弄干很容易生病的。"

他把我拽了起来，帮我脱掉衣服，然后从编织袋里取出一件衣服递给我，叫我用它把身上的水擦干。

这个祠堂四面墙，有两边是空的，屋顶也有很多漏洞，地面同样满是积水，但起码与外面相比，人不用承受雨点的打击。仅仅是这么一点差别，就让我产生上了天堂的感觉。

我问小山："去你们村子还要走多久？"

小山说："村子里没什么人的，都是些小孩和阿公阿婆，大人都在前面的镇上干活。我妈妈也在那个镇上，我先去镇上找妈妈，把衣服先卖掉一些，然后才回村里的。"

我问："那你爸爸呢？"

他说："去新疆了。我们潮汕人有三分之一在外地，我们村有很多人都去新疆了。"

我迟疑着问："去新疆干什么？"

他说："帮老板干活儿，专门负责从银行取钱，然后又汇出去。"

我心里明白了几分，看着他懵懵懂懂的样子，也不想跟他解释。

雨还是没有停的意思，哗啦哗啦的水声，让世界变得很寂寞。小山拿出个饭盒，取了几块南瓜饼出来，和我分着吃。

祠堂的墙壁上满是裂纹，不知道什么时候就会倒塌。我视若无睹，和小山靠在一道裂纹上，吞咽着食物。

若是一道惊雷劈在这里，我和小山就会被墙壁掩埋掉吧。

休息了好一会儿，我翻开旅行包，取出手机。还好这个旅行包防水，不然手机也不能用了。

我跟黄华生打了个电话："先跟你说一声，我手机号码换了。另外，你上次跟我说的那个事，具体怎么操作？"

黄华生那边依然是吵闹的音乐声，我照例等了他几分钟，他的声音才变得清晰："我先把货买下来，然后你找船来接货，货到大陆后，你把它销出去，事后把钱打回给我。"

我说："老黄，按你这么说，就是你出钱，然后其他事都由我来做？"

他说："有钱才是硬道理。老鱼，要尊重真理。"

我说："第一次怎么操作？好比我们现在就要干这事。"

他说：“这样吧，我先拿五个柜，大约一百吨的样子，我的成本是八千一吨。毕竟咱俩都没做过这生意，前景是好是坏也说不清楚，所以对你没什么要求。你的船过来接货后，我给你一个月时间，一个月后，你把八十万给回我。第一次就这么做。”

我说：“你不挣钱吗？”

他笑：“老鱼，这生意要是能做，我何必在乎一次的钱？你先做起来，以后我们五五分账。”

我迟疑了一下，说：“要是搞砸了怎么办？比如，船被查了；比如，我的货卖不出去。”

他说：“要是真搞砸了，那就认命算了。对了，我给你个电话，你要是走投无路，可以找他，他绝对能让你暴发起来。”

他念了个号码，我默默记了下来。忽然，我觉得这个号码很熟悉。

等挂断电话后，我迅速查找我的电话簿。

我发现，黄华生给我的电话号码，是韩承晚的电话。

我把手机放好，抱紧肩头，感觉有点儿冷。

小山疑惑地看着我：“不是吧，现在有三十多度啊，你怎么会冷？”

我说：“小山，雨什么时候能停？”

他看了看外面的天，说：“说不清楚，天黑了，想走也不行了。”

他拖着两个编织袋走到破旧的供台旁，将袋子里的衣服都倒在台子上，然后又找了个稍微不湿的地方，将编织袋铺在地上，说：“大哥，先进袋子睡吧，天亮了我们再走。”

他笑了笑，解释说：“这里蚊子太多，不盖住身体，会被叮得很惨的。”说完，他自己钻了进去，动作十分熟练，想必他经常这么睡。

我呆呆地坐了一会儿，最后也钻进了一个编织袋。

小山很快就睡着了，发出轻微的鼾声。

我将头转向祠堂外，看着雨水不停落下。

然后我想起了大学三年级那年，我和一个杭州的女孩子，也带着一个睡袋，在钱塘江边看潮起潮落。那也是一个夜晚，有月亮和星星，只是没有雨。

我很害怕，但还是强迫自己想下去。

她问我：“你以前有过几个女孩子？”

我说：“有一百个吧。”

她打我。

我说：“有二十个。”

她哭。

我说："我不会骗你，做什么事都不会骗你。"

她说："你爱我吗？"

我说："我不知道这是什么意思，我想我只爱自己。"

她说："大家都说，只有经过一次旅行，才能确信对方是否是自己想要的人，你愿意和我尝试一次吗？"

我说："好。"

雷声隆隆，我看到惨白色的闪电划过天际。

于是我转回头，强迫自己入睡。

很多初入社会的年轻人都会设想自己能与某个成功人士交谈一次，以便从中获得助益。这是因为大家都知道，那些名人传记、新闻访谈都是不折不扣的狗屎，我们得出的结论是：成功人士也不会因为传记上表现出来的东西而发财。

在我刚出大学那一年，黄华生曾经拖着我去拜访一个四十岁的人。他告诉我，按照那个人说的去做，我们就会发财。

四十岁的中年人是一家企业集团的总裁，旗下有三十多家企业，每年的产值是五十多亿。

我不知道他看中了我和黄华生什么地方，他领着我们去他二沙岛的别墅，花了一下午的时间和我们聊天。

时间过去了三年多，我依然记得他的样子。

他很瘦，脸干枯得像个核桃，上身是二十元一件的鳄鱼衬衫，裤子皱巴巴。朋友，如果你和广东的本地富豪多接触些，你会发现他们的特点都是惊人地像。

他就坐在花园的喷泉旁边，在桌子上，放着几块湿毛巾，每隔三分钟或者是五分钟，他就会拿起湿毛巾擤鼻涕，然后把用过的毛巾放在水果旁边。

他跟我们忆苦思甜，说他只读到小学三年级，以后就去街上卖瓜子，然后当走鬼卖涂料，中间花了两年时间在全国的小报上登广告，向全国人民兜售致富信息，挖到了第一桶金，然后又去卖地板，然后买档口开工厂，最后又搞房地产……

他是个很真诚的人，我相信他说的一切都是真实的，他忠告我和黄华生说：什么都不重要，最重要的就是积累。所谓的积累，并不单单是说财富和行业经验的积累，而是整个人的价值观、处世态度等综合方面的积累。

我和黄华生完全被迷住了，老黄伸手拿水果的时候，一不小心抓了满手鼻涕。

他像一个长辈在对自己的侄儿进行指点和教导。我们告辞的时候，我问了他一句话："那么，运气呢？"

他沉默了一会儿，又拿起块新毛巾擤鼻涕，说："运气是第一的。"然后，他从裤子口袋里抓出一把钱，塞给了我。

事后我数了数，是十三张一百元的钞票。

我想到这些，是因为我在汽车上的祈祷灵验了。

我和小山在破旧的祠堂里过了一夜，第二天，当我们刚走出祠堂十米的时候，整座祠堂塌了下来。是的，那残余的两面墙就像两个相思已久的恋人，冲破一切束缚，互相吸引、接近、拥抱，然后融为一体，分不出彼此。在噼啪的声音中，两面泥墙相拥倒在地上，变成一个土包。

我和小山站在山坡上，看着发生的这一幕。

小山把大拇指放进嘴里含着，如同一个重度蒙古症患者。

过了很久，小山跟我说："大哥，以后我跟着你干吧，叫我做什么都行，不给钱也行。"

我和小山，一人背着一个编织袋子，走了四个多小时，终于抵达小镇。

小山的母亲在镇上租了个小门面做生意，主要卖水和烟。

由于这个小镇靠近广汕公路，所以，很多不愿意走广汕公路的司机会从这里路过，小镇也因此繁荣起来。这就是小山妈妈为什么离开自己的渔村赶来这里做生意的原因。

我们到达小山妈妈的那个档口，看到的事情不太好。

店里的水和烟被抛撒在地上，小山妈妈被人裹在一条棉被里扔在大街上。还有其他人也被丢在大街上。

因为小镇开始变得繁荣，他们打算把这条街改造成商业街，所以就想让这些外来租户搬出去。我拉住快发狂的小山，两人合力把他妈妈扶起来，然后向远处走去。

中间情形有些混乱，我手臂上被敲了一棒，脑袋也被人给了几下，快离开人群的时候，还被人踢了一脚，差点儿摔在街道角落的白菜堆中。

我们三个人，我和小山，扶着他的妈妈，拖着两个编织袋，向小山的渔村走去。走了五个多小时，傍晚六点多的时候，终于赶到了小山的家。

夜幕降临，渔村也亮起了点点灯光。

七点的时候，小山的妈妈煮好了晚餐。

她去邻居家借了些菜，有酿豆腐、鲞鱼干、卤鸡蛋，还有一盘过水通菜。

小山妈妈说天气热，就给我们煮了粥，有白粥和番薯粥。

我们坐在饭桌上吃饭。番薯粥很好吃，我吃了整整三碗。

我跟小山妈妈说了一下我来的目的，小山妈妈说可以帮忙找人。小山跟她说想和我一起干的时候，她同意了。

吃完饭，小山找来个大木盆，我们把编织袋内的衣服倒了出来，一件一件进行清洗。

洗衣服的时候，小山妈妈跟我说："江先生，你印堂发亮，一定会发财。"

我说："是的。"

她说："发了财，不要赌六合彩。"

我说："好。"

然后，我们三个人就没有说话，认真地把所有衣服洗完，晾到门外。

第十四章 天降财富

渔村实在太偏僻，偏僻得让人无法注意。村子里的成年人都到外面挣钱去了，只留下些老人和孩子看守祖屋。不是亲身来到这里，我绝对不会相信广东居然还有这样的小村存在。

在这里待了三天后，我体会到一个真理，除了“运气第一”以外，“无人注意”也是一个发财的理由。

小山的妈妈带着我四处找人，通过一个又一个中间人的介绍，第六天的时候，我认识了一伙专门走海路的人，他们的话事人名字叫贺老六。

我见到贺老六的时候是晚上，他们一帮人在一个烧烤摊上边吃边喝。

他们赤着上身在喝酒，我刚坐下来，贺老六就递了一瓶啤酒给我。我和他碰了碰，然后一下吹干。连续吹了好几瓶，贺老六笑了笑，说：“你喝酒不行啊，脸这么快就红了。”

我说：“我喝不过你。”

摊子上摆了些烤鱼、烤蔬菜什么的，贺老六随便拿了一盘放在我面前，问我：“你的货想怎么走？有没有批文？要不要报关？”

我说：“怎么才能搞到批文？”

贺老六说：“你走的是光盘，必须搞到废塑料的批文。工商、文化那边我可以帮你搞定，环保局那边就没办法。你自己找人去搞，砸一百万进去应该有希望。”

我说："那没意思。六哥，我跟你交个底，前面中间人说有一千多个柜要运全是扯淡，我怕你们不够重视才那么说。六哥，你要觉得我不够意思，我现在就给你倒茶认错。"

贺老六怔了怔，拿起一瓶啤酒，一口气喝完。

我说："六哥，我只有十个柜要运，所以批文和报关是八竿子打不到一块儿的事，我什么都不要，只要你把货拉到码头，然后我叫人马上转走。"

贺老六问我："你叫我们来，就是要我们给你运十个柜？"

他的脸色有点儿黑，我一下子把钱包里的钱都掏出来，大概有三千多的样子。我把钱放在油腻的桌子上，说："生意成不成不要紧，今天就当认识各位大哥，请各位大哥吃个夜宵。十个柜是第一批，以后会陆续有。"

贺老六再没有和我谈什么相关的事，一群人又继续喝酒吃肉。吃到凌晨三点的时候，他把桌子上的钱推还给我，然后说了几句简短的话就和我达成了协议。

按照官价，从香港过潮阳一个柜的价格为一万多港币，纯暗箱的话是七万港币。贺老六收我三千元人民币一吨，一个柜大概有二十吨出头的样子，也就是说六万多一个柜，算下来是非常优惠了。

但是，贺老六说这纯粹是运费，路上出什么事他们不负责。

我想了又想，一咬牙就确定了。

按照行规，是要先付定金给他们的，我和贺老六不咸不淡地扯了些题外话，他最后主动跟我说，等柜上岸再一次结清。

接下来几天，我先是找了几家塑料加工厂，然后请这些工厂的老板吃饭，通过老板介绍，把深圳几个做碟的大庄叫了过来，和他们仔细地沟通了一番。

与贺老六喝完酒的第七天，满满十个柜的货到了。

我连货都没看，立即打电话问黄华生："这货的成本是多少？"

他说："一千多一吨。十个柜我总共出了三十万。"

我大吃一惊，问他："你前面不是说五万一吨吗？"

他说："你傻了？五万一吨说的是全是××的碟，现在的货里面什么都有，还有很多废纸和废塑料。"

我说："我该怎么卖？"

他说："那些老板比你懂，你多找几个老板去看货，他们自己会出价。"

挂了电话后，我有种头晕的感觉。

我找车把货拉到地磅处先过磅，然后放到小山的渔村里，把那几个做碟的人叫进村看货。

两个小时内他们就作出了决定，有一个柜里有很多爵士和摇滚，该柜以一万一吨成交，除去其他费用，这一个集装箱纯收入二十万。

这是卖得最高的一个柜，最差的一个柜里有很多烂料，只卖出三千一吨，收入六万。

其余的价格都在十万左右。

当几个老板把货搬上他们的车，迅速消失在夜色里后，我把七十万的现金交给贺老六，让他和他的兄弟们哼着小曲离开。我坐在一个蛇皮袋上，袋子里全是钱，大概有二十万，准确的数字是二十万三千元。

这天是7月8日，我屁股下坐着二十万块钱。

呆了好半天，我才打了个电话给黄华生："我们发了。"

他说："发了多少？"

我说："二十万。这钱好像不太方便寄给你，我先把你那一半存着，行吗？"

他说："别扯淡了，说好了第一次全给你，以后我们五五分。"

我说："那你不是太吃亏了？我不能占你便宜。"

他沉默了一会儿，说："尽量花吧，用尽你全身力气花。要买好车，还要给你老爹老妈买大屋。"

我说："我还没想过花钱的事。"

他说："老鱼，把握生活，把握现在。"

我说："怎么跟我念广告词似的？你的钱，我一定帮你留着。"

他突然吼道："你还当不当我是兄弟？！去你的，老子说了不要就不要。要分钱以后再说。"

说完，他就挂断了电话。

我懒得理他，把电话收好，突然想到，我是不是应该给圣美打个电话，因为我感觉现在真是有点牛逼了。不过转念一想，这些钱恐怕还不够买圣美那辆车，要是现在就跟她献宝，她会笑话我像个小孩子的。

而且，做这种生意来的钱，她肯定会看不起我，说不定还会把我骂得狗血淋头。

不知道为什么，一想起圣美，我就感觉有点气馁。

我总感觉她在用黑黑的眼珠瞪着我，每次看到那种愣头愣脑的眼神，我总是感到不自在，心里发慌。也许是被她压迫得太厉害了，所以我得做点事给她看看，向她证明"我也行的"。

第二天一早，我和小山背着钱赶到镇上，我存了二十万的整数进去，身上还留着三千七百多元现金。

出了银行，我看已经快十点钟了，就带着小山找了个茶楼喝茶。坐下来后，我给那个拿得多的老板打了个电话，他姓胡。我问他："胡老板，昨天你拿去的货销得怎么样？"

他说："还好了，爵士和摇滚是抢手货，躺着卖都可以。"

我说："你卖掉多少了？"

他说："刚才还有几个香港人过来，一下子拿走了三百多张。"

我说："才卖了这么点啊！一吨差不多八千张，你昨天吃了一柜，总共拿了十多万张回去。"

他说："哪有那么多，昨天不是丢了很多废料在你那里了吗？我总共只拿了十八吨回来。一些垃圾货回广州清给别人了，我真正拿在手上的只有五吨。"

我说："那也有几万张，你一天才卖了三百多张……"

他说："老弟，你知不知道我卖多少钱一张？一百二！昨天的货还不错，有好多是绝版。"

我笑了笑，说："你也太黑了，怎么香港人也跑你那里拿货？"

他说："香港很讲知识版权，他们只能到我们这里买。"

我说："那你赶快卖出去啊，这么慢要等到什么时候才进下批货啊。"

老胡说："老弟，话我说得简单点，你继续进，只要你敢进，我就敢吃。一百吨我也敢吃。"

我大吃一惊："你有没有搞错？"

他说："这次去拿货的都不算什么大老板，我再帮你找几个有实力的老板，下次你准备进的时候，你带我们去香港先看货，然后我们当场下定金，直接把你的货包了。"

他又跟我说了几句拉拢的话，随后挂了电话。

这时候，茶上来了。

我喝了一口茶，想着这些事，心里隐隐感觉有些不对。

因为这实在太容易了。

我仔细盘算了一下，像这种生意，一共有三个难点：一是进货，也就是说从美国或者日本的进货问题；二是从公海转到大陆的运输问题；三就是分销的问题。

现在看起来后两个问题不大，我这样的门外汉能解决的问题，绝对不会是什么大问题。那么，关键就是第一个问题。

这生意已经存在十几年，为什么我一个新手一上路就如此容易？难道那些做了十几年的人还不如我？我越想越不对劲，立刻给另外一个碟老板打了个电话："老张，你做这行有多久了？"

老张说："有十几年了吧。"

我说："深圳天气好吗？"

他说："还好了，没下雨。"

我突然问他："你有别墅没有？"

这一问出其不意，他没注意到，应声而答："有。"然后他才急着问，"你问这个干吗？"

我说："你实力应该不错，怎么没想过自己从美国上货？"

他说："一次动用的资金要几亿，谁有这个实力。"

我立刻呆了："你说什么？能说清楚点儿吗？"

他说："这种生意一般都是一次几千个柜，什么货都有，碟子只是其中的一小部分而已。几年前就形成垄断了，有能力进货的人就那么几个。老弟，你是帮谁分货的？"

我如实说道："这货是我自己的，一个朋友帮着进的。"

他干笑了几声，说："了不起，了不起，英雄出少年，佩服，佩服。"

话里的调侃和嘲讽，很容易就听得出来。

挂了电话后，我感觉事情似乎不对。

最后，我给自己找了个理由：一定是黄华生认识了大老板，所以人家关照他，随便给他点货。

其实，也没有什么可想的了，事实只能是这样。

小山看起来很少来茶楼，看他的样子很高兴，拿了好多吃的东西摆在面前。他看到我茶杯空了，就给我倒上，说："这里的茶不好喝，大哥，等会儿回村我给你冲功夫茶喝。"

我笑了笑，将那些不安的想法排出脑外。反正二十万在银行是稳稳当当的，我还考虑那么多干吗？

吃了一会儿，感觉饱了，我对小山说："下次再进货的话，你跟着我全程做，然后以后都由你来负责，我8月、9月要出去，顾不上这边。"

小山问我："我该做什么？"

我说："等会儿我给你买个手机，你的工作就很简单，和贺老六联系，然后找车到码头接应他们，把货转到村里，确认老板们把钱打进我的账户。"

他说："那我知道了。"

我说："后天我要去香港，有些事要和朋友谈一谈。"

小山说："大哥你放心，我不会误事的。"

这时电话响了，是黄华生的。

最近我打过很多电话给他，他的态度越来越粗暴，经常发火，然后挂掉电话。不知道他是泡妞不顺心还是有其他原因。

我接起电话，他说："十天后有批货到，做了这一单，下一单就不知道什么时候了，说不定是最后一单。"

我问他："多少个集装箱？"

"二十个。"

"那好，我这就做准备。"

他说："这几天你来香港一趟，有些文件需要你签署一下。"

我愣了，问他："什么文件？"

他说："就是几份破文件，货柜的所有权问题，还有一些关于承运人的文本，你一起签了吧。"

我感觉奇怪，就问他："为什么要我签？"

他说："我的身份不方便出头，这种事只能找兄弟来办，找其他人我不放心。老鱼，你不会是怕我搞你吧？"

我也笑，说："一世人，两兄弟，你要搞我我也认了。好，后天我就过来。"

我和小山是走路回村的。

在路上，我突然想到一个问题，这次离家出走，不，准确的说法是离开圣美的家，目的只是在两个月之内挣六万块钱而已。按道理说，我现在该收手不干，马上丢下一切跑回去找圣美，然后完成我的契约。

可我为什么还想着要大干几次，不挣得盆满钵满就不回去见她？

反正回去也是给她当仆人，挣那么多钱有什么用？

我不由得问小山："小山，你看我是不是特别爱钱的人？"

小山说："不是。你有那么多钱也不去买新衣服，直接存进银行，好像你在帮别人做事，不是你的钱一样。"

我问他："那我为什么想挣更多钱？"

小山说："你肯定是在跟别人比吧，你想比别人更有钱。"

一语惊醒梦中人，我一下子恍然大悟，喃喃道："我比她有钱又能怎样？"

小山说："那你就可以比他牛气，可以压倒他。"

我想了又想，最后连连摇头："小山，你不懂的，就算我有十亿，她只有一元，我看情况也没那么乐观，恐怕还是要被她骂来骂去。她那种人，天生自命不凡，自我感觉良好，她最没钱的时候我也见过，还是要被她吃定的。这事情看来有些不妙，我好像没什么好办法。"

小山说："不可能！除非大哥你喜欢被她骂。"

这话听得我脑袋发沉，我晕乎乎地说："有没有搞错？她那种人，谁会愿意给她骂？我不过是看她心好，愿意帮助人才委曲求全的。说实在的，真是可怜她才那样的。"

我晃了晃脑袋，让自己清醒了些，说："其实是这样的，我跟她签了个契约，就是合同，我还没完成就溜掉了，感觉有点不好意思。所以，我就是想完成那个合同而已，根本没有别的意思。"

小山说："如果订了合同，那么就应该完成的。"

我点了点头："好！我决定了，做完这单就回去完成合同，之后就各走各的路。小山，你看着吧，我绝对能做到。"

我决定不再想这事，就给晨曦打了个电话："我8月初回杭州。"

她问："又怎么了？"

"我要去北高峰财神庙还愿，我要买一大堆香烧给财神爷。"

她惊奇地问："你实现什么愿望了？"

我尽量让语气显得很低沉："晨曦，我发了。"

晨曦轻松地说："那好，请我们吃饭。"

我说："能不能帮我介绍个女孩子？要很文静的，我打算租回去给老爹老妈看。"

她哧哧笑着："带我去，一天只要一万。"

"我可不能请个爷回去，你一去准露馅儿，你这人，走到哪里都不把自己当外人的。"

她语气不善："给人介绍对象这种事我不干的。"

"那我怎么办？"

她说："你这人也太麻烦了。行了，告诉我你打算出多少钱？我有个小姐妹，正好在广州上班。"

我急切地问："她上什么班？"

她怪笑着说："白班，有时候要加钟。"

我急了："你这人怎么就没半点正经啊？好歹是个领导，你注意点形象行不行？”

她憋不住了，笑着说：“好了好了，跟你说吧，她做房地产的，好像是个小经理吧。你改天约她喝个茶，谈谈理想、谈谈艺术什么的，弄假成真也说不定，到时候你要谢我。”

我苦笑：“先谢了。”

她警告我：“别占人家便宜，什么灌酒、下药之类的招数你给我试试？我很认真的。”

我说：“没意思，你把我说成黄华生了。说正经的，你得警告她不要动我。”

“先别装好人，到时候不要又写检讨，当着全班说什么‘好险哪，要不是悬崖勒马，差点我就成了黄华生第二’那些话。”

我真的急了，大声说：“你！晨曦，我跟你说，你觉得批判我有意思吗？我是什么人你很清楚的。”

她说：“行了行了，逗逗你也急成这样。你打算出多少钱？”

我忍住气，说：“你看着办吧，替我省点钱。你办事，我放心。”

挂电话后不久，晨曦把那个女孩子的电话发过来了，姓叶，叫什么名字我倒没在意。

第十五章 回到广州

黄华生跟我说的那些关于签署文件的事，我心里一直感觉有点不对劲。不过后来想了想，他是我多年的兄弟，如果他都要害我，那我就让他害了算了。抱着这种心态，我去了香港，然后和他玩了两天，第三天的时候，我把那一堆文件逐一签了。

又待了几天，老黄说的那批货到了，我把大陆的老胡、老张还有另外几个大老板叫了过来，一行七人直接坐船到公海，然后转到货船上直接验货。

又过了三天，小山打电话给我，要我确认银行里的存款。

这个时候，我跟黄华生正好在码头散步，看着远方那些堆积如山的集装箱，两个人傻乎乎地啧啧称奇。

我拨响了中国银行的客户热线电话，电脑语音是这样回答的：您的存款余额为三百六十万零七百。

我重听了好几遍，一言不发，把电话递给黄华生。

黄华生听完，眼睛都笑得眯了起来。

我说："该给你多少钱？"

黄华生说："进货就是废料钱，不值什么，减去成本再分我一半，应该是……"

我说："给你两百万吧，这事我也没出什么力，能拿一百多万我已经很开心了。"

他说："也行，这几天我请你好好玩玩。可惜这生意断货了，不知道下一次什么时候才能做。"

我说："你就那么着急？"

他舔了舔嘴唇，说："下次干一笔大的，争取一次搞五万吨进来。干完咱们就可以退休了，钱应该够花了。"

我笑了笑，没说话。

他说："你先别急着回去，陪我玩几天。老弟，香港是全国美女最多的地方，不好好玩玩对不起自己。"

他说的这句话我倒承认。

在我看来，全国城市中应该是深圳的美女最多，这一点绝无一丝夸张。但是跟香港比，深圳真是差了很多。

我一开始并不认为香港会出美女，去了多次后，我才发现事实完全不一样。

黄华生在一家洋行工作，一个月薪水只有两万多港币，在香港本地算是中上，但和他的消费相比，这点收入简直是毛毛雨。

黄华生说："说起来就伤心，我来这边工作了两年多，倒花了家里一百多万，这次不是跟你合作搞了点钱，我都不知道怎么跟家里交代。"

我说："那别乱花了，把钱花女人身上不合适。"

他说："别那么多废话，晚上跟我去玩，我请客。"

我说："不了，我要回去。我想，我该回去了，地板还没有擦。"

他呸了一声，说："给老子滚回去！土包子！老子走了，不送你。"

我笑骂道："滚吧。对了，我是不是把钱直接打进你账户？"

他晃着车钥匙走着，回头说："不要汇款。回去给我拆个账户出来，密码就用我的学号。"

等他的车消失在远方，我突然感觉有点内疚。

因为来香港之前，我一直怀疑他想害我，我竟然怀疑自己的兄弟，我觉得自己真是卑鄙。

以前，我每次到香港过周末都只带四五百元，都是住他的、吃他的，最开始那年他还没买车，就连坐车、坐船用的磁卡，他都会提前给我准备好。他可从没表示过什么不满。

他要是知道我曾经怀疑他，不知道会有多难过。

在码头想了很久，我心情才逐渐平静下来。

我给小山打了个电话，说："小山，你把银行账号给我，我明天给你打十万进去。"

"啊？"

我说："这次全靠你在大陆调度，你该拿这么多。"

小山说："那下次什么时候做？"

"别想下次了，这种机会不是随时都有的。"

"我拿那么多钱该干什么？"

我说："把你爸爸从新疆叫回来，让你妈妈办个养虾场，然后你找个学校去读书吧。"

码头前有出租车送客人来，空着车在等我，我正想着上车转到火车站，转念一想，香港的出租车是出了名的贵，跑这一趟可能要三百多港币。于是回头，直接上了小渡轮，坐到对面小巴站去等车。

我最终没有选择坐火车，而是搭上了回广州的巴士。

巴士开到东方宾馆的时候是晚上八点钟，我穿着一条脏兮兮的休闲裤，上身是件泛黄的T恤。T恤本来是白色的，但这段时间被汗水、海水泡过，所以颜色显得不够纯正。

唯一的行李是手上的一份《大公报》，在大巴车上捡的。离开广州时买的那个旅行包和半瓶水，留在了小山家。

天上又下起了雨，是淅淅沥沥的小雨点，我连忙站到宾馆的门廊下躲雨。一分钟后，雷声隆隆，狂暴的雨又下了起来。

惊慌的人群在四下逃散。

我斜靠在廊柱上，借着路灯看着报纸。

人群依然在逃散，我可以听到慌乱的脚步声和人们不满的抱怨。

也许因为是竖版报纸的缘故，我看了半天，一个字也没看进去。

我把报纸塞进垃圾箱，突然想起，6月13日那天，我同样是在这里躲雨。

时间走了一个轮回，现在的我与那时相比，也许就是多了一百多万。

这样的经历并不出奇，还在机关工作的时候，我就经常听说类似的故事，什么某人带了五百元来到广州，两年后就搞了几个亿。在广州，这种事层出不穷，报纸上隔几天就会挖掘出一个新富翁，听多了、看多了，我都麻木了。

雨还是越下越大，街灯发出的光芒似乎也被雨打湿了，被拖得雾蒙蒙的。

我走到二楼的麦当劳，点了一套巨无霸套餐。

正吃着，旁边的座位坐下了一对情侣，看样子是学生。

女孩子数落着男孩子："真没见过你这种人，太小气了，我难过死了。"

男孩子耷拉着脑袋，看着自己的鞋子，一句话也说不出来。

我正好在吞咽面包，一下子被呛住了，手捂着喉咙发不出声。

女孩子连忙拉了她男友一下，男孩子连忙跑到我背后，不断拍我的背。

好半天我才缓过气来，红着脸，一边咳嗽一边说："谢谢你们。"

女孩子说："是他帮你的，你只谢他一个人就可以了。"

我站了起来，说："不，谢谢你们。我要走了，再见。"

不等他们有所反应，我就起身下楼。

如果说，之前我还不知道该干什么的话，现在我知道了，我知道我该干的就是跑到圣美面前，让她好好数落我一次。

我跑到楼下，冒着大雨冲到马路中央的花坛边拦车。

在又厚又重的雨幕中，一辆又一辆车在穿行，车灯在雨幕中晃动，摇曳着又飘又软的光影。

我不断擦去头上、脸上的雨水，拼命挥手。

在东方宾馆等车的人有很多，估计他们看我的眼神像看一个疯子吧。

我意识到自己不可能拦到车的时候，心里突然产生一个想法：我为什么不跑回去?

于是，我开始跑。

我迈开大步，顺着大路开始跑，一边跑，一面用手擦去遮挡视线的雨水。

我跑得很快，天知道有多快，水花被我的脚步溅起，发出哗哗的声音。我跑过一个又一个街灯，然后是一栋又一栋的高楼，然后是一个又一个的小区。

我跑在大路上，又跑上高架桥，在滚滚车流中，我一个人顺着大桥延伸的方向努力跑着。很快，我就跑到了上次翻车的那个地方，我只看了那里一眼，停也不停，继续鼓足气力向前跑。我跑过了广园东路，横穿了天河北路，最后终于跑进龙口西路。不知道跑了多久，我看到帝景苑的门楼时，再也没有力气，一下子跪倒在一根路灯柱旁边，抱住路灯柱子喘息、咳嗽。

眼前有金星在冒，喉咙、鼻腔感觉火辣辣的。

好半天，我才抱着路灯柱费力地爬起来。

我低头看了看自己的衣服，原本泛黄的T恤变得肮脏无比，于是我把T恤脱了下来，卷成一团拿在手上，光着上身走向帝景苑。

门口的保安将我拦住："先生，请拿出身份证登记，或者让里面的住户打电话到值班室确认。"

我的声音听起来很沙哑："我就住这里。"

另一个保安探出头来："是您呀。"

我擦去额头的雨水，看了看他。

他连忙撑起一把伞，穿过窗户遮在我的头上。雨点打在雨伞上，发出砰砰的响声。

他说："上次也是下雨天，您和我在大楼下有过一次交谈，后来，您坐上一辆车出去了，您还记得吗？"

我看了看他，说："你好，我要回家。"

他把伞递给我："您先拿去用吧，下次还回来就行。"

我接过伞，一面努力平复呼吸，一面向圣美住的大楼走去。

我身上有圣美家的钥匙，那是她给我配的，因为"我可不想天天为你这种人开门，还要免费当你的车夫"。

她带我去职场空间那天，抽空在街上给我配的。

我走进大楼，上了电梯，很快就到达了圣美家的门口。我掏出钥匙，手一抖，钥匙掉到了地上。我捡了起来，用两只手把门打开，然后走了进去。

房间里一片黑暗，我打开了灯。

一切如故，沙发在原来的地方，电视也摆在那里。

我拿起壁橱上的一块毛巾擦了擦脸，向厨房走去。

饭厅和厨房里没有人。

我加快脚步向她的卧室走去，推开门一看，空无一人。

我有些恐慌，噔噔噔地跑回自己的房间，还是没人。我开始叫："圣美，我回来了！"

五分钟后，我找完所有房间，依然没人，我还找了衣柜里、冰箱里、床下面……最后，我跑到洗手间，坐在马桶上。

我拿出手机，想打她电话的时候，发现手机被雨淋坏了。我爬上窗台，把脸贴在窗户上，希望看到她的现代车能出现在小区门口。

等了很久，依然没有看到。

我把水龙头打开，也不管她之前的警告，直接爬进浴缸里洗澡。很快，我就把一瓶沐浴液用光，然后把衣裤也洗了。

我穿着浴袍回到客厅，坐在沙发上。角落的音响台上放着一张光碟，我走过去，拿起一看，是她曾经在车里放过的那张*Make Believe It is Your First Time*。难道，我离开以后，她一直在听这张碟？

我把光碟塞进碟机，音乐在客厅里响了起来。

我靠在沙发上，找了条毯子把自己裹得紧紧的。

我试图让自己冷静些，不断劝说自己，她跟你没什么关系的，她只是单纯地帮你而已。你到底在干什么？究竟在想什么？

我在沙发上不断翻身，焦急地等她回来，然后大声告诉她：我必须要完成那个契约。

然而，墙壁上的挂钟显示时间变成凌晨四点的时候，我终于意识到，她今夜是不会回来了。

她去了哪里？

难道又去夜总会花天酒地了？

我想到韩承晚的样子，心里立刻害怕起来。如果她喝多了酒，一定会被韩承晚欺负。

就在这时，客厅里的电话响了起来。

我一下子跳起来，跑过去接起电话："圣美！是你吗？我回来了！"

对面传来古怪的韩语，是个女人的声音。

我让自己冷静些，仔细辨认了一下，不是圣美的声音。于是我改用英文："你好，请问你是谁？"

对方也用英语问："你是谁？"

我说："我是……我是圣美……李圣美小姐的仆人。"

她说："她怎么会找个男人当仆人？"

"这种事难免会发生。请问您是谁？"

"我是她的妈妈。你让她接一下电话。"

"她没有回家，我联系不到她。"

"那她什么时候回家？"

"我不知道。"

不知道为什么，我的额头开始出汗。

她说："那等她回家后叫她打电话过来。"

电话挂断了。

我急着说："她的电话是多少？"

电话里一片忙音。

我掏出手机，恨不得现在就找人来修好它。

这一夜，我一分钟也没睡着。第二天一早，我跑到饭厅，写了张字条贴在冰箱上。字条上写的是：圣美，你太过分了，作为一个女孩子竟然通宵不回家，我对你简直失望透顶。

贴上去几分钟，我撕了下来，重新写了一张：圣美小姐，我回来履行契约。你一夜没回家，我心里感觉很诧异。

看了看，我又撕掉，又写了一张：圣美，我回来了，现在去修手机。

然后我跑去了手机商场，找到维修部后，维修员跟我说："这个手机太老款了，配件很难找。"

我说："不管怎么样，麻烦你修好它。"

他说："先生，维修它需要四百元，您不如买一个新的。"

我直接拿了四百元给他："帮我修好。"我找了个公用电话给陆晨曦打了个电话："以前不是跟你说过吗？你结婚我会送你一辆车。现在你把账号给我，我打二十万给你。"

陆晨曦欢呼道："太好了！你真是好人。小叶跟我说，今天是周末，正好有时间和你约会一次。"

我皱着眉说："怎么成约会了？我可不是找女朋友啊。"

她说："别管那么多了，就算是租借，你们事先也要串好口供嘛。"

"那好，你现在告诉我电话，我这就跟她联络。我正烦死了，想找个人说说话。"

挂断晨曦的电话后，我拨通了那个叶小姐的电话："你好，我是晨曦的朋友。"

对方说："哦……哦，我们找个地方见个面？"

她的声音听起来挺甜美的。

我说："我在天河。现在也快中午了，不如我们到小肥羊吃个饭？"

她说："为什么不找个西餐厅？"

"火锅吃起来热闹，那样大家不会拘束。"

"那好吧，我现在过来，大概十分钟后到。"

我连忙说："我在修手机，你先到万佳超市门口等我，我穿灰裤子、白T恤，你穿什么？"

"我穿一身耐克，正在打网球呢。"

"那你过来吧，我们一起拿到手机就去吃饭。"

第十六章 没有圣美的广州

打完电话，我跑回手机维修部。

维修部的员工说："还有十分钟才能把手机配件调过来。"

我说："直接说要我等多久。"

"配件拿过来后，最多十分钟就可以修好。"

"那我二十分钟后过来拿。"

我穿过马路，走了一小段路就来到万佳超市门口。一看时间还剩几分钟，我就去旁边的小店拿了包烟，小店的老板问我："要什么？"我说："拿包玉溪。"随后，我看到了红色的那种红河。当老板把玉溪递过来，我如梦初醒："对不起，换包红色的红河。"

过了几分钟，在远方的人群中，我一眼就认出了叶小姐。

不是因为她穿了一身耐克，而是因为她个子很高，有一米七五的样子，在众多女孩子中，很容易就能认出来。

她很醒目。

长发全部梳向右边，垂在胸前。

五官很漂亮，身材也很好。

所以，我一眼就能认出她来。

她背着个运动包，里面估计装着网球拍。运动衫的衣领立着，衣服拉链只拉到胸口，其中一只袖子还挽到了肘部。

我向她挥了挥手，她走到我面前，上下打量着我，眼神很锐利。

我有些尴尬：“就是我了，别看了。”

她还是盯着我看了几眼，最后，长长出了一口气，说：“晨曦给我介绍你？”

我笑了笑：“叶小姐，凑合一下吧。”

她笑了：“我叫叶野，不是说我性子野，我很文气的。我妈妈是画家，很喜欢田野风光，所以给我取了这名字，你可以叫我叶野。我叫你小鱼？”

她用询问的目光看着我。我说：“可以。”

我说：“那我们去吃小肥羊吧。”

“你的车呢？”

我怔了怔：“我没车。”

她伸出食指，在自己脖子上横划一刀，像是用宝剑自刎，然后笑着说：“好极了。我们不要吃小肥羊，天河北路有家意大利餐厅，味道很不错。”

我说：“我们先过马路去取手机。”

然后我们穿过人行道，来到手机维修部那里。

当维修员把手机递回给我的时候，叶野看着那部手机，眼睛瞪得溜圆。

我猜她感觉不好。

本来嘛，像这种事情，虽然是租借的性质，但至少要给对方有点幻想空间才好。从第一面开始，我的衣服、裤子，还有许久没有打理的头发，估计给她留下了不好的印象。

我本不是这么失礼的人，但事情发生得太突然，我根本来不及做任何准备。

估计叶野现在心里在大骂晨曦。

我们拦了辆车，几分钟后就赶到了那家意大利餐厅。一进门，就看到左手边有几个意大利厨师在做菜。

叶野一坐下来，就拿起杯柠檬水喝了一口。我拿出烟，点燃一支，把烟盒放在桌子上，然后她就盯着那包烟。于是，我悄悄把那包烟拿了回来，放进裤子口袋里。

她的脸上写满“无奈”两个字，两只手互握，不停地按着自己的关节。

我不想让晨曦太难做，于是说：“事情不是你看到的这样，其实我平时也挺好的，人也挺好的，老实、肯干家务，还会调酒……”我声音低了下去，心里想到一些事，终于说不下去。

她干笑了几声，说：“晨曦把你说得像个宝一样，你要怪，就怪晨曦把你说得太好了。”

我深有同感，点头说："本来就是嘛，事先应该把对方说差一点，真见面的时候，反而可以发现对方不少优点。"

她饶有兴趣地看着我："晨曦在你面前是怎么说我的？"

我大感头痛。

晨曦确实说了很多话，但我根本没记住，也没在意。

说实在的，叶小姐再好有什么用？我只要求她善良、懂事、干净、收钱不要太黑而已。我说："她叫我不要给你灌酒。"

她听了先是一愣，然后笑得不可抑制。

服务生过来问我们点什么菜。

我连菜单都没看到，她就做主给我点了份红酒牛肉，然后跟我解释说："跟萝卜炖牛肉的味道差不多，炖得很烂的，我猜你一定喜欢吃。"

然后她给自己点了份五分熟的牛排。

餐前酒上来后，我和她慢慢喝着，聊了聊晨曦以往的一些糗事，尴尬的气氛慢慢消散。

她问我："小鱼，你做什么工作的？"

我总不能告诉她我是做走私的吧，想了想，我说："风里来雨里去，做地下工作的。"

她笑："给我出谜语？我想想……知道了，是耕田。"

我笑了："我有个兄弟就是耕田的，我觉得挺好的。"

她说："我是做房地产的。说起来，我们都跟土地有关系，勉强算是同行。"

上冷盘的时候，我突然忍不住打了个喷嚏。

我感觉鼻子酸酸的，脑袋也有点晕，也许是因为昨天淋了太多雨，有点感冒的症状。

不用说，我给叶野的印象又糟糕了些。

想起来，我心里也有些歉意，她本来在打网球，好好地过她的周末，我让她兴冲冲地跑来约会，结果遭遇这一摊子事，想必她也十分郁闷。

冷盘放在桌上，无人问津，遭遇冷场。

我点燃一支烟，向四周看了看。

在这里进餐的人，有很多外国人。在我们背后，坐了满满两桌日本人，全是日本妇女，一看她们穿的衣服就能认出来。

看着她们满脸堆笑的样子，我忍不住叹了口气。

除了更多金头发的外国人外，叶野的背后是两个香港人，五六十岁的老头，挺着肚子，戴着墨镜，一人手里拿着一根雪茄，不知道在演戏给谁看。

突然之间，我发现我为什么不爱到西餐厅：因为在这里吃饭的人都很怪。

叶野又叫人给她添了杯水，她已经喝了五杯了。

我不忍心看她受折磨，就说："叶野，要不你先走吧。"

她立刻说："那好。"她背上运动包，推开椅子，问我，"你够不够钱付账？"

我说："够。"

我看着她走出玻璃大门。结果十秒钟后，她又倒了回来，说："我8月有事，可能不能跟你去了，要不我介绍我们公司的女孩子给你？"

我说："我挺满意你的。"

她一下子脸红了，张口结舌站在那里。

她坐了下来，问我："你满意我什么？我喜欢听表扬。"

我说："我老爹说过，找老婆个子要高，这样小孩才会长得很高，还有，找女孩子屁股要翘，那样容易生男孩。"

她听了，半晌不出声，半天后才问我："你就满意我这个？"

我说："还有啊，你看起来很健康。"

她的脸上开始有怒意："没了吗？"

我说："是的。"

她说："那么，容貌呢？气质呢？品位呢？内涵呢？"

她一路问下来，我都不知道该怎么回答。

我沉默不语。

她抬手看了看表，说："今天有什么电影？我们去看一场。"她向站在旁边的侍应生点头："埋单。"

我说："我不看电影，那里太黑了。"

她说："那好，我们找家咖啡厅喝茶，我要让你明白一些事情。"

侍应生走了过来，她一手把账付了。

我暗喜。

叶野把我领到一家咖啡厅，然后点了壶蓝山。

她整理了一下头发，问我："我们从哪里开始？"

我茫然，不知道她是什么意思。

她说："我们先谈谈艾略特的《荒原》如何？"

我瞠目结舌，说："你叫我来就是跟我谈这个？对不起，我没看过。"

她说："那我们聊聊塞尚？"

我说："他是干吗的？"

她忍住气，问："你学什么的？"

我说："古汉语。"

她愣了。

我说："我们比背《离骚》好吗？要不背《战国策》？"

她涨红了脸，一句话也说不出来。

我看着她，说："叶野，你不觉得这种行为太幼稚了吗？即使你有品位、有内涵，可是这些东西难道是可以称斤论两的吗？我真是不明白，你竟然会看重这些东西。"

叶野说："我被你气糊涂了。我本来就最恨别人说我是花瓶，可是你把我说得连花瓶都不如，把我说成是生孩子的工具，真是气死我了！我也是人！你了解真实的我是什么样子吗？"

我说："叶野，你何必在乎我的看法？你是什么样的人根本不用别人来评判，你自己清楚就行了。"

她还是生气。

我想到她是晨曦的小姐妹，把事情弄得太僵也不好，于是说："给你讲个笑话吧。以前征兵，一个学者去参军，人家问他是什么文化水平，学者就说自己拿了多少个学位，发表了多少篇论文……反正学者把自己的水平都表达出来了，最后——"

我看了看她的脸色，她果然在认真听。

我说："最后，征兵的人在学者的入伍单上盖了一个章——识字。"

她板着脸："这是最难听的笑话，根本无法让人发笑。"

我笑了笑："其实呢，我不过是想找个女孩子回家给我爸爸妈妈看看。老年人看媳妇，肯定是看她健不健康、能不能生小孩。在父母眼里，孩子的内涵、品位算什么呀！"

她沉下脸："晨曦有没有跟你说过一句话？"

我问她："什么话？"

她说："晨曦说，如果合适的话，不妨试着相处一下。"

我说："很明显就不合适，从你看到我的第一眼我就知道了，所以我只想着能让我父母满意就行了。"

她问我："你这样想就可以把我当成商品对待？为什么不合适？哪里不合适？"

我说："这根本不用说，完全不合适。"

她说："没试过怎么知道！"

我吃惊地看着她："你冷静点。对不起，是我太现实了。我说话不该那么直接，请你原谅。"

她问我："你是看不起我，还是觉得配不上我？"

我老老实实地回答："都不是。我觉得我们的生活轨迹不一样，比如，我很难想象自己会习惯被你整天骂，一见面就骂，我做正确的事情也骂，我待着不动也骂，我不在你视线范围内也骂。"

她说："可是我不会那么做。我有骂过你吗？"

我笑："事情太复杂了，叶野，我们谈正事吧，你愿意被我租借回家吗？"

叶野有气无力地说："你打算出多少钱一天？"

我说："晨曦没和你说价钱吗？"

叶野闷声说："我根本没想过这件事，我以为是相亲，我一直比较相信晨曦的眼光，以为她会关照我，谁知道……"

我说："你不愿意就算了，没必要委屈自己。"

我感觉脑袋越来越晕，勉强让自己镇定下来："我先走了，很高兴认识你。"然后，我叫人过来埋了单，和叶野一起走了出去。

叶野问我："你不送我回家吗？"

我说："我身体有点不舒服。"

她用不可思议的眼神看着我："现在我终于相信了，你确实对我没兴趣。"

"那是好事。就算你是普通姑娘我也不会玩弄你，更何况你是晨曦的朋友。"

"是不是在广州待久了，每个人说话都这么直接？"

"是的吧。大家都没时间耍花腔了。"

她问我："假如你对我有兴趣，你会怎么做？"

我头脑阵阵发晕，尤其是刚吹完空调，现在又站在烈日下，身体更加不舒服，所以想早点结束和她的交谈。

我直截了当地说："很简单，请你吃两次饭，任务是摸到你的手；然后请你看电影，找部恐怖片来看，在电影院就可以抱你了；看完电影去跳舞，最后去酒店，把你正法，完毕。"

她说："你要不要试试？先请我吃两次饭，我给你降低难度。"她把手伸了过来，"你摸。"

一辆出租车停了下来，我打了个喷嚏，说："叶野，游戏很危险，别玩了。最让人担心的就是你这种自动撞枪口的姑娘。我估计你以前遇到的都是小资，要真碰上老油条你就死定了。我真的不舒服，先回去了。你继续等车，照顾好自己，再见。”

说完，我也不理会她，钻进车里就溜掉了。

俗话说，病来如山倒。

我一进出租车就感觉真的病了，鼻子都塞住了，嗓子也开始疼起来。

车开到小区后，我下车进药店买了一堆药，然后支撑着上楼。

进到屋里，我冲进饭厅，看到冰箱上的字条还在那里。

我倒了杯水，然后抓起一把药塞进嘴里，一口吞了下去。吃完药，我勉强走回自己的房间，躺到床上迷迷糊糊地睡了过去。

身上一阵冷一阵热，张大了嘴呼吸也觉得氧气不够。

这样的状态很奇妙，那就是，我清醒地知道自己在睡觉。

不知道睡了多久，缺水的感觉让我苏醒过来，我舔了舔干裂的嘴唇，起身到饭厅倒了一大杯水，然后又吃了一大把药。

看了看时间，我睡了二十多个小时。

我拿起手机一看，有十几个未接电话，全是晨曦的。我躺在床上，给她打了过去。

刚接通，她就吼道：“你这浑蛋怎么回事？叶野把我大骂了一顿，说你简直不是人！你到底跟她说了些什么？”

我嗓子很痛，勉强说道：“代我跟她说声对不起。”

晨曦说：“你声音怎么这样？你喝多了？”

我说：“我病了，在床上躺着。”

晨曦说：“有没有人照顾你？好像病得很严重。”

“没事，我吃药了。就这样吧。”我把电话挂了。

我躺在床上，睡不着了，翻来覆去折腾着。

电话响了，我接了起来：“你好。”

“听说你病了？”一个清脆的女声说。

我问：“你是谁？”

“我是叶野。”

“晨曦没代我跟你说对不起吗？我再跟你说一次，对不起。”

“你这人无聊啊。你住哪里？我送你去医院。”

“不用了，我吃点药就行。我最烦医院那个味道。”

“那我过来看看你。”

“是晨曦叫你这么做的吧。别老听晨曦的话，你没必要这样做。”

“至少我可以帮你煮点粥吧，你的声音听起来很不对劲。”

“没必要。你自己过好就行了。”

“你住哪里？”

“知道区庄立交桥吗？”

“知道。”

“我就住立交桥下面，具体是哪个垃圾桶不确定，那要看环卫工人摆在什么地方。”

说完，我就挂断了电话。

过了半个小时，电话又响了，我一看，居然还是叶野的电话。

我忍住气，低声说：“你想干什么？”

她喘着粗气说：“你到底在哪个垃圾桶？立交桥下有四个，我全找了，还有两个花坛我也找了，连路边人行道上我也找了，问了好几家店，都说没见过你。”

我无语。

这样的情况从未发生过。我也明白了她为什么提出要跟我“试试”，因为她实在太粗线条，太不信邪了。

她突然沉默。从电话里，可以听到汽车川流的声音，过了一会儿她才说：“你骗我。”

我不说话。

她说：“我是不是很可笑？”

我说：“是我不对。”

她说：“我从不撒谎，更不骗人。”

我说：“好女孩都这样。”

这一次，她沉默了很久，不是因为电话里的汽车声，我都以为她挂机了。

我拿着电话的手都变酸了，她终于开口：“你住哪里？”

第十七章 长辈来袭

如果这世界上有种东西能叫人无地自容，那就是真诚。我用羞愧的语气跟她说："我住帝景苑。"

她说："啊？"

我说："房子不是我的，我现在在给别人当仆人。"

她说："啊？啊！"

我说："全部是真的，有一个字是假的，我立刻去跳珠江。"我把门牌号告诉了她，然后就缩回床上。

二十分钟后，门铃响了。我打开了门，叶野拎着一袋东西走了进来。

她看着我，说："你看起来很憔悴。"

我说："进我的房间吧。房子的主人有洁癖的。"一进房间，她就皱起鼻子："汗味好重。我给你带了很多水果，你想吃什么？"

我看着她的眼睛说："对不起。"

她说："我去给你煮粥。"

等她去厨房后，我拿出电话来，按下了圣美的号码，结果是中文秘书台，我就把自己的号码留了上去。

我郁闷死了，索性给韩承晚打了个电话："韩先生吗？"

"请问你是？"

"我是江鱼乐啊。"

“江先生，你好啊，这段时间去哪里发财了？”

“是这样的，韩先生，你知道圣美去哪里了吗？”

韩承晚吃惊地回答：“我这几天忙着找写字楼，一直没联络过她。江先生，好像上次我们去过夜总会以后，她对我态度就很冷淡，是不是她不满意我的举动了？”

我哪有心情跟他说话，随便敷衍了两句就想挂机。

他突然又说：“江先生，你知道哪里有合适的写字楼吗？我在中信看了下，价格有点贵啊。”

我随口问他：“你打算在哪个地段租写字楼？”

“天河北路。”

我说：“大概要多少钱一平方的？”

“争取不要超过两百元，因为我们要的面积很大，大概要三千平方米的样子。”

我敷衍道：“有消息通知你吧。”

叶野很快就把粥端了进来，我吃了一碗，感激地对她说：“太谢谢你了。”

她笑了笑，没说话。

我问她：“你为什么对我这么好？我记得昨天你挺讨厌我的。”

她说：“我回去后想了想，觉得你起码不会害我。”

“就这么简单？”

“已经很难得了。你要找一个不想害你的人，不是那么容易的。”

我完全理解她的这种心态，所以只能赞同。

她问我：“你好好一个男人，干吗给别人当仆人？”

我苦笑：“一言难尽。对了，你的工作怎么样？今天不用上班吗？”

她说：“随便找个借口就行了，做房地产就是这样的。”

我心里一动，就问她：“你在天河北路这一带有没有楼盘？”

她说：“没有。我现在主要做东站那边的一个大盘。”

“有多大？”

“大概两万多平方米。”

我急切地问：“一个楼层有没有三千平方米的？”

她说：“正好有一个，不过楼层很高，做不了商场，地段也不太好，在我手里压很久了。怎么了？”

我压住激动的心情，放慢语速问她：“一个月租金多少钱？我想要三千平方。”

她疑惑地看着我："不会吧，你在给别人做仆人……"

我说："你就给我个价格吧。"

她想了想，说："老实说，那里出过血案，很多人了解内情不愿意进去，我按最低价给你，八十五吧。"

我的心都快跳出胸腔了，我连忙跟她确认了具体的位置，然后叫她不要出声，我给韩承晚打了电话。

我说："韩先生，我给你找了个地方，简直就是给你们量身定制的。"

我把具体的情况跟他说了说。

韩承晚说："可惜不在天河北路。"

我说："那里比天河北路好多了。你想，坐车五分钟就到天河北路，旁边就有几家豪华夜总会，往前走是洗澡城，还靠近火车站，多方便啊。"

韩承晚来了兴趣："多少钱一平方？"

我说："一个月只要一百九十五！很便宜。"

叶野在旁边听了，差点没把眼珠子瞪出来。

韩承晚连声说好。我说："我现在身体不舒服，过两天我们两个去国会夜总会谈谈，把这事定下来。"

韩承晚发出一阵淫笑，说："那拜托你了，我正好可以抽空去香港轻松一下。广州什么都好，就是没有金发女郎，害得我每次都要跑去香港。"

挂了电话后，我心满意足地躺在床上。

叶野长长地呼了口气："我想，你可能是世界上最阔气的仆人。"

我说："你先跟我签份合同，把那个盘租给我，然后我再转租给那个人，你看行不行？"

她说："这个没问题。算下来，你一个月可以坐收三十万。我的天哪，我不知道这么多年我都在干什么了。"

过了一会儿，她突然板起脸，说："第一次见面的时候，你为什么在我面前装穷？"

我苦笑："根本没装过，那是本色。你觉得有钱人是什么样子？"

她想了想，说："唉，你还别说，我见过好几个土老板都穿得很邋遢，倒是天河北路这些上班的白领穿得很齐整。"

我说："很正常。上次巨星影业的老邓和他的马仔去北京开会，别人把他的马仔供起来接上奔驰，把老邓一个人甩在后面背行李。"

两个人聊着这些古怪的事，不由得都笑了起来。叶野突然说："小鱼，我们交往吧。"

我大吃一惊："为什么？"

"因为你很有钱啊。如果非要给自己找个借口，那我也只能这么说了。"

我苦笑："你真坦白。你说被我的风采迷住了都好啊，起码不让人感到寒心。"

她笑笑："坦白一点比较好。更重要的是，你除了有钱之外，我也不讨厌你，尽管你总是让我不舒服。"

我说："其实没必要这样的。就算我有钱，我也不会因为我们交往就送你钱，你完全可以通过与我合作的方式来挣钱。"

"怎么合作？"

"8月跟我回家，表现好一点，我每天给你一千元。"

她啧啧："你可真大方。"

我说："这个楼盘方面，你可以去跟老板压价，就说租不出去，必须降低价格，比如降低到七十五一平方米，我私下可以给你十元一平方米，那样你每个月就可以多得三万。"

她眼睛发亮："这倒是个好主意。可是要我欺骗上面好像有点不对劲。"

躺得久了，我感到有些累，于是就和叶野走到饭厅。

她又给我添了碗粥，还配了个小碟子，里面放着几块豆腐乳。看得出来，她是个很细心的姑娘。我说："你也吃吧，我一个人吃怪不好意思的。"

"好。"

我们两个人，一人坐一边，默默地喝着粥。

她看着冰箱问我："圣美是谁？"

我说："是主人。"

她慢慢地问："是房子的主人还是你的主人？"

我说："两者都是。"

"我明白了。"她生气地说，"那你为什么还要找我？为什么不直接叫圣美陪你回家？既然你已经有主人了，为什么还到外面找别的女孩？"

我说："你可能误会了。她确实是我的主人，但不是你想的那种。我跟她提过那个建议，她的回答是，在我脸上泼了一杯水。"

叶野叹了口气："这世界好像每个好男人都被抢光了。说到底，女人还是只能靠自己。"

我说："你回去后准备一下文本，然后跟我去把合同签了。对了，我要转租的那个人是个色鬼，你要小心他。"

她露出害怕的眼神："很色吗？那我该怎么办？"

我说："不但色，而且是个草包，偏偏又很有钱，长得也很帅。"

叶野笑着说："那你要照顾我，不要让我被欺负了。"

我说："要不，谈判的时候我就说你是我的女朋友，估计他没那么大胆。"

叶野说："那好。我们在什么地方谈判？"

"国会夜总会。他最喜欢这些乱七八糟的地方。"

叶野怔怔地看着我："真希望有一天能和你们一样，想去哪里玩就去哪里玩。"

喝完粥，她和我坐到客厅，看了一会儿《大河之舞》，然后她就告辞了。

出门的时候，她用奇怪的眼神看着我："假如我比圣美更有钱，你会不会考虑换个主人？"

我说："你不会是看上我了吧？"

她说："有些人像榴莲，一开始让人很讨厌，强逼自己一点一点接近以后，就会发现这个人其实没那么糟糕。"

我说："我不是因为钱才做她的仆人的。"

她点点头："我明白，有些事情是说不清楚的，不过钱多一点总不是坏事。你好好休息，有事打我电话。"

等叶野走后，我躺在沙发上看着电视，每隔一分钟，就打一次圣美的电话，结果无一例外都是中文秘书留言信箱。自从我回来，屋里每一分钟都在变得更加凌乱。房间不用说了，连被子都没有叠，饭厅里喝过粥的碗就摆在桌上，连收拾的心情都没有，更不要说去清洗了。

这时候，门铃又响了。

我去开了门，看到外面的情况登时呆了。

门外，站着三个老年人，准确的说法是，两个七十多岁的老人，一个老公公、一个老婆婆，头发全白了，还有一个四十多岁的中年妇女。

他们全都盯着我，目不转睛地看。

中年妇女说："啊尼哈塞哟。"

我脑袋轰然一声响，准是圣美的亲戚，因为他们头上都戴着旅行团的帽子。

我慌忙鞠躬："请问你们是？"醒悟过来他们不懂中文后，我连忙改用英文："是圣美小姐的亲戚吗？"

中年妇女也用英语说："你是电话里的那个小伙子吧。本来我们不想来这里的。爷爷和奶奶听说圣美找了个男人做仆人，执意要来看看。"

我慌忙把他们领进屋，安排他们在客厅坐下，然后端茶上水果，忙得不亦乐乎。

圣美的妈妈跟着我走进饭厅，看到桌子上的两个碗后，就皱起眉毛说："你们这些孩子，真是的，吃完饭为什么不收拾干净？记住，要随时保持家里的整洁。"

我真是快崩溃了，我从来没想到会有这样的事情发生。

他们把我叫到客厅，三个人并排坐在沙发上，让我坐在他们的对面。

他们在用韩语交谈，不时看一下我。

我感觉自己像个受审的犯人，大气也不敢出。

老爷爷看起来很威严，他板着脸说了一句话。

圣美的妈妈连忙翻译："你是怎么认识圣美的？"

我暗暗想道，他们没有问圣美在不在家，也没有问圣美去哪里了，这说明他们知道圣美在什么地方。那么，圣美一定没出事。

想到这里，我一直吊着的心总算平静了下来。

我恭敬地回答："我们是在飞机上认识的。"

就这样，老爷爷不断问话，圣美的妈妈在一旁翻译。

除了自己的隐私外，我把所有的事情都交代了，甚至把契约上规定的家务也说了出来。

圣美的妈妈说："爷爷说你们这是在胡闹，你们不知道自己在做什么。"

我低眉顺眼地回答："真是对不起，让大家操心了。"

老爷爷又发了一阵火，最后很大声地说了一段话。

圣美的妈妈说："男人做女人的仆人，不觉得可耻吗？"

我忍气吞声地回答："那是因为我愿意听她的话。"

圣美的妈妈翻译后，三个人互相看着，然后又齐齐看着我。

他们一脸狐疑，脸紧紧绷着，到后面才慢慢松弛下来。

圣美的妈妈说："你站起来，走几步给我们看看。"

这样的命令实在荒唐，但不管怎么说，他们是长辈，长辈的话必须听，所以我就按照她的话，在客厅里走了几步。

他们又嘀咕了一阵，最后老爷子发话了。

我不知道又是什么晴天霹雳的话，圣美的妈妈说："爷爷叫我们煮饭。"

我大松一口气，说："我这就去厨房准备。"

老爷爷又是一声大喝。

圣美的妈妈说："爷爷说，厨房不是男人该去的地方，你坐在这里，我和奶奶去准备。”

她们去厨房后，我和老爷爷面对面坐着。

他一直看着我，我感觉心里阵阵发毛。

吃完饭，他们又开始审问我，听到我的专业是古汉语的时候，居然叫我背诗给他们听。还好经过上次圣美的考验后，我重新背了不少诗，当下一口气给他们背了十来首。他们听得倒是有滋有味的。

折腾到晚上九点，他们才离开这里，说是要回酒店休息。

临出门前，圣美的妈妈说："我们后天就要回国了，明天你要陪我们去南华寺烧香。"

我忙说："是。"

无妄之灾，绝对的无妄之灾。

我一路送下去，先是门口，然后是大楼出口、小区出口，送上了出租车，把自己也塞进了出租车，送到最后，把他们送到了酒店的房间。

一路上听了不少训斥，好在语气虽然严厉，但内容还是十分温和的，不外乎是要把圣美照顾好，自己同时也要努力的意思。等回到家的时候，我真是累得动都不能动了。吃了几大把药，把闹钟设好，才昏昏睡了过去。

第二天早上六点我就爬了起来，把自己收拾干净，穿上一套新衣服才出门。买了些旅游要用的东西，租了辆车跑到酒店，伺候他们吃完早餐，然后就带他们去韶关南华寺。

到达目的地下车后，天气十分炎热，两位老人显得有些不适应。我就把事先准备好的仁丹和清凉油奉上，还把所有的包都背在自己身上。他们偶尔会表扬我几句。

我背着五十多斤重的包，一路上强颜欢笑，给他们介绍南华寺的情况，先是从寺院由来说起，中间又穿插了不少禅宗典故，还背了不少偈诗给他们听，表现得比导游还要专业。我一度产生一个想法，觉得以后要是混不下去了，干脆找家寺院做导游算了。

他们对禅宗十分了解，谈到最后，与其说是我给他们解说，不如说是大家在一起交流。

五十多斤重的包可不是开玩笑的，在烈日的照耀下，不到两个小时，我全身就湿透了，汗水把眼睛都遮住了。

圣美的妈妈递了块手帕给我，说："爷爷说你还挺能吃苦的，奶奶说你很老实，我们拜佛的时候，你都不知道把包放在地上休息一下。"我是有苦说不出，我当然想把包放地上，但是身体太疲惫，担心放下去就背不起来了，这跟老实有什么关系？

中午吃过饭后，我还是茫然地跟在他们身后，机械地解说、背诗。这算得上我有生以来最累的一天，夕阳西下的时候，骨头都快散架了。

重新回到汽车上，踏上归程，我陷进座位里，感觉像是上了天堂。

圣美的妈妈说："我们这次来中国，去了八个地方烧香，这一次是最愉快的。"

我心里想，因为不愉快的部分都被我一个人承担了。

想归想，话却不敢这么说。我酝酿了一下才开口："是吗？那太好了。长辈感觉愉快的话，作为小辈也会感到十分喜悦的。"

圣美的妈妈说："爷爷说你要赶快学会韩语，否则交流起来很不方便。"

我强力做出很振作的声音："我会努力的！"

"爷爷说，可以把你安排到延世大学去学习，先学语言，再学其他知识。"

我吓了一跳，心里暗叫不妙，但也只能硬着头皮说："我会努力的！"然后连忙岔开话题，向他们介绍广东的美食。

人生真是辛苦啊。

结束这一天的行程后，我拖着疲惫的身体回家，泡在浴缸里，一动也不能动。

躺了一会儿，就在浴缸里睡着了。

/第十八章/ 承诺与誓言

第二天，我买了很多礼物给他们，然后把他们送到机场。老爷子在过安检口的时候，破天荒地对我笑了笑，还拍了拍我的肩膀。

送走他们，我开着车四处游荡，不知道该去哪里，直到韩承晚打了电话过来："江先生，我现在回广州了，要不要见个面？"

我沉吟了一下，说："好，现在才下午四点，去夜总会好像太早了点。"

他说："我们先到白云山顶喝茶如何？"

我说："也好。那么，山顶见。"

我立刻打电话给叶野，要她把所有文件都做好，晚上八点的时候到国会夜总会门口等我。叶野高兴地答应了。

半个小时后，我把车开到了白云山顶，发现韩承晚已经到了。

他穿着一套白色西装，看上去真是说不出的风流倜傥，引得好多少女频频注目。

我和他找了个桌子坐下来。

韩承晚笑眯眯地说："江先生，发财的感觉是不是很舒服啊？"

我愣了一下，说："还不错。"

韩承晚说："男人最风光得意的时候，应该就是江先生现在的样子吧，充满自信，神采飞扬，充满魅力。"

我问他："韩先生和黄华生是朋友吗？"

他笑了笑："算是吧，最近一起玩了几次。"

韩承晚说："你是不是觉得钱还不够，所以就没有幸福美满、人生处于巅峰的感觉？"

我感觉气氛挺古怪的，就说："不是啊。我感觉挺好的，应该就是巅峰吧。"

他眼光闪了闪："那最好。"

随后我们就没什么话说了，过了一会儿，韩承晚站了起来，去了洗手间。

他重新出来的时候，和一个靠着栏杆正在看山景的少女说了几句话。由于隔了二十几米远，我也听不到他说了什么，只看到女孩子被他说得笑了起来。

三分钟后，他竟然领着那个女孩和她的同伴，一共是两个女孩走了过来，和我们坐在一起。我总算见识了什么叫泡妞高手。两个女孩子都长得挺不错的，据她们自己介绍，是学舞蹈的，还在读书。

我们刚喝完一壶茶，我就看到韩承晚把手放在了女孩的大腿上。女孩躲，韩承晚缩回手，对她灿烂一笑，低声跟她说着话。

于是，我找借口去洗手间。

等我回来的时候，韩承晚已经轻轻握着那个女孩子的手，两个人在娓娓交谈。

我说："时间不早了，我们这就去夜总会吧，那里的美女可漂亮多了。"

韩承晚笑了："今天我还要叫三个，江先生打算要几个？不如我们开一个房间，叫上十个美女，大家一起玩。"

我趁机说："今天我女朋友也会过来，她代表房地产公司，是个很保守的人。所以，我是没机会和你一起玩了。"我率先离开，韩承晚跟在我后面，看也不看那两个女孩子，仿佛她们不存在。

她们也许会很生气。

我们各自上了车，离开了白云山。

在路上，我一直在想，为什么很多女孩子看到男人英俊、富有就会如此迷失？真的，男人只要有这两个条件，玩弄女性简直比喝杯咖啡还容易。

这究竟是男人的错还是女人的错？

这种问题没有答案。

我一手搭在方向盘，一手夹着烟，靠在车窗上。有句古话说得好，苍蝇不叮无缝的蛋，听起来很恶心，实际上还是有点道理的。像圣美那样的蛋，怎么叮她都是个大问题。

到国会夜总会的时候正好是八点，我看到叶野抱着个文件夹站在那里。她穿着职业套装，看上去清丽迷人。

把车停好后，我领着韩承晚来到她身边，介绍说："这是我的女朋友，叶野。"

韩承晚魂不守舍地说："你……你好，鄙人韩承晚，见到你真是太荣幸了。"

他伸出手，想跟叶野握手。

我在他伸手的那一刹那，将身体挡了过去，让出一只胳膊让叶野挽着。我笑着对韩承晚说："不必客气，我们进去说吧。"

我们直接叫经理开了个小房，去房间的路上，韩承晚一直在偷看叶野。

到房间坐定后，经理问韩承晚："先生，您又来了，怎么不事先给个电话呢？还是要上次那三个小姐吗？"

韩承晚大吼一声："都给我滚出去！鄙人从来不近女色，来这里就是听听音乐，随便坐坐的，千万不要对我说这些下流的话！"

房内众人吓得屁滚尿流，就连倒酒的小姐也退了出去，房间里只剩下我们三个人。

叶野突然妩媚地对韩承晚笑了笑："韩先生真是一个正派的人。"一看到她的笑容，我心里立刻咯噔一下，感觉有点不对。

我连忙说："别说闲话，我们先把合同的事办完。"

韩承晚将手一摆，说："我们都是兄弟，所谓合同不过是走过场的事。给我吧，我看看，把该签的字都签了。"

叶野把合同拿到他身边，放在桌上，然后她做了个奇怪的动作。

她捏起韩承晚的衣袖，说："韩先生，您的手表很有个性呀。"

我气得差点当场吐血。

韩承晚手微微一抬，就要碰到叶野的手指时，叶野巧妙地躲开了，坐回我的身边。

我喘着粗气看着叶野，胸中气血翻腾，几乎要晕过去。

之所以叫她冒充我的女朋友，就是怕她被韩承晚骚扰，谁知道她竟然做出这些动作，我真是不知道该怎么办了。

我恶狠狠地盯着她，叶野不敢看我的眼神，略一接触就转移开去。

她自甘轻贱我是管不着的，可她是晨曦介绍给我的，怎么能在我手里出事？记得我跟她说起韩承晚是个色鬼的时候，她还装作很害怕的样子，她为什么要那样装？

如果她一早说明对韩承晚有兴趣，那我何必还要冒充她的男朋友？

刹那间，我想了很多事。

终于，我想明白了，她装害怕，就是要我主动提出冒充她的男朋友，因为，在这样的情况下，韩承晚想追她，就必须从我手里抢走，那韩承晚就必须要付出代价。这个代价，就看叶野怎么开口了。

反过来说，如果她不是我的女朋友，韩承晚就没必要付出代价抢走她，大可以公开追求。叶野用尽一切办法，把自己放在了一个最昂贵的位置，获利潜力最大的一个位置，她把自己变成了一件货物，把我当作了物价哄抬者。

我被叶野利用了。

人心之险恶竟然达到了这个地步！我心口阵阵发疼。

我终于明白了叶野那天说的几句古怪的话。

“这么多年我都在干什么？”

“女人还是要靠自己。”

“如果我比圣美有更多钱，你会不会考虑换个主人？”

房间里只有歌声在回荡，叶野低着头，显得很温婉。

我怒火中烧，恨不得立刻掀翻桌子。

韩承晚痴痴地看着叶野，像一具雕像。

我压低嗓子，对叶野说：“你有什么话说？”

她说：“哥哥，拉我一次。”

她抬起头，低声说：“我不会让他占我便宜的，相信我。哥哥，求你了……只有制造这种情况，才能让他头脑发昏，不惜一切代价来讨好我。哥哥，帮帮我……”

我脑海中思绪翻腾，有种搬石头砸自己脚的感觉，最终，我颓然道：“你好自为之吧。”

签订合同只花了十分钟。我靠在沙发上，默默喝着酒。

我猜，又诞生了一个女性千万富翁，现在还不是，很快就会是。

韩承晚的手机响了，他跳了起来，手忙脚乱地接手机：“是谁？”

“啊？”他改用韩语，然后说了一大串话，一边说，一边用眼睛看我。

我感到有点不妙。

等他说完电话，我就追问他：“是谁给你打电话？”

他支支吾吾好半天，就是不肯说。

我进洗手间用冷水冲了一下脸，清醒了不少，突然想到一件事，立刻坐回沙发打起电话。

我打的是圣美的电话。通了，然后被挂掉，又通了，然后又被挂掉。

我急死了，叶野带来的不快一下子就飞到了九霄云外，我连声追问韩承晚："刚才是不是圣美给你的电话？是不是？你快说，快说！"

也许是我的样子太狰狞，韩承晚吓坏了，说："是的。"

我问："为什么她给你打，却不给我打？"

韩承晚说："我问她有没有给你打电话，她说她知道你在家，她开心死了，准备回去吓吓你。"

我火气立敛："这样啊，承晚哥，那你跟她说什么了？"

韩承晚说："我说，你带着女朋友和我在国会夜总会喝酒……"

我惨叫一声："你！韩承晚！我要被你搞死了！"

几句话下来，就像坐过山车一样，一下子把我摔到焦灼的最低处，一下子又把我抛到喜悦的最高峰。

再这么下去我会发疯的，我立刻站起来："我这就回家。"

韩承晚说："不必了，她挂了电话就赶过来了。"

话音未落，门一开，圣美冷着脸走了进来，她背上还背着个商务旅行包。

我摊开双手看着她，脸上的表情不知道是哭还是笑。

圣美理都不理我，直接看着叶野。

叶野一下子精神振作起来，笑着说："是圣美小姐吧，经常听小鱼提起你的。小鱼被你关照得很好，真是太感谢你了。"

我指着叶野，气得嘴唇发抖。

叶野瞟了瞟我，眼神里闪过一丝得意。

这丫头刚才还可怜巴巴的，怎么一下子就变成这样了？她究竟是什么意思？

圣美一句话都没说，转头就走了。

我顾不了那么多了，急急地说了句："我先走了！"然后也冲了出去。

我冲到停车场的时候，正好看到圣美打开车门，我也管不了那么多，跟着挤了上去。

她狠狠地盯了我一眼，用手拼命推我，想把我推下车。

我说："我回去收拾行李。"

她立刻不动了，然后开车。

回到帝景苑后，我垂头丧气地跟在她背后，一路走回家。

路上碰到那个相识的保安，他看到我的样子，忍住笑，对我做出一个安慰的手势。

一进家门，我连忙帮她换鞋，她把我推开了。

然后她进了洗澡间。

好久没有见到她，我从来没有发现她竟然这么漂亮。

非要用个字眼来形容，那就是完美。

她整个人看起来，没有一个地方不好看，我以前怎么对这样的大美人视若无睹呢?

我记得她的卫生习惯，由于刚从夜总会回来，所以不敢坐沙发，只能在客厅的地板上坐下来。

我在客厅坐了一个多小时，她才洗完澡出来，一边走，一边用毛巾擦着头发。

我不敢说话，也闷着头走进洗澡间，把自己清洗干净。

我穿上浴袍，战战兢兢地回到客厅，垂手站在她面前。

她坐在沙发上，脸上表情怔怔的。一开始，她显得很平静，渐渐地，胸部逐渐起伏，呼吸声越来越大。她终于开始看我。

我害怕极了，一句话也不敢说，也不敢接触她的眼神。

她咬着嘴唇，想说话却没说出来，伸出手抡了个半圆又放下。

然后她站了起来，噔噔噔地跑进房间，过了一会儿，她抱了一大堆东西出来，有一个一米多高的熊，有一尺厚的大书，还有一张椅子……

“蹲下来。”她简短地说，“把手举高。”

没办法，我只好按她说的办。

她把椅子放在我手上，然后把大熊放了上去，最后把那本重重的书也放了上去，还有一些叮叮当当的东西，我也说不出是什么。

她在我面前来回踱步，我只能看到她的绣花拖鞋在我眼前晃来晃去。

她走了一会儿，去厨房拿了一大桶冰激凌出来，一只腿盘在沙发上，另一只踩在地板上，开始吃冰激凌。我想说，这滋味不太好。这是非常现实的感受。

很快，我额头开始冒汗，汗水顺着脸颊滴在地板上，地板上出现了一块湿迹。

她拿着勺子，大口大口地吃着冰激凌，边吃边看我。最后，她把冰激凌桶重重地放在地板上，突然哭了起来：“我难过死了！哪有你这样的人！说好了回家拿行李又不拿，你为什么还要去洗澡穿浴衣……真是的……小鱼先生……小鱼先生……”

她哭得稀里哗啦，哭到最后上气不接下气，连句完整的话也说不出来。

蹲到一分钟的时候，我的眼前就开始阵阵发黑，手臂似乎不再属于自己，一道又一道的热流顺着臂膀往下流，我以为自己就要倒下了。

我看着墙壁上的时钟，昏昏然计算着数字。我发现自己坚持了两分钟。既然可以坚持这么久，那为什么不试试三分钟？既然可以坚持三分钟，那为什么不试试三分半钟……

我开始感觉呼吸不到足够的氧气，手早已失去知觉。

我想，如果能坚持到五分钟，上帝就能让我吃饱饭，不再惊慌，赐予我幸福，那么，我就应该坚持到五分钟。

圣美蒙住脸，依然在哭。看到秒针划过十二点的位置时，我倒下了。

一阵惊天动地的响声之后，我倒在了地板上，椅子套住了脑袋。我瞪大眼睛看着天花板，张大了嘴，无法呼吸。

圣美跑了过来，把椅子挪开。

她跪在地板上，把我的头放到她的大腿上。

她脸上还有泪珠，滴了几滴在我脸上，很清凉。

过了很久，我咳嗽着说："对不起。"

她跑到厨房给我倒了杯水，我勉强喝了下去。

她把我拖到墙壁旁边，让我靠在墙壁上，然后面对着我跪坐下来，双手放在膝盖上。

"你好些了吗？"她惴惴不安地问。

我说："你不生气了吗？"

她呼吸又粗了起来："你自己说说你做错了什么！"

我说："我答应过你不再去夜总会，但是我又去了。"

"你规定我不能用你的浴缸，我用了。

"你要家里保持整洁，我没有做到，被子没有叠，碗没有洗，地板也没有擦……

"你不准我带外人到家里来，我带了。

"你说，跟女孩子接触后一定要洗手，我没有洗。"

她看着我："没有了吗？啊？没有了吗？"

我说："关于那个女孩子，她不是我的女朋友，我只是不想让韩承晚骚扰她，所以……"

她脸色舒缓了许多："小鱼先生，你做事总是这样，真是的，没有见过像你这样没头脑的人，像你这样的人，是不应该去找女朋友的。"

“还有呢？”她问我，“还做错了什么？”

我苦笑：“也许还有很多，圣美小姐，你告诉我吧。”

她固执地摇头：“你知道的，想一想，仔细想想，你一定能想出来。”

我苦苦思考，眉头也皱了起来。

她满怀期待地看着我。

我说：“刚才你难过的时候，我没有给你表演歌舞，也没有给你背诗。”

“小鱼先生，请仔细想想，你还做错了什么？”

我看着她的眼睛。

很大，很纯净，眼珠很黑。

她凝视着我，说：“每次你让我最难过的，就是你犯的错。”

我把后脑勺顶在墙上，顶得脑袋阵阵发疼，努力让自己平静。

我看着她，慢慢说了出来：“圣美小姐，从今以后，你叫我‘不要走’的时候，我一定不会走，不走的，不会走的。我错得太厉害，不会再错。”

她放在膝盖上的手抬了起来，紧紧地抱住了自己的肩膀。

这个样子的她，看起来小了很多，很瘦弱，像一只在暗黑的夜晚独自跑到湖边饮水的小鹿。

我用尽全身的力气，跪坐在她面前。

我们膝盖碰着膝盖，让人感觉一片冰凉，我们一起低着头。

她依然抱着自己的双肩，低头不语。

第十九章 重启仆人生涯

我暗自庆幸，看来刚才对着时钟许下的愿望终于实现了，终于抓到了幸福。上苍待我不薄。

就在我快要感动得热泪盈眶的时候，她抬起手，在我的脑袋上敲了一下："快起来干活！家里被你搞得乱糟糟的！太叫人失望了。小鱼先生，你要努力做好家务！"

我声嘶力竭地说："可是幸福甜蜜的感觉……"

她凶巴巴地说："不要给自己寻找偷懒的理由！小鱼先生，像你这样的人，一定要认真监督。小鱼先生应该在拖布和碗筷之间寻找乐趣，那样的感觉才是真正的幸福。"

说完，她就起身走了，一边走一边伸懒腰："啊！我感到疲倦！我这就要睡觉了，挨到枕头就会睡着的。"她看都不看我一眼，就自顾自地走进了卧室。

没办法，我只好振作起来，努力干起了家务。把客厅收拾干净，又把自己的房间整理了一遍，最后把厨房和洗澡间也清洗了一遍。干完这一切的时候，我发现已经是凌晨六点了。

她八点就要起来。

尽管我非常累，但还是咬牙坚持，把早餐煮好放在桌上。

我贴了张字条在冰箱上：圣美小姐，你无故失踪几天，让我感觉有些不适应，也有些纳闷……与其那样说，不如说我感到困惑。无论如何，请把理由告诉我吧。

等我躺到床上的时候，一下子就睡了过去。

然后，我是被电话吵醒的。一看号码，是晨曦的。

我叹了口气，低沉地说："晨曦，您好。"

晨曦说："你有病啊，我有事问你。"

我没好气地说："什么事？"

她说："你把叶野怎么了？昨天她跟我打了三个小时电话，老是打听你的事。我跟你说，她肯定是对你有兴趣了。不会是你把她煮成熟饭了吧？"

我说："别提这个人。"

晨曦呵斥我："她条件那么好，难不成你还看不上她？小鱼，你也太狂了吧。"

一提起叶野，我就恨得牙痒痒的，于是，我跟晨曦说："我早就跟你说过，要你警告她不要动我。她对我感兴趣是她的事，我没必要迎合吧。"

晨曦气呼呼地说了句"狗咬吕洞宾，不识好人心"，就挂断了电话。

我本来不是那么小气的人，但叶野昨天的表现实在是太差劲了。正恨着叶野，她却打来电话，约我出去。她问我："小鱼，你在做什么？"

"有事吗？"

"合同有变更，我们找个地方谈谈。"

我感到疑惑，才签的合同怎么会有变更？于是我说："到什么地方？"

"到昨天的咖啡厅吧。"

我下床整理了一下自己，走到饭厅，看到圣美留下的字条：前几天我去了澳洲，手机在那边被偷，所以没有开机。

我的心情顿时好了很多，梳洗完毕，穿上一套干净的衣服就出门了。

我到咖啡厅的时候，叶野还没到，整个咖啡厅只有我一个客人。我给自己点了杯爱尔兰，又到书架上翻了本杂志看。

看了没几篇，叶野背着一个大包过来了。她跟侍应生说："给我杯清水，不要加柠檬片。"

等她歇了口气，我问她："合同怎么了？"

她说："韩承晚改变主意了，他决定直接买下来。"

我看着她："这样不太好。叶野，做事不要让人感到太意外。"

她若无其事地笑了笑，说："我给他算了笔账，现在那里一年的租金是七百万，十年就要七千万，如果买下来只要六千万，所以他就同意买下来了。"

她解释说："你有点小看韩承晚了，其实，他在中信广场那边看过，中信的租金只要一百四十五一个平方，只不过面积达不到他的要求。你给他那个价格是绝对的天价，整个广州也找不出第二个那样的价格。我听你报价的时候都吓傻了。"

我急着说："那他为什么那么爽快就答应我？不是明摆着让我赚钱吗？"

叶野笑了笑："谁知道，也许他有事求你吧。"

她皱了皱眉头，说："也真是挺奇怪的，我卖给他是按两万一平方米的价格卖的。在广州，这个价格也算得上是天价，只有中信曾经卖出过这个价格，但我那栋楼死活是卖不了这么高的。"

我说："他被你迷住了。"

叶野嫣然一笑："呵呵，过奖。"

我恨恨地看着她："你是多少钱拿下来的？"

叶野说："八千。"

我吓得差点把水杯丢到地上："多少？"

叶野笑得像只狐狸："那个盘压了快半年了，老板一直想脱手，我压了几次价，八千就搞定了。"

我长叹一声："韩承晚啊韩承晚，你居然鬼迷心窍到这个地步，叫我怎么说你啊！"

我感慨良久，问她："那你赚了多少？"

叶野对我微笑："你该问，是我们赚了多少。除去各种财务费用和打点费用，我们大概赚了三千万。"

我瞠目结舌："竟然真的有天上掉馅饼的事！我的天哪，我刚还在睡觉，你现在告诉我赚了三千万，我觉得好像不太真实。"

叶野说："确实是真的。"

我问她："你怎么不独吞？"

叶野脸一红，说："我倒是真想过独吞的。但是韩承晚说你是他的朋友，一定要从你手上买，所以我想吞也吞不了。"

我看着她笑了笑，说："你倒是挺坦白的。"

叶野说："那我们把手续办了吧，韩承晚交的定金就足够买下这个盘了。你现在把这个盘划归你名下，然后转卖给韩承晚，整件事就算完成。这里有几十份文件，你签个字就行了。"

我没急着签字，我觉得韩承晚的举动实在古怪。

因为他明显是个色鬼，可他居然想着要我来操作这个事。我跟他又没有很深的交情，为何把钱给我赚？

叶野急着说：“你快签啊，做完这事，我就可以退休了。”

我喝了口柠檬水，问她：“你被他占了什么便宜？”

她脸红了，说：“没有。”

我问：“有没有那个？”

她摇头，摇得很坚决。

“你没骗我？”

“我不是那种人。”

我坐下来，喝了口水让自己平静：“失态了，我最恨拿道德说事。那你告诉我，到底被占了什么便宜？”

她把双手递到我眼前，我看了看，两只手都快洗脱皮了。

叶野说：“被他握了双手，两只手也被他亲过了。”

我怀疑地看着她：“他没进一步的要求？”

叶野生气地说：“小鱼，你是不是心理变态啊？我有我的技巧，肯定能让他学会尊重一个女人。一个男人如果真心喜欢一个女人，不管他有多恶劣，最起码他也会装装样子。”

“这倒是，很容易就看得出来，他是真心喜欢你的。”

叶野说：“如果我肯和他……你还有机会来跟我分钱吗？”

我说：“挺难为情的，我最怕和女人算账。对了，拿到钱你准备干什么？”

“买楼，休息，投资。”

“不回杭州吗？”

“回去有什么意思。”

我把文件拿过来，大大小小有四十多份。

我花了两个多小时才看完，各样条款很明确，称得上是标准的商业合同。我找了半天，也找不出对自己不利的地方。唯独看到在第一阶段，叶野把那个盘的产权划归我名下的时候，我感觉有点不安，因为这等于是他们把控制权都放在了我身上，我大可以把叶野赶出局，独吞所有的钱。

叶野问我：“你……你同意我的分钱计划了吗？”

我说：“这事我就是引了个客户过来，没出什么大力，能拿这么多钱我也满足了。你做了很多工作，还贡献了一双手，该拿那么多。”

叶野眼神变化，说：“我想，你真是能挣大钱的人。”

我问：“为什么？”

叶野说：“因为你愿意和别人分享，以后我遇到类似的事，肯定愿意找你合作。”

我笑了笑，看着她感动的眼神，忍不住想调戏一下她。叶野姑娘这两天把我气惨了，不如报复一下她。于是我说：“以后未必有合作的机会，说不定你嫁给我了，你的钱就是我的钱，还跟我谈什么分账。”谁知道她不但没生气，反而用水汪汪的眼睛看着我，脸色也变得红扑扑的。她笑吟吟地说：“这是不是叫肥猪拱门？”

我吓得连忙低下头，惊慌之下，把咖啡杯都弄翻了。我咳嗽一声，说：“我把文件都签了吧。那个钱，你准备怎么给我？”

叶野说：“我打到你的账户吧。”

我思索了一下，说：“你另外给我开个账户，密码……密码用我的生日。”

她说：“这密码太简单了。”

我说：“生于6月14日，我永远不会忘记这个密码。你什么时候把存折和卡给我？”

她说：“明天就可以。韩承晚大方得可怕，给了我整整三千万的头款。合同拿回去，他会马上又给我一千八百万。”

我静静地想着这些事，想到头疼，也整理不出头绪。也许在我们看来钱很多，但像韩承晚这种二世祖，花几千万买楼也是正常的事情。

分赃完毕后，我们离开了咖啡厅。站在马路边，我和叶野握了一下手。

我说：“恭喜你加入千万俱乐部。”

叶野似笑非笑地看着我：“你从‘主人’家搬出来没有？”

一提到圣美，原本自信满满的我立刻感到有些气馁。在她眼里，我就算成了世界首富也还是所谓的“像你这种人”，我甚至不知道有什么办法能纠正她的偏见。

叶野说：“‘主人’应该不要你了，不如你搬到我家，换个主人，换个新生活。”

我看了看时间，快下午六点了，当下慌作一团，跟叶野说：“我得回去煮饭，不然又要被骂，说不定还要挨罚，这日子真是过得艰难。叶野，照顾好自己，我走了。”

我懒得理会她那奇异的眼神，用最快的速度拦了辆车，匆忙起程。车窗外，隐约传来叶野清脆的声音：“你是全广州最狼狈的千万富翁！”

我装作没听见，跟司机说：“送我到国会夜总会的停车场。”租来的车还停在那里，算了一下时间，圣美一般七点回家，我到那里把车开出来，正好来得及去超市采购食物。

取了车，我直接赶到了万佳超市。到蔬菜区，我挑了些萝卜、甘蓝，又拿了些土豆和青菜。她的口味我已经比较了解，她很少吃肉，偶尔吃点牛肉，从不吃猪肉，因为“猪肉的营养不平衡”。她最喜欢的菜很简单，就是把萝卜切成丝，然后用盐水泡一泡。饭后，她一定要吃一点水果沙拉。

表面上看，她对饮食的要求很简单，实际上不是那么回事，因为她非常注重菜的外形。比如，萝卜丝一定要切得很均匀，不能太粗，也不能太细，排列一定要很讲究，最简单的排列是按照顺时针方向，一点一点放好，或者像向日葵一样，层层叠加，片片散发。至于其他复杂的摆放方式，我到现在也没有掌握其中诀窍。

总之，给她吃的菜一定不能有凌乱的感觉。记得出走前有一次，我整整把一盘萝卜丝摆了十多次她才满意，然后她又不吃，直接倒掉了。她的厨房里摆着一套精巧的器具，我一开始不知道是干什么用的，后来她示范给我看，我才知道是用来打破鸡蛋的。打鸡蛋也需要一套工具？从那时起，我就知道她对厨艺的要求有多高。她是个真正的厨房统治者。

我提着个篮子，不断补充着各类蔬菜、水果，又拿了蛋黄酱和沙拉酱，然后到熟食区，给自己买了条烤羊腿，又买了些泡菜。在我周围，都是些妇女在买菜，说实在的，一个大男人在这里晃来晃去，确实让人感觉有点不好意思。我做出满不在乎的样子，极力掩藏自己的不安。

采购得差不多的时候，我想起家里的真露快喝完了，于是又买了四瓶。

我看了看时间，已经是六点四十分了，于是连忙结账，匆忙赶了回去。

我打开门走了进去，发现客厅的电视是开着的，她正坐在沙发上看电视。

“你回来了。”

她踩着拖鞋，慢吞吞地走了过来，手里拿着一瓶牛奶，用吸管喝着，发出吸溜吸溜的声音。

她回家后一般把头发分成两束，用丝巾扎好，分别垂在两边肩膀上，这个样子看起来像个小女孩。

她看着袋子里的东西，说：“真了不起，小鱼先生主动去买菜了。”

我说：“圣美小姐，我这就给你煮饭。”

她拿出购物单看了看，惊讶地说：“啊？一共是三百五十元呀。怎么花了这么多钱？我现在就给你报账吧。”

我说：“不用了，我有钱的。”

她接过我手中的袋子，放到厨房，然后她盘腿坐在沙发上，把我叫了过去。

她沉着脸说："一定是做了不好的事才有那么多钱吧！"

我忍气吞声地说："才三百多而已，为什么这样说我？"

她说："爷爷、奶奶还有妈妈都跟我说了，你花了很多钱陪他们游览，还送了很贵重的礼物给他们。哼！哼！你真是可恶，把他们哄得那么开心，一定有不好的企图。"

又来了，又来了。

不可理喻。

我知道她本来就是这个样子。

我没话说，站在那里看着地板。

想走开，身体刚刚一动——

她拉了拉我的衣角："坐下来。不准去洗手间，我要看到你。"

我坐在她身边。

由于我低着头，她把头低下去，头发贴到我的腿上，然后她从下面看着我。

她说："快交代，你现在有多少钱。"

我想着自己辛苦地去市场给她买菜，然后还要干家务，还义务陪她的家人游玩，结果就落得这么个待遇，于是就生气地说："圣美小姐，反正我挣够了六万块钱，我现在回来就是完成我的契约而已，你没必要打听我的隐私吧！"

她说："契约吗？"

然后她坐直了身体，靠在沙发上。

过了好一会儿，她才说："我去煮饭，你不要跟我在一个空间！不准进厨房！"

然后，她怒气冲冲地跑到厨房去了。

说实在的，我真是不知道该怎么对待她，好像我做任何事、说任何话她都不满意。

我懒得想下去了，随手找了张影碟，好像叫《后天》什么的，躺在沙发上看了起来。

看到女主角在水里被汽车划伤，然后伤口感染的情节，我立刻坐不住了，跑到厨房去看圣美。

她系着蓝色的围裙正在煮汤。

我跑过去问她："你有没有被刀切伤？会感染的。"

她诧异地看着我："你这个人！真是的！"她听到客厅里发出的影片声响，就探头看了一下。

然后，她脸红红地说："快干活！把菜放到饭桌上！"

她转头去把筷子放进汤里，然后尝了尝汤的味道。如果我没看错的话，我发现她的脸上带着笑意。

之后我们一句话也没说，似乎不知道该说什么。

在饭桌旁坐下来后，我端起碗想吃饭，她一下子把筷子放在桌子上。

我醒悟过来，把碗放了回去。

按照她的生活习惯，吃饭的时候是不能把碗抬离桌面的，因为韩国的风俗认为，只有乞丐才把碗端起来吃，正常人用这个姿势的话，会有变成乞丐的危险。

她纠正过我很多次了，我总是忘记。

圣美说："喝点酒吧。"

我取出一瓶真露，给她倒上，正想给自己倒的时候，她又把酒瓶从我手里拿了过去，帮我倒上了一杯。

这也是他们的风俗，喝酒的人是不能给自己倒酒的，因为这样会给自己带来不好的运气。

我跟她说："圣美小姐，我是中国人，你们韩国的习惯，为什么要我遵守？"

第二十章 初体验

圣美看着我，说："你想反抗吗？"

我说："这样真的很不公平，我是中国人，我也有我的生活习惯。"

圣美说："那好，我尊重你的生活习惯。你告诉我，在中国风俗里，哪些事情是不能做的，我一定不会违反，你只要告诉我一次就行。我才不会像你，告诉你十几次了还总是违反。"

我想了又想，真是想不出有哪种风俗可以压倒她。

她对中国文化的了解并不比我少，就算我想编个风俗出来，比如吃饭前，女孩子要吻男人一下，或者，女孩子天生就应该干全部家务，这种荒唐的风俗应该是骗不了她的。

圣美说："小鱼先生，我们要互相尊重的。"

听到这句话，我吃惊地看着她。从认识她开始，她对我表现出很多态度，数也数不清楚，唯独没有尊重。

现在可好，为了让我服从她的风俗习惯，她说出了"尊重"这两个字。

我沉重地点了点头："圣美小姐，我听你的，全听你的。"

饭桌中央是一盘烤羊腿，她用刀把羊腿切得很细，但还是保持着原来的形状，金黄色的缝隙之间，被她填上了蜂蜜。在盘子周围，她把花菜捏碎，铺成像雪花一样的图案。还有几段翠绿的葱叶横亘在雪地上，显得十分唯美。

本来很普通的菜，被她做得像一件艺术品。

另外的几盘蔬菜，也被她整理得浓淡相宜，看上去让人赏心悦目。

我由衷地对她说：“圣美，你真了不起。”

我吃了很多菜，桌子上的菜，有四分之三是被我一个人吃完的，我从未感到如此满足过。在白云山顶的时候，韩承晚曾经问我是否幸福，现在我可以给他一个准确的答复：我确实处于幸福的巅峰。

饭厅很整洁，灯光很明亮，偶尔还可以听到几句训斥的声音。

我拿出手机，给韩承晚打了个电话：“韩先生，我正式告诉你，我很幸福，没法再幸福了。”

韩承晚说：“那太好了！是因为叶小姐把钱给你了吗？”

我哑然失笑，心想，我真是神经，竟然跟这么个人交流幸福的感觉。

我平静地跟他说：“是的。谢谢你，再见。”

圣美显然听到了我的话，她笑盈盈地看着我：“小鱼先生，你真可爱。那么，把碗洗了。我要去看电视，看看那个女孩是否把感染的伤口治好了。”

我把厨房收拾干净后，回到客厅坐到她身边。

我酝酿了好久，终于硬着头皮问她：“关于那个契约……”

她本来带着微笑的脸立刻沉了下来。

我鼓起最后的勇气说：“契约的话，能不能把它延长？”

她一下子坐直了身体，傻乎乎地看着我：“什么？你说什么？你在跟我谈契约吗？小鱼先生，我愿意和你谈谈。”

不知道为什么，也许是她的眼神太有神采，我一下子失去了勇气：“那个，7月的话……7月就快过去了，我8月要回去看父母。圣美小姐，您愿意跟我回去吗？”

她看着我，半天说不出话来。

我惭愧地说：“你要不要吃苹果？”

她说：“如果我不去呢？是否你就要带那个女孩子回去？”我知道，她说的是叶野。

我说：“我不喜欢她，所以想麻烦圣美小姐来做这件事。”

她叹了口气，慢慢地说道：“小鱼先生，你欠了我很多东西。上次，你离家出走的时候，你欠下我一个承诺；昨天，你又许下誓言。还有好多好多……小鱼先生，难道这个样子还不够吗？您在等什么呢？到底在等什么呢？是害怕吗？”

她的这句话对我来说，显得太深奥。

我说："我去洗手间了。"

我匆忙跑了进去，拉下马桶盖，坐上去给黄华生打电话。

电话通了，照例，我又等了他五分钟，让他找个安静的地方。

我问他："你一般怎么跟女人宣誓效忠的？"

他说："从未试过。"

我说："那你怎么表白？"

他说："你有病啊，这种事情还问我？"

我说："事情有些不对，正在失去控制。兄弟，你要帮我。你一般怎么做？文雅一点、古典一点的做法。"

他说："带她购物，帮她埋单，跟她说我们要做新人类，要解放，要有不羁的思想。"

我说："就这个？"

他说："话说那么多有什么用，对个眼神就行了。这种事要看行动。"

我又给晨曦打电话，希望能得到帮助。

"晨曦，问你件事。"

她懒洋洋地说："老是吵醒我干吗？说吧。"

我说："你也是女孩子，应该比较了解女孩子的心态。我问你——"

我顿了顿，说："假如，一个女孩子跟一个男人说，我们根本不像是一对，不信的话，站到镜子前看一看就知道了。

"她经常称呼那个男人'像你这种人'。

"每次见到那个男的，她总是能找出理由来骂一顿。

"她让那个男的睡地板，不准用她的浴缸。"

我越说越沮丧："她很有钱，男人是个倒霉蛋。"

晨曦在打哈欠。

我说："还有很多，你说这个男的有没有和她交往的机会？"

晨曦说："放弃吧，根本一点儿机会都没有。"电话里传来轻微的鼾声，她又睡过去了。

洗手间门被推开了，圣美大大咧咧地走了进来。

我吓了一跳，要是我在方便，这种情况叫我怎么下台？

她走到我身边，说："坚持住，不要动。"然后，她踢掉拖鞋，一脚踩到我大腿上，一用力，就坐上了窗台。她抱着膝盖坐在窗台上，脸色很平静，看不出是喜还是怒。

我痛得龇牙咧嘴，用手抚摩着大腿，说："圣美小姐又来看夜景呀，真是不错的消遣。”

她说：“关于那个8月的计划，我同意。”

我欣喜若狂：“那太好了！圣美，你要什么报酬？”

她看了我一眼，说：“不要报酬。”

我疑惑地看着她。我太了解她了，一块钱能算成欠她一百元钱的人，居然会提出不要报酬？

她说：“爷爷奶奶刚才又给我打电话了，他们好像很喜欢你。我真是不明白，他们为什么会喜欢像你这样的人。小鱼先生，你又胆小又懦弱，连家务都干不好，脾气十分坏，总是不听话……”

我怔怔地看着她：“难道……难道一个优点都没有？”

圣美仔细想了想，说：“没有。真是的，世界上竟然有一个优点都没有的人，太叫人失望了。”

我嗫嚅着：“男人的话，应该在外面欺负别人，回到家里，应该被家里人欺负，所以，我才会又胆小又懦弱。”

她敲了我脑袋一下：“这是辩解吗？啊？你胆敢为自己辩解？小鱼先生，真想不到，你竟然想证明自己是个有勇气的人！”

我捂住被她敲过的地方：“圣美小姐，要是我整天欺负你，到外面却愿意被其他人欺负，那才是最糟糕的。”

她把两只手放在我头上，一阵揉捏，把我的头发弄得乱乱的：“你敢欺负我吗？出去！哪有你这样的人！不要和我待在一个空间里。”

我忍气吞声地站起来，打算回房拿个枕头包住自己的脑袋，才走到门口，她又说：“不准走，回来坐下，我要看到你。”

我看她，她咬住嘴唇，似乎想笑又没笑出来。

我问她：“你想吃水果吗？要不我给你调杯鸡尾酒？”

她说：“不要。你坐上来，我要跟你说话。”

我爬上窗台，挨着她坐下。

她说：“你跟我说说8月打算怎么做吧。”

我说：“8月我父亲过生日，所以一定要回去的。我们不用待很长时间，三天就够了，因为以前我带欣然……就是上次那个女孩子，回去过。这一次，你知道的，她不要我了。所以为了不让父母伤心，我就必须带个女孩子回去，你要表现得像是我的妻子。就是说，要演戏。”

她脸红了：“怎么表现？”

我难为情地说：“比如我们要牵一下手，吃饭的时候，要互相夹菜，总之态度要很亲密。”

她看起来很迷惑：“我们现在不就是这个样子吗？吃饭的时候，不是经常互相夹菜的吗？”

我说：“那还要牵手的。”

她犹豫了一下，把手靠近了些，放在窗台上。

我深深地吸了口气，把手贴在她的手背上。

先是轻轻覆盖着，然后，每一根手指都放进她的指缝，紧紧地握住。

上帝，我对着黑夜的天空说，我活了这么久，似乎就是为了这一刻而存在。我很想问圣美一句话：这么多年来，你究竟在什么地方？

过了很久，圣美咳嗽了一声，说：“这个样子……似乎有点怪。”

既然已经抓住，那就不应该放开。

我想引开她的注意力，所以有必要炫耀一下，就说：“圣美小姐，其实我也挺能干的，你不是想知道我有多少钱吗？我这就告诉你。”

她果然中计，问我：“你有多少钱？”

我说：“我和朋友合伙做生意，大概挣了一百多万。明天又有一笔收入，是一千五百万。”

她吃了一惊：“一定是不好的事！你快告诉我，是什么生意？小鱼先生，你太胆大了，竟然敢瞒着我去做这些事！”

我说：“其实也没有什么，韩承晚想租写字楼，我帮他找了一处，然后我从中间赚了不少钱。”

圣美说：“不可能。你认为我们韩国人是傻子吗？以我自身来讲，我们在广州设置分公司之前，派了一个十五人的调查组来这里研究了一个月，分析了好多情况。到研究结束的时候，总结出来的参考资料有三千多页。大韩重化虽然是家族企业，但他们的作风也是比较严谨的，不可能连写字楼的事都要让外人帮忙。”

一说到工作上的事，圣美就像变了一个人，脸上那种傻乎乎的神情不见了，显得十分精明。我说：“你记得在夜总会看到的那个小姐吗？就是冒充我女朋友那个，韩承晚十分迷恋她，那个楼盘，是她卖给韩承晚的。她不过是分点好处费给我而已。”

圣美半信半疑，说：“这样啊，那倒是很有可能。韩承晚是个十分荒唐的人，在国内风评就十分糟糕，为了这种事影响工作，也有可能。”

我感到奇怪，就问她：“他的风评怎么糟糕了？”

圣美脸一红，说：“他在外面花天酒地不说，很多人说他和自己的继母关系暧昧。”

我感到十分恶心，就说：“可耻！简直是禽兽！”

圣美说：“我们不要说他了。小鱼先生，你有了那么多钱，准备做什么呢？”

我说：“圣美小姐，我也不知道。有了钱，让人感觉更安全吧。”

没钱之前，我根本不敢想象自己能有和圣美交往的机会，正是因为钱给我带来了安全感，我才能鼓起勇气，握住她的手。

我问她：“我现在有钱了，你对我是不是应该好一点？”

她抽出手，在我脑袋上敲了一下：“像你这种人，再有钱又能怎样！啊？你说啊，有钱和没钱区别很大吗？连一个优点都没有的人！”

她要我给她唱《阿里郎》，我就小声哼着。

她一直坐在窗台上看风景，直到睡着，长长的睫毛盖下来。

看着她淡淡的眉毛，我又产生幻觉，我认为我写出了一句诗：明月装饰了她的窗，她装饰了我的梦。

我轻手轻脚地把她抱回房间，拿一条毯子给她盖上，然后才回自己房间休息。

第二天，叶野又把我叫到了那个咖啡厅。我到达的时候，看到她正拿着一本书在看。

见我过去，她把书放在桌子上，我瞄了一眼，是《里尔克的玫瑰》。

我想，看《里尔克的玫瑰》的人，再坏也不会坏到哪里去吧，所以对她极度恶劣的印象也变好了些。

她递了一个文件包给我，说：“存折和提款卡都在里面，请你确认。”

她伸过手的时候，我注意到她换了块手表，是卡迪亚的。

我笑了笑。她脸一红，说：“那个凯子给我买的。韩凯子太有钱了，他还准备给我买辆车。”

我说：“韩承晚公然追求我的女朋友？”

她说：“他好像特别来劲，我怀疑他心理变态的，最喜欢追求别人的女朋友。”

我随意说道：“进展不错嘛。”

她咬着牙问我：“你不想问问我他占了我什么便宜？我跟你说，什么事都没发生！”

我说：“好像跟我关系不大。”

她涨红了脸："你是不是觉得我很下贱？"

我说："很多人都这样，不多你一个。如果你非要我正面回答，我可以告诉你，是的。"

她说："小鱼，你不要逼我，你不要逼我。"

我说："没什么事我走了。"

我站了起来，跟她点了点头，转身向外走去。

"等一下。"

我回头。

她盯着我："小鱼，有没有千分之一的机会跟我在一起？万分之一也行。什么事情都可以改变，一切都来得及改变。"

我沉默地看着她。

她说："我强调一次，我和他之间，什么事也没发生。"

我说："我想没有。"

她说："好，你走吧。"

她拿起那本书，遮挡住我和她之间的视线。

走到楼下的时候，我发现太阳很大。不知道为什么，我想起了明灿。

在这样的天气里，他应该在地里辛勤耕作吧。

烈日当空，庄稼叶子上带着刺，明灿立于其间，身上被割出很多血丝。

我顺着大路向前慢慢走着，掏出电话来打了过去。

明灿的村子只有一部电话，是某个退休的长官捐献给村支部的。

电话通了，对方说去叫人。

我等了有二十多分钟，才听到气喘吁吁的声音："是谁找我呀？"

我说："明灿，是我。你还好吗？"

这时候，我发现我走到了天河北路，左边的岔路前方有一家古玩店，门口堆了好多瓷器和字画。

我从货物中间走了进去。

明灿笑呵呵地说："鱼乐，是你呀！我过得还好了，你呢？"

我走到店里，看到一幅卷轴，是一幅夏日荷花图。

我端详着那幅画，说："明灿，你还画画吗？"

明灿沉默。

我说："读书吗？"

他说："读的。"

我无意识地重复问了他一句："明灿，日子过得好吗？"

他说：“不太好。”

小店只有二十多平方米，摆满了字画，我略略看了看，大多是些仿制品，也有少数不知名画家的作品。

我说：“明灿，我在广州开个字画店怎么样？你来管理。”

他说：“我不会做生意。”

我说：“你坐在店里看书、画画就行了，每个月寄点钱回家。”

他不说话，呼吸逐渐变得很粗，能听到他喉结抽动的声音。

我看到一幅仿王冕的画，仔细看了看，随意说道：“有一幅荷花图，画工真是拙劣。写意到了这个地步，连基本技巧都不讲究了。明灿，你比他画得好。”

明灿断断续续地说：“好……我……来。我要给……爹妈挣钱。”

我把自己的手机号码告诉了他，最后说：“我安排好以后就通知你过来。”

挂了电话，我在店里走了一圈，发现顾客很少。

我找来店老板，问他转不转让。

他说不转租，只肯转卖，说他老了，想回乡下养老。我问他多少钱转卖。他说铺子只卖六十万，里面的货物折价三十万，要买铺子就必须把货也买下。

我觉得那些字画连十万都不值，所以就没同意。我把意见告诉他后，叫他再考虑考虑，然后给他留下了我的电话。

临出门前，我挑了一个青花瓷瓶，花了八百二十元。

上次摔破了圣美客厅的花瓶，正好拿这个补上，想必她会很高兴的。

/第二十一章/ 圣美的公司

很多人对幸福有不同的定义。

我的理解是，只有经历过各种苦难起落，人才能确认自己是否幸福。比如，有些人不认为自己的童年有多幸福，因为没有足够的零花钱，还经常被父母管，不准上街玩游戏机、不准旷课、不准偷看女厕所、不准逃家、不准打架、不准早恋……

当你奔波在人潮人海中，茫然不知明天会否有圣光降临的时候；

当你正当年轻，站在拥挤的街口看着人流穿梭，花开花谢的时候；

当你青梅竹马的小女孩已为人妇，旧日的麻花辫开始枯萎的时候；

当你觉得日子在变得平庸，终于决定找一个暴雨倾盆的日子在城市里奔跑的时候……

直到你挺起胸膛，决心重新上路的时候，你偶尔一回头，会发现童年其实是幸福的。

一个人，也许要到领悟“唏嘘”这个词的确切含义那天，才会发现，幸福原来触手可及。只要你稍微留意，就能发现。

于我来说，我抱着这个青花瓷瓶，感觉自己怀中抱着一轮幸福的月亮。

我连车都没坐，就怕这感觉消失得太快。

我抱着这个瓷器，一步一步走了回去，也许我太容易满足了吧。

这幸福的感觉等我走到帝景苑门口的时候升到了最高，因为圣美的车正好要进入门楼。

她看到了我，也不管这里有不能停车的规定，下车跑了过来，欣喜地看着那个青花瓷瓶。

然后，她掏出手绢，帮我擦去额头的汗水。

汗水打湿了她的手帕，她把手帕叠了又叠，擦拭着我的额角。

被挡在后面的车一直在按喇叭，我和她面对面站着，两个人看起来傻乎乎的，完全不管别人奇怪的眼神，就像这世界上只有我们两个人。

最后是她先开口："啊，真是的！小鱼先生，你为什么要站在这里发呆？你看很多人都在笑你！真叫人难为情！快回家！"

我自己走了进去，在进入大楼门口的时候，她的车正好超过我，她笑眯眯地看着我，然后把车开到地下停车场。

回家后，她就忙个不停，先是把瓷瓶放在原来的地方，看了看不满意，又摆到音响台上，然后，又摆到酒柜上，换了十几个地方后，她还是把它摆在原来的地方。

她忙得很开心，动不动就笑眯眯地数落我几句。在这个瓷瓶的鼓励下，圣美焕发了前所未有的斗志，一个人把晚饭煮了，把碗筷摆好才叫我去吃。吃完后，我很自觉地准备洗碗，她把我赶回客厅，自己把家务全干完了。

她干完活，又端着水果盘坐到我身边。

我真是受宠若惊，死活要主动给她削水果，经过奋力争取，终于给她削了一个梨。

我问她："你一下子对我这么好，到底是为什么呀？"

她说："因为小鱼先生知道装饰自己的家了，家是最温暖的地方，小鱼先生能领悟到这一点，我感到非常满意。"

我直冒冷汗，本来意思是赔她一个瓷瓶，谁知道歪打正着，正好击中她内心最柔软的地方。一个小小的瓷瓶，威力真是不小。

见她心情大好，我就趁机跟她提要求："圣美小姐，过一段时间，我的朋友会来广州。"

她说："要请他吃饭吗？那太好了，请他来家里吧，我会提前准备的。"

我说："是这样的，我打算买一套房子。"

她的脸沉下来，立刻打断我："你又想逃跑吗？"

我连忙说："当然不是！我买房子给他住的。"

圣美满意地点了点头："第五点。"

我疑惑："什么？"

她说："第一点，老实；第二点，不虚伪；第三点，尊敬老人；第四点，会背古诗；第五点，慷慨。小鱼先生，我在收集你的优点呢。虽然找得很辛苦，但总还是能找到的。"

我茫然地说："你不是说我没有优点吗？你说这世界上竟然有没有优点的人，是最奇怪的事。"这句话给我的印象很深刻，因为她后来提醒过我几次，说什么"小鱼先生，你要记住你是一个没有优点的人"。

她立刻粗声粗气地打断我："太过分了！像你这样的人应该学会不要乱说话！你觉得你很了不起吗？啊？小鱼先生，你真是太失礼了，快跟我道歉。"

我想了又想，不知道我为什么要道歉，但跟道歉相比，激怒她是个更糟糕的选择。

我低着头说："对不起，我错了。"

她说："好吧，我们继续。买房子以后呢？"

我说："我今天在报纸上看了一个楼盘，要9月20日才交楼，所以，我的朋友来这里后，可能要先在圣美小姐家里借住几天。"

她说："为什么不让他住酒店？"

我说："他可是我的兄弟，我不能这样对待他。而且，住酒店会浪费很多钱，完全没必要嘛。"

其实，我还有个理由，就是希望明灿能分享我的幸福，让他感受这个家庭有多美满。像小孩子一样，有了一件珍宝就让伙伴看一看。不过，这个想法可不敢跟圣美说。

圣美说："你不是有很多钱吗？"

我说："不该花的钱就尽量不要花。"

她看着我点了点头："哎呀，还是跟你说吧，第六点，节约。"

我和圣美坐在客厅，把第十二季的《老友记》中间两集看完，看到瑞秋又把工作搞砸以后，我们笑死了，然后各自回房休息了。

我躺在床上，不知道为什么，想起了圣美收集我的优点的事。

如果说，一个人像是一片沙滩，那么，圣美收集优点的行动，就像在沙滩上选出合适的沙砾，然后堆建成一座宫殿。

从认识她那天开始，我就是一片荒漠，她一点一点地敲打我，辛辛苦苦地搭建这座宫殿。

一个人可以荒芜多少次？我不敢想象我再次变成一片沙滩。我虚弱地合起双手，向上苍祈祷好运：我会努力做好人，好人应该有糖果吃。

第二天下午，韩承晚把我约了出去。

地点很奇怪，他把我叫到一座教堂。

我到达的时候，他站在草地上，用手中的食物在喂鸽子。

很多白鸽围绕在他周围，他的手上还停着一只，周围咕咕的鸽子叫声不绝于耳。

韩承晚捏碎手中的谷物，一点一点地喂着鸽子。

我走过去，说："韩先生好兴致。"

韩承晚转头看着我，脸上浮现出微笑："江先生，你来了。"

他把手中的谷物丢在草地上，带着我到草地边缘找了个椅子坐下来。

韩承晚实在是个很出色的人物，鼻子是标准的希腊鼻，眼睛微微陷下去，给他增添了一丝奇特的魅力。外形如此英俊的人真是太少了。

可惜他做的事情……我叹了口气，觉得他完全糟蹋了上天的恩赐。

我问他："韩先生，那个楼盘你还满意吗？"

他说："还好。过两天就准备装修了。"

他问我："江先生，现在有钱了，你准备怎么享受呢？"

我怔了怔，说："不知道。"

韩承晚说："要先买辆车，我给你推荐，买辆玛莎拉蒂Coupe，要红色的。"

我笑了笑，随意地说："为什么不买法拉利？"

他也笑了："江先生这样的人，买法拉利那么嚣张的类型是不合适的。钱只有用出去、用在合适的地方才能让人开心啊。"

我说："韩先生，我觉得我已经很开心了，把钱握在手里的感觉才是最开心的。"

他哑然失笑："原来如此。"

韩承晚把背靠在椅子上，仰头望着天空："江先生，人生真是忧郁呢。"

他这个时候，表现得不像一个花花公子。

我看他在这里演诗人，就没心情和他胡扯下去，于是说："韩先生找我有事吗？"

他说："江先生，你最喜欢什么感觉？"

我愣了。

他慢慢地说："我有个爱好，每个周末都会去卖鱼的市场，我慢慢地找，一个摊档一个摊档地找。市场里总是有很多鱼，有鲤鱼、草鱼、鳜鱼……数也数不清的鱼。"

他笑了笑："我找到最勇猛的鱼、最健康的鱼，然后，用手指捅一下它的背，我收回手，静静地观察它一会儿，在它以为一切都结束的时候，又用手指捅一下它的嘴巴。就这么捅着，看着大鱼拍起水花，在水箱里游来游去。"

他呼吸粗了起来，声音也变得很急促："到最后，我把它抓起来，用手指插进它两边的鳃里，听着鳃肉咔嚓咔嚓的破裂声，看着一点一点的血流出来，鱼就在我手指间拼命挣扎，把我袖子全部打湿，它的眼睛也要鼓出来！我很用力，一直用力，直到插进它鳃部的两只手指会合。"

韩承晚大汗淋漓："你知道我为什么会这样吗？"

"请说。"

他擦了擦汗，说："江先生，有件事一直是我最心底的秘密，我从来没和人说过，今天我想跟你说说。"他靠在椅子上，良久，眼神露出哀戚，"我是家里最小的孩子，从小就被几个哥哥欺负，他们把我捆起来塞进衣柜；把我推进沙里，用火烧我的衣裳；拿被子捂住我，让我无法呼吸，等我晕过去，他们就把我的头按进水盆。"

我不知道该说什么好。

韩承晚说："你想知道原因吗？很简单，因为母亲最疼我，哥哥们嫉妒了。你永远不会知道我的母亲有多么美丽、多么贤惠、多么优雅、多么……"

看着他狂热的眼神，我似乎明白了什么，我猜，我遇到了一个有恋母情结的孩子。

韩承晚说："我十五岁那年，她死了，我爸爸说她偷人。直到五年后，我爸爸才知道冤枉了她。我今年三十岁，也就是说，我痛苦了十五年，我的父亲痛苦了十年。"

他看着我："江先生，这是我们家族的秘密，知道的人大概不会超过三个，连我的那些哥哥也不知道。"

我听出一身冷汗，看着他，不知道该安慰他还是说点别的话。

韩承晚不再说话，过了很久，他恢复了平静。

他用手指捅着椅子，就像他刚才说的那种动作，那种前奏动作。

不知道为什么，我心里越来越冷。

韩承晚突然笑了起来：“江先生，我真是失态了。在这异国他乡，我十分苦闷，找不到人说话，请您原谅我的冒失。”

我勉强笑了笑：“请不必客气。”

韩承晚说：“何以解忧？唯有杜康。除了醇酒美人，人生还有什么呢？江先生，今天我们不去国会夜总会了，换个地方吧。我们直接去澳门，晚上再回来。”

他继续说：“澳门真是个好地方，上次我去赢了二十多万，最后找了四个澳大利亚姑娘，全部分给了她们。”

我依然沉默。

韩承晚说：“江先生，其实每个人都有忧愁，忧愁积压在心里久了，需要向人倾吐。您是我的朋友，我只能跟您说说，也许我让您困惑了，真是对不起。”

我说：“韩先生，你不要太难过了。放纵一下也许不是坏事。我还有事，今天不能陪你去澳门了。”

他目光闪动，说：“要去陪叶小姐吗？”

我说：“是的。”

他笑了笑，说：“好，希望您能和叶野小姐白头偕老。”

我和他告辞，走到教堂外，然后用最快的速度找到了一辆出租车，急促地跟司机说：“带我到东洋株式会社，快，要最快。”汽车飞速向前驶去，我擦着额头的冷汗。

二十分钟后，到了地方，我从车上下来。街对面，是一座高大的写字楼，大楼上挂着一个巨大的公司标志，我认得，正是圣美公司的标志。我随手丢了一百元给司机，也等不及他找钱，直接冲了上去。

人行道上是红灯，道路中央车来车往。

我穿梭在车流中，好几次险些被车撞上。

尖锐的刹车声此起彼伏地响起，浓烈的汽车尾气四处飘散，场面混乱无比。

我对自己说：管他呢，我总得做成件事情，这辈子就算只能做成这一件，我总得把它完成。我要找到她，我得看到她。我感觉有血在我胸膛里流，流到我脸上，又流向大腿。

数百辆汽车东倒西歪地横亘在马路上，交通立刻阻塞。我的前方停了十几辆车，挡住了我的去路。我努力振作，跳上车的前盖，在车与车的上面奔跑起来。

司机们纷纷站了出来，大声斥骂。在他们抓住我之前，我飞速奔逃。从街这面到对面有二十多米，我一口气跑了过去，一头扎进了大楼里。

圣美的公司在九楼。我连电梯也懒得等，顺着楼梯就跑了上去。九楼的一半都是东洋株式会社的，我一下子就冲到前台，喘息着问："圣美……李圣美小姐在吗？"

前台小姐惊诧地看着我："您有预约吗？"

我说："告诉她，小鱼来了。"

她翻了翻日志，说："对不起，没有您的预约记录。"

我径自向里面走去。

转过前台，绕过一道屏风，可以看到里面的情形。

里面有几十张写字台，一堆经理、主管正在忙碌着，有的在接电话，有的在发传真，有的在写材料。

我顺着墙壁找着，快速行走在这个公司里。右边墙壁上挂着的牌子，有"财务课""产品课""企划课"……

前台小姐追了上来，着急地说："先生，请不要乱闯！"她伸手拦住我的去路，喊着："我要叫保安了！"我推开她，终于看到右边的墙壁最后面挂着"总裁室"的牌子。

一个经理端着刚倒好的咖啡，愣愣地看着我和前台小姐经过他身边。我顺手把他托盘里的咖啡纸杯拿过来，一口气喝完，然后把空的纸杯递给前台小姐。

她用自己的身体挡在总裁室的门口。

我握住她的肩膀，说："听着，我要看到她。"

她愣愣地看着我，被我轻轻移开。然后，我推开门走了进去。

圣美坐在办公台后面，她抬起头，看到了我，也看到了后面满脸茫然的前台小姐，还有挤在后面看热闹的人群。

圣美一脸的惊奇："小鱼先生！你怎么来了？你怎么知道我在这里呢？"

她把所有人都赶了出去，把门关上，然后坐回自己那张高大的椅子上。

我站在门旁边看着她，愣愣地看着。从见到她开始，我没有移动过半步。

不知道为什么，我干下这些胆大包天的事，终于看到她以后，我突然觉得鼻子发酸。

圣美两只手放在扶手上，她把椅子转了个方位，移出办公台，看着我说：“你在发什么愣？”

我吸了吸鼻子，走到她身边，跪在她脚下，紧紧地抱住了她。

她很软，腰很细。

“呀！”她抬起手，“小鱼先生，你这是在做什么呀？”

她把手放在我的头发上，说：“你在害怕吗？别害怕，小鱼先生，我会保护你的，是的，我要保护你。”

我握住她的手，在她的掌心吻了一下，说：“我要看到你，我就是要看到你！”我站起身，把她从椅子上拉了起来，抱在怀里，抱得很紧，像是要揉进自己的骨头里。

她轻声说：“小鱼先生……小鱼先生……”

我深深地吸了口气，说：“圣美小姐，我猜，有你在，我就永远不会掉下悬崖。”

/第二十二章/

奔跑中的城市

等我平静下来后，我不敢相信我曾经做过什么。

办公室里有一圈沙发，我和她坐在沙发上，隔着茶几两两相望。距离刚才已经有一个多小时。这么长的时间里，我们一句话也没有说。圣美愣头愣脑地看着我，我羞愧地低下头。

她咳嗽一声，说："小鱼先生原形毕露了吗？很喜欢抱女孩子吧。"

她喃喃道："竟然被你这种人占了上风，真是奇怪的事。

"怎么了？啊？不敢说话吗？"

她走到我身边，弯下腰，歪着脑袋从下面看着我，微热的呼吸吹到我的头发上。

"下次抱我的时候，要经我允许！"

她可能意识到了什么，立刻又说："总之，以后不准再做出这种奇怪的行为！"

她揪住我的耳朵："你快说话，不要让我一个人说话，这样很不好！"

我痛得叫了出来，说："圣美小姐，关于那个……你的办公室好大呀！这样的沙发！坐起来也很舒服！是意大利的产品吧！"

她松开了手。

我看着她，说："我们去看电影吧。圣美小姐，我想和你一起看电影。我们可以找很多电影看，有《木马屠城记》《云中漫步》，还有《屋顶上的骑兵》，还有《大海沉船》，有很多好看的电影。”

她嘀咕着说：“你这个人，一点儿文化都没有。”

这时候，大楼广播系统响了，柔和的音乐飘了下来。

是Simply Red的音乐。这是我最爱的乐队之一。

听着缠绵的歌曲，我终于确定自己不再惊慌，是的，只要看到圣美好端端地坐在我面前，就不会害怕。从今天起，要在圣美面前表现出我的优点，于是我说：“圣美，这首歌真好听，一开始我觉得它很糟糕，听到一百多次的时候，我才发现，这是一首可以听十年的歌。”

她看了我一眼，说：“*For Your Babies*吗？”

我看到她的表情，立刻信心大增，说：“我发现我们的品位挺接近的。”

她微微一笑，说：“放这首歌就代表下班了。”

我说：“是啊，听着这么愉快的音乐下班，每个员工都会感觉十分高兴的。”

她站起身，走到办公台后，说：“真是的，你影响我工作了，还有这么多文件没看完。”

我说：“拿回家看吧，我帮你拿。”

她走在前面，我抱着一堆文件跟在她身后。

她说：“其实呢，小鱼先生突然跑到公司来，我也是很高兴的，因为小鱼先生遇到麻烦的时候知道找主人了。

“那么，小鱼先生遇到了什么麻烦呢？”

我本来想问问关于韩承晚的事，不过，一想起那个人我就感到不舒服，反而担心把圣美卷进这种感受。

听到她的问话，我就说：“没有麻烦的，我就是想见见圣美小姐。”

坐在她车里，我们行驶在环市路上。

路过电影院的时候，她把车停了下来，拉着我去看电影。

我们捧着一袋爆米花看电影。是部很糟糕的电影，也许是部美国片，从头到尾，我不记得主角是谁。倒是她看得很开心，经常会看得笑起来。

她偶尔会发现我没看荧幕，就会推推我，低声说：“别看我，快看电影。”

过一会儿，她会说：“再看我，我就走了。”再过一会儿，她不说话，直接用手拧我。反正就这么稀里糊涂地把电影看完了。我终于把韩承晚抛在了脑后。

我们订了8月18日的机票。

在回去看父母之前的日子里，我们有过很多节目。

她带着我去看了莎拉·布莱曼的演唱会，去星海音乐学院看了百部钢琴演奏会。

我们也去了动物园看狗熊骑单车，还去了大河马水上世界玩高山冲浪。

有一个周末，我们去了上川岛，搭起了帐篷野营。更多的时候，我会陪着她逛商场。

这天，我和她坐在家里玩填字游戏，还是中文的填字游戏。

说起来惭愧，虽然她是外国人，但她的中文造诣比我还高。

连玩了几盘我都输了，她笑得非常开心，老说我是笨蛋。

时间到了晚上十一点，我们打算休息的时候，我的电话响了。

我接起来，听到了叶野的声音。

她说："小鱼，有没有空过来坐坐？"

我说："你在哪里？"

她说："我一个人在家，一边看《狂野周末》，一边喝酒。"

一个女孩子坐在家里看动物世界，喝闷酒，想起来真是不太好。

我心里生出一丝怜悯："叶野，你没事吧？"

她说："我在看豹子怎么吃羚羊，这片子真血腥，不知道他们怎么拍的。"

我说："挑部枪战片看吧，那样比较热闹。"

电话那边传来喝酒的声音。

圣美疑惑地看着我，把耳朵凑了过来。

叶野说："我一直以为自己是好人来着。"

我说："你本来就是。"

叶野说："9月很快就要到了。你过来吧，我陪你睡觉。"

我大吃一惊，几乎在同时，脑袋上被圣美重重地给了一下。

我忍住痛，说："你到底怎么了？不会是被人欺负了吧？韩承晚对你做什么了？叶野，你不要怕，告诉我。"

叶野说："你没发现我换手机号码了吗？楼盘那件事后，我就没和他联系过，连他要送我的那辆车我都懒得要了，他怎么会有机会欺负我？"

"那你怎么突然说这种话？"

她闷闷地说："没什么，就是想和你睡一次。总该找个告别的方式，对不对？"

我说："叶野，你喝多了，别胡思乱想，你是女孩子，要珍惜自己。"

圣美已经气得脸色发青。

我坐在一个单人沙发上，圣美强行站到沙发上，跪坐在我背后，用手抱住我的肩膀，把耳朵靠近手机。全部的话都被她听去了。在她面前，我根本没有隐私。假如我逃开的话，后果会不堪设想，所以，我只能让她听下去。

叶野的声音听起来很朦胧，真是喝醉的感觉。

她说："我长得很漂亮，身材也很好，声音甜美，体息清香，呼吸火辣，耳朵很圆润，可以让你把舌头放进去。小鱼，你不会失望的。"

圣美身体一凝，长长的指甲掐进了我的肩膀。她快气疯了，身体也在发抖。

我一面忍受着圣美的折磨，一面还要想办法安慰叶野。我想，她可能遇到了很苦恼的事，正在借酒浇愁。

我说："叶野，不要这样。你喝多了，泡个澡，好好睡一觉吧。"

叶野根本不理我的话，自顾自地说道："我从小练舞蹈，身体的柔韧性特别好，我的腿，可以很轻易地放到自己的肩头……"

我脑袋里轰然作响，再说下去，就要变成黄色电话了。肩膀又是一阵剧痛，圣美狠狠地一口咬下去。我连忙阻止叶野："大姐，求你不要说了，放我一条生路吧。"

叶野咯咯笑了起来："我比你小呢，怎么叫我姐姐？小鱼，你来吧，我可以先帮你把水放好。"

没办法，为了前途着想，我豁出去了："叶野，主人一直在我旁边，她全听到了。"

叶野清醒了几分："代我问她好。"

她迟疑了一下，又说："你好，圣美。"

圣美对着手机吼道："哪有你这样的女人？不难为情吗？啊？"

叶野说："圣美，把小鱼借我一晚，明天就还你。"

这样的话，听得我目瞪口呆，接着心里却疑窦重重。

叶野真是疯了，一个女孩子，一个文气的女孩子，或者一个假装文气的女孩子，即使是喝醉了酒，也不应该说出这样的话。究竟是什么样的事让叶野变成这样？我开始担心她的情况。

圣美气得头发都乱了，语无伦次地说："什么？借给你？啊？你到底在说什么呀？我真是不明白，这太叫人生气了。小鱼先生是绝对不能借出去的！"

叶野晕乎乎地说："圣美，有些事你不知道，我想和他睡一次，就一次，你别太小气。"

圣美一把抢过我的手机，狠狠地摔向远方，“啪”的一声，手机被摔破了。

圣美想跑，我知道，如果让她跑回房间，那么接下来我又要被她折磨好几天，说不定她会要我举着电视蹲一小时，这样的后果，绝对不是我能承受的。

于是我死命抱住她：“圣美小姐，请你冷静些！”

她挣扎了半天，在我头上敲了几下，又在我手上咬了几口。

我忍住痛说：“圣美小姐被别人欺负了，所以就转过来欺负我，是吗？”

她不动了。

我说：“叶野可能遇到了很麻烦的事，她很痛苦，所以才会说这些失礼的话。圣美，你也是女孩子，你想，一个女孩子独自在家看《动物世界》，该有多孤单啊。”

圣美的呼吸平和了一些，说：“你要去看她吗？”

我说：“要是你愿意，我们可以一起去看她，我们应该带一点好茶叶过去，给她泡杯好茶喝。”

圣美说：“绝对不可以！这样的女孩子，我看都不要看。”

她盯着我：“你想去，是不是？啊？小鱼先生，你想去看她的耳朵……”

我头大无比，连忙说：“你不愿意去，我也不会去的。圣美，我总要听你的话的。”

她听了我的话，脸色好了一些。

我看着被摔破的手机，说：“圣美小姐，你给我买的手机……”

她说：“明天给你买个新的。”

“我喜欢它，明天去把它修好吧。”

“摔成这样了，维修费可能比买个新的还贵。”

“是的……我自己拿去修，还是你帮我拿去修？”

“我陪你去。”

我慢慢松开她，她坐在我旁边。

她问我：“如果我不在家，你会不会去看她的耳朵？别急着回答，答错了我会很不高兴。”

我想了又想，艰难地开口：“我会去看她，但不是去看她的耳朵。”

她敲了我的脑袋一下：“算你答对了。”

我说：“要是我回答不去呢？”

她咬着嘴唇说：“那你就准备睡玄关吧。而且，以后你都不准离开家，一个星期在我的监视下可以放一次风。”

我叹了口气，说：“圣美小姐，你真聪明，你真了解我。”

圣美说：“明天去把手机号码换了，不准告诉她，我可不想看到这样的事再次发生。”

叶野不是那么随便的姑娘，这一点我是确定的。

她表现得这么失态，到底是什么原因呢？可惜我管不了那么多了，能管好自己已经很不容易。

叶野的事像是颗投入水中的石子，波纹荡漾后，一下子消失不见。

终于到了回家的日子，圣美安排完公司的事务，抽出三天时间和我去父母家。

我外出的习惯是一切从简，去外地经常是空手就去了，连衣服也不带，最多会带一本书在飞机上看。反正洗漱用具酒店里有，最多不过是买几件换洗衣服。

圣美则完全不同。比如这一次，只是回家三天而已，她带了好大的一个箱子，我提都提不动，只能推着走。还有一个行李包和一个旅行挎包。问题的重点在于，全部行李都是我一个人拿，她走在我身边，主要工作就是鼓励我。

她穿着一套白色的纱裙，上身是一件蓝色的罩衫，看上去倒是很文静。

我们在下午四点到达新白云国际机场。在办理行李托运时，她就坐在旁边的椅子上，低头翻着一本杂志，手里还拿着一罐饮料，准确地说，是一罐凉茶。她用吸管喝着。

我的电话响了，是黄华生。

他说：“你现在有多少钱？”

我说：“一千多万的样子。”

黄华生说：“我找到一批货，现在钱不够，你能不能帮我？”

我问：“怎么回事？”

他说：“二十天后，有一批货会离开美国。这是今年最后一批了，量很大，大概有五千个集装箱的样子。货量太大，所以价格也很低，全部货款是一亿两千万左右。”

我吃了一惊：“这么多啊？”

他说：“运过来一吨最少可以卖一万，我们可以净赚好几亿。”

我紧张地说：“你还差多少钱？”

他说："我本身有五千万，再跟家里拿笔钱出来，勉强凑得够。小鱼，你要是不方便就算了，我跟我爹要。"

我说："那不好吧。你家里的工厂也不是很大，突然拿出这么多钱来，工厂的资金会周转不灵。"

他说："没办法，我想干完这一次就退休。小鱼，世道艰难，风云变幻，赚钱的机会就那么几个，以后很难碰得上。"

我说："这样吧，我回广州再跟你确定这件事。老黄，我始终会和你站在一起的，你干什么，我绝对支持。"

他笑了："一世人，两兄弟，一起退休最好不过。干完这一笔，我不想在香港待了，这边太无聊，我打算回家结婚。小鱼，你要过来喝我的喜酒。"

我心里真是为他高兴。

黄华生似乎也玩累了，想收心了。浪子终于回头，身为他的兄弟，我又怎么能不高兴？

我坚定地对他说："我一定来。你想要礼物还是红包？"

他笑骂道："带个嘴过来就行了，吃吃喝喝，不亦乐乎？实在想送东西，就送幅字画给我，我老婆最喜欢那些东西。记住，要兰草方面的字画，最好是明、清的。"

我听了更加高兴，他的话说明他老婆确实很不错。

说完电话，我满脸喜悦地坐回圣美身边。

她把杂志放在我膝盖上，说："走吧，我们去休息室。"

我背着两个包，一只手拿着她还没喝完的饮料，另一只手拿着那本杂志，跟着她走进贵宾休息室。两个服务小姐过来，把我们的机票和证件拿去，帮我们办理登机手续。

比起候机大厅，这里安静了很多，比较容易说话。她又点了两杯果汁，我忍不住提醒她："我手上的饮料你还没喝完呢。"

她说："一点儿都不好喝，我不喝了。"

我说："那丢掉吧。"

她说："你怎么能这么浪费？是你花了十元钱给我买的呢。"

我惊讶地看着她："你又不喝，我拿着干什么？"

她满脸疑惑地看着我："你不是应该把它喝掉吗？"

这么荒唐的事，在她看来竟然是理所当然。

我委屈地说："圣美小姐！你不喜欢喝的饮料，为什么要给我喝？何况，都被你喝过了，我再喝就太没尊严了。"

她沉下脸，看着我不说话。

我说："己所不欲，勿施于人，圣美小姐，你不是说过我们要互相尊重吗？"

圣美的呼吸又变粗了："小鱼先生，你不会是想在这里跳舞给我看吧？快喝！"

她拿起茶几上的那罐凉茶，塞进我手里："不喝就跳舞！"

几个服务小姐就站在三米外的地方，我不敢看她们，用眼角余光发现她们全部转过身体，用手捂着嘴，肩膀都在晃动。

强烈的屈辱感袭上心头。

这样的人生，有些黯淡。

说实在的，如果圣美不是这样的表现，那她就不是圣美了。

我握住饮料罐，看着湿润的吸管口，正想把吸管拔出来换一根，她说话了："你换给我看看？小鱼先生，我把你当一家人，你竟然敢嫌弃我。像你这样的人，也有讲究卫生的权利吗？"

我倒不是怕不卫生，而是觉得难为情，因为这样的举动未免太亲昵了些。

说心里话，我是挺想用圣美用过的吸管的。

如果是在家里，根本不会说什么话，直接拿起来就喝了，说不定还会感觉美滋滋的。

问题是这里是公众场合，一个男人，即使再软弱，也想维护一下自己的尊严。

几个服务小姐做出眼看前方的样子，我知道她们都在偷看这边。

眼看圣美就要发作，我只好含住吸管，咕嘟咕嘟地喝了起来。圣美脸色一下子变好了："小鱼先生，有的时候，我真想在你身上烙个标记，让世界上每个人都知道你是我的。你可再也找不到更好的主人了。"

我咳嗽着说："千万别那样，我会痛死的。"

第二十三章 回家

上飞机前，我给晨曦打了个电话，告诉她我晚上八点到杭州。

她很高兴，问我是不是一个人。

我看着身边的圣美，担心她让我在晨曦和邓杰面前尊严尽失，但是，我总不能把她藏起来，自己去见晨曦和邓杰吧。想到最后，我终于硬着头皮跟晨曦说："不是，两个人。"

晨曦问："是叶野吗？"

我立刻头大，说："不是。晨曦，先不和你说了，到时候你就知道了。"

晨曦说："还保密？晚上一起吃饭，到时候看你怎么说。"

把圣美这样一个姑娘带回去，我真不知道是错还是对。

半个小时后，在服务员小姐的引导下，我和圣美坐上了飞机。

我帮她系好安全带，然后说："那个……圣美小姐，我们这次过去会见到一些朋友，还有亲戚，不知道圣美小姐能不能装出很听话的样子。"

她瞪圆了眼睛："小鱼先生，这是什么意思？"

我说："如果圣美小姐保持现在的态度，我……那个，很难在他们面前抬起头来。"

圣美先是不明白，慢慢地，她脸上浮现出笑容，到最后，她抓住我的胳膊，把脸埋在我的肩膀上笑着，每一根头发都在颤动。

我尴尬地说："这样的事情，真是令人沮丧，所以要麻烦圣美小姐了。"

圣美抬起头，看着我，问："被这样拜托了真让人难为情，可是要怎么样才算很听话？"

我说："比如吃饭时，你要主动给大家倒茶，脸上要有很含蓄的微笑。在朋友面前，我会故意做出不在意的样子说，像圣美这样的姑娘，能和我在一起是她的福气。我烟抽完的时候，就会命令你，圣美，出去给我买烟。你要用很诚恳的态度跑出去给我买烟，还要负责给我点火。还有，我说我腿酸的时候，你要负责帮我捶腿。另外，出去买东西的时候，你要负责提包。"

最后，我说："其实很简单，就是把我和你现在的位置换一下。"

圣美哼了一声："你好大的胆子！小鱼先生，你想做我的主人吗？"

飞机开始在跑道上缓缓滑动，为了躲过起飞时的眩晕，我取出两片口香糖，递了一片给她。强大的推力使我陷入座椅内，我看圣美脸色不太好，索性借着起飞的混乱局面，一下把她的手抓在手里。她挣了两下，就不动了。

我低声说："圣美小姐，求你了，只要装三天就好，不然，大家会笑话我的。"

圣美说："好吧，我就装三天，假装是小鱼先生的仆人。不过，你怎么谢我？"

飞机正在昂首向上飞去，形成了三十度的角，我和她同时陷在座位里。由于一直在低声交谈，所以我们的头靠得很近，头发都要接触到了。很快，飞机进入白茫茫的云中世界。我看着雾气从窗外划过，就对圣美说："圣美，记得吗？上次也是这样的，我坐在窗户旁边，你坐在我身边，然后，我们讨论到了结婚的话题。"

圣美的注意力果然被我引开了，不再纠缠"怎么谢我"的话题上，她说："你真是很可笑，第一次见面就向女孩子求婚。"

我心里暗暗欣慰。经过这么久的折磨，我终于掌握了一些对付她的窍门，就笑了笑说："刚才在机场的时候，我的朋友告诉我，他很快就要结婚了，我真为他高兴。"

圣美说："他结婚的时候，你带我一起去吧。"

我说："好的。"

终于快要解脱了。

我看着窗外的白云。现在，我们就在白云中间。

拜访完父母，我想我也完成了一件大事。解脱的感觉让我感到很宁静。

圣美昏昏地睡了过去。这几天，她一直在公司忙碌，把该做的工作都提前做了，每天都很晚才睡觉，所以十分疲惫。我凝视着她，暗暗对她许下一个誓言：圣美，一切结束后，我会回来，回到你身边，会勇敢地告诉你，如果要我继续履行契约，那么，你一定要答应我一个条件，那就是，契约的期限必须修改，改成直到我的生命终结。我要守护你，一直守护你。

行李舱上的气孔吹出气流，将她的头发吹散了几丝在脸颊上。我伸出手，轻轻地把她的头发梳向脑后，放到她洁白的耳朵后面。

天色逐渐在变暗，行李舱底部的黄色小灯亮了起来。在不甚明亮的灯光下，我静静地看着她。在梦中，她的嘴角也带着笑。真是个乐观的姑娘。我拉起她的右手，用自己的两只手把她修长的手指合在掌心。

在一个半小时的飞行旅途中，我没有靠在座椅上，而是一直保持着侧身而坐的姿势，默默地注视着她——一个半小时的时间。

飞机降落带来的冲击吵醒了她，她迷迷糊糊地醒了过来。

她把手抽了回去，说："你的手里有很多汗水。"

我问她："圣美，晚饭你想吃什么？"

她说："还能吃什么，杭州菜一点儿都不好吃。"

我说："去楼外楼吗？那里有西湖醋鱼王、宋嫂鱼羹，有全国最地道的叫花鸡，还有烤大王蛇……"

"都不好吃。"

"那去张生记好吗？那里的老鸭煲很有名。"

她看起来还是不太清醒，用手掩住嘴打了个哈欠，说："我想吃冷面。"

我抬手看了看表，是晚上七点半，到达杭州市区应该是八点左右。

我说："那好。我知道有家叫海棠花的料理店，那里的冷面很接近首尔的口味，你应该会喜欢。不过除了冷面，那家店的其他料理味道都很一般。"

飞机上的乘客快走光了，她看起来变得很清醒。

她诧异地看着我："你怎么了？好像不太一样了。"

我说："没有的事。圣美，我们走吧，我带你去吃冷面。"我背上行李包，将挎包背在肩头，然后领着她走了出去。取出托运的行李后，我们找了辆出租车，直接到了雷迪森酒店。房间是圣美一周前通过公司预订的。

我坐在自己的房间里，打了电话给晨曦："一起吃晚饭吧。"

她说："早吃过了。找个地方喝茶。"

我说："那一起吃夜宵吧，我和她都没吃东西呢。"

晨曦说："想吃什么？我带你们去。"

我说："我们已经想好了，去平海路吃冷面。"

海棠花餐厅在一座大楼的十层。晨曦和邓杰的家，距离西湖不远，他们过来不需要太长时间。我和圣美找了张桌子坐下来不久，就看到晨曦和邓杰过来了。

晨曦一马当先走在前面，邓杰走在她身后，活像个跟班。

看到这情形，我内心感慨万分。正所谓幸福的家庭都是相似的，不幸的家庭各有各的不幸。我忍不住看了圣美一眼，低声说：“圣美，全靠你了，要努力啊。”

他们坐下来后，晨曦不断打量圣美，脸上露出很惊奇的神色。

我说：“这是晨曦和邓杰，是我很好的朋友。这是圣美，她现在和我在一起。”

圣美露出很温婉的笑容，向他们问好。我大大松了一口气。

晨曦眼睛都瞪圆了，悄悄问我：“你……是租借的吗？我的天，这要多少钱？”

我咳嗽一声，说：“不是那样的，她是自愿跟着我的。我想了想，既然可以节约一笔钱，那就随她的心意吧。”

圣美表现得很好，替我们倒茶，还给我点烟，脸上总是带着诚挚谦卑的微笑。

邓杰替晨曦点了一支烟，然后他看到圣美的动作，回头看着晨曦，脸上不知道是什么表情。

我意气风发，装作不在意地说：“圣美这小丫头是很乖巧的，有时候我都觉得她太听话了，显得很没个性。说实在的，这样的女孩子，有时候也让人感觉没有生活情趣。”

邓杰给自己点了一支烟，默默抽着，脸上的表情看起来有些苍凉。

晨曦张大嘴没说话。过了好久，她仔细看了看我和圣美，上上下下地看，然后低声跟我说：“你就装吧，看她回去怎么收拾你。说得越多，你就会被揍得越惨。小鱼，不要太潇洒哦。”

我吓了一跳，第一个念头就是什么地方露馅儿了？又怀疑是晨曦在诈我。我连忙低声跟她说：“别这样说。她真的很听话，她自己说要做我的仆人。”

晨曦微微一笑，问圣美：“过来很辛苦吧。明天去我家吃饭，我煮味道很好的菜给你吃。”

她们倒是聊了起来，话还挺多的。

我看着邓杰，心里暗想，这次总算压你一头了。

等我们把面吃完，晨曦已经原形毕露。

她总是这样，跟任何陌生人在一起，前几分钟总是规规矩矩的，十分钟后就会恢复本色。喝了两瓶啤酒，她就斜看着邓杰，一手夹着一支烟搭在椅子靠背上，一手托住邓杰的下巴，很嚣张地说："小妞，今天大爷来找你，是你的运气。别躲，给大爷亲一个。"

我擦了擦额头的汗，环顾四周。还好，周围没什么人。

邓杰愤然地推开她的手，嘟囔着："你有毛病啊！"

晨曦瞪圆眼睛，说："小妞，别不识抬举！"她顺手揪了邓杰的耳朵一下，笑得乐不可支。

邓杰一边躲，一边呵斥她。

晨曦得意扬扬："小娘子，别躲啊，嘻嘻，小娘子，你别躲啊！"

圣美专注地看着她的动作，目不转睛地看，眼里逐渐焕发出神采。

这太荒唐了，我不敢想象这样的事情会在我眼前发生。

让晨曦和圣美见面，会不会是一个天大的错误？

邓杰溜掉了，他说要上洗手间。

按道理说，杭州属于江南，杭州的女孩子应该温柔如水才对。

可惜，在江南的所有城市中，唯独杭州的女孩子最特别，脾气火辣，作风粗野，豪气不亚于男人。在饭桌上，经常可以看到杭州女人拿起一瓶酒直接干掉。

请原谅我对杭州女孩子的描述，走遍江南各个城市你会发现这一点，在杭州，要找出一个像白娘子一样的女孩子，难度比较大。若想寻找传说中的温柔女子，或许应该去苏州碰碰运气。

晨曦平时在工作中的态度也是很严厉的，她所在公司的员工看到她都很惧怕，经常被她骂得狗血淋头。恐怕没人想象得到她私下会是这样的表现。

晨曦问我："明天有什么节目？"

我说："我要去财神庙还愿。"

她拿起啤酒直接喝着，说："打算捐多少钱？"

我想了想，说："十万。"

听到我的话，晨曦和圣美一起看着我。

晨曦说："你疯了。"

我说："这是很久以前就做下的决定，不会改变的。"

晨曦问我："你把十万烧进庙里？"

我说："买几千块的香，然后其他全部捐献。"

晨曦说："别发神经了，捐给希望工程吧，要不捐给孤儿院。你捐到庙里，不知道那些和尚会拿去做什么。"

我说："那不关我的事。他们若是糟蹋这笔钱，那他们自会得到报应。我的想法很简单，就是让自己的心灵得到平衡而已。"

晨曦看着我，深深地叹了口气。

最后埋单的时候，四个人一共只吃了六十元钱。

我们下楼后在马路边告别，晨曦笑嘻嘻地说："你这浑蛋终于发财了，唉，好像每个浑蛋都有发财的时候。明天到我家吃饭吧。"

我说："不了，明天去拜财神，然后去父母家。"

晨曦对圣美眨了眨眼睛，说："圣美，珠宝可不会总藏在沙石堆里，是金子就会发光，我相信你。下次你把他带过来的时候，不用再这么委屈自己了。"

圣美精神大振，说："晨曦姐姐太客气了，以后还要跟姐姐多多学习。"

她们又说了些乱七八糟的话才分手。

我跟邓杰互相点了支烟，深深地吸着，两个人一句话也没说，偶尔眼神相遇，马上就会转移开。

看着他们小两口消失在远方，我和圣美也转身向酒店方向走去。这里距离酒店颇有一段距离，但圣美说她想在街上走走。

夜色很美，街上很安静。比起广州喧嚣的夜晚，晚上十一点的杭州已经显得有些冷清，连街上的车也很稀少，让人感觉十分舒服。一开始，我们隔着三十厘米的距离并排走着，走了几分钟后，我拉住了她的手。

虽然是夏天的夜晚，天气十分闷热，她的手，却是冰凉的。

她低头说："小鱼先生，你的手老是爱出汗。"

我说："圣美，有人跟我说过，两个人，在结婚前最好出去旅游一次，那样才能确定双方是否能白首终老，这样做，最低限度上可以让双方在婚后靠忍耐和认命来维持婚姻。"

圣美说："真是消极的说法。如果婚姻要靠忍耐和认命来维持，那两个人还有在一起的必要吗？"

她看着我："为什么下了飞机后你就直接叫我名字了？小鱼先生，你一共叫了我三十七次，都是叫我的名字。"

我说："你要是不高兴的话，我还是叫你圣美小姐。"

她说："不是的。我喜欢你叫我名字，打心眼儿里喜欢。"

我跟她说："今天我们的预演好像失败了，晨曦似乎发现了什么。女人真是太可怕了，我怎么想都想不到原因。圣美，你说她怎么做到的？"

圣美笑眯眯地说："真是对不起，原因很简单的嘛。"

我好奇地问："是什么原因？"

她笑了又笑，说：“因为小鱼先生手臂上有奇怪的伤口。”

我抬手一看，果然有三四处，而且伤口的痕迹很明显，一看就是被咬的。

我颓然道：“那该怎么办？”

她倒是笑得很开心：“换长袖衣服好了。小鱼先生，下次我会小心一点的。”

我摸了摸自己的肩膀，说：“怪不得邓杰后来看我的眼神也变了。唉，我肯定被他们笑死了。”

圣美越笑越得意，说：“晨曦姐姐很了不起哦，邓杰已经达到了做丈夫的最高境界，完全听从晨曦姐姐的命令，不知道她是怎么训练的。”

我听了很不舒服，就说：“那个……你的爸爸有没有达到最高境界？”

她敲了我一下：“不要在背后议论长辈！”

回到酒店后，她自己回房睡了。

不知道为什么，我突然想喝酒，便从冰箱里取出几瓶啤酒，盘腿坐在床上慢慢喝着。

我父母的家，在一个山村里，从杭州出发的话，坐五个多小时的车就可以到达。

山村很偏僻，偏僻得异常美丽，可以说是整个江南大地唯一剩下的世外桃源。

我很羡慕我的父母，他们可以一直生活在不受污染的环境里。

我十二岁开始就到城市里读书，只有过年过节才会回去。山村对我来说，是世界上最美好的地方。我总是有个想法，某一天我累了、厌倦了，就一个人悄悄回去，守住祖上留下来的祖屋。那座祖屋，最开始建造于嘉庆年间，一位祖先曾经在江西做过知府，后来告老还乡，就在乡间修了那座房子。

祖屋历经百年风雨，其间修葺过几次，值得庆幸的是，一直没被当权者“关怀”过，直到现在我的父母依然住在那里，并且以后会把屋子交给我。

回到山村，可以听山涧淙淙流过，看漫山红叶飘落，让世界忘记我的存在。

骨子里，我和明灿是一样的人。

事实上，大学毕业之前，我曾经跟父母提起过，说我想回家种地，闲暇的时候，也可以学习祖先留下来的文章制艺。他们没有反对，只是要求我在外面待上几年，找到一个真正愿意回山村的老婆再回去。

也许是近乡情怯的缘故，我喝着酒，点起一支烟，久久不能入眠。

第二十四章

山村

第二天，我和圣美去了北高峰，我们没有坐缆车，是一步一步走上去的。到山顶的时候，发现山上人不多，我们买了几千块的香烛，烧掉，然后把事先准备好的钱捐献出去。我懒得理会他们的热情招呼，也不想领取什么捐资证明，连一杯茶也没喝，就带着圣美匆匆下山。身后，留下无数道诧异的目光。

圣美看着我的眼神，就像看见了世界上最奇怪的怪物。

我对她微微一笑，说："觉得捐得太多吗？"

她说："是的。我还以为你只是随口说说。"

我指着山下的庙宇对她说："每年除夕夜，很多人都会到庙里烧香。你知道吗？要想第一个烧香，最少要捐几十万元。"

我慢慢说着："第二个烧香的，也要交很多钱，反正按着顺序，每个人想提前烧香，就必须出更多的钱。"

圣美的表情很疑惑："真是太疯狂了。"

我说："是啊，真是太软弱了。"

我又说："不过，我认识一个很有钱的富豪，他的做法有些不同。"

圣美说："他怎么做呢？"

我说："他本来是个土驴，后来不知道怎么就发财了。一个巧合的机会下，他拜了南华寺的住持当师父，后来，他就成了入世修行的佛门弟子了。"

圣美好奇地问："那他是什么表现呢？"

山上的树林十分葱郁，清新的空气让人陶醉。

我和圣美沿着蜿蜒的山道慢慢向下走去，偶尔，我会摘下一朵野花，插在她的头发上。野花被山风吹落，飘扬而去后，我会再选上一朵，再给她戴上。

圣美说："你快告诉我啊，难道他不捐款吗？"

我说："是的，他从不捐献一分钱，他每个月花七天到庙里住着，与庙里的和尚住在一起，扫地煮饭，洗衣参禅。"

圣美正要说什么，我笑了笑："他的司机就一直守在庙外面，奔驰车一直停在门口。七天一过，他就回城市胡搞。"

圣美哑然。

我又笑："他还有个爱好就是印经书，每次都会印几万本，把经书送进庙里，他本人也留很多本，见到人就发一本。"

圣美脸上的表情很迷惑："小鱼先生，可是这能说明什么呢？"

我吸了口气，说："圣美，大家都是一样的，捐钱也好，去庙里住也好，印经书也好，都是在为自己找个藏身之所。"

圣美说："是寻找心理平衡吧？"

我笑了："很多人以为求神拜佛是为了祈求什么，其实不是那么回事。大家干这些事，根本就是为了让自己感觉舒服点儿。"

圣美说："我完全听不明白，小鱼先生，不要再给我讲这些疯疯癫癫的话，与其讲这些事，不如多摘几朵花给我编个花环。"

看着她娇艳的面容，又看到她气呼呼的神情，我心神失守，真想握住她的手吻上一吻。

——脑海里刚泛起这个念头，脑袋上就吃了一记狠的。

"小鱼先生，请不要用白痴一样的眼神看我！这个样子，太不体面了！你要记住，像你这样的人，要随时保持清醒的状态。"

我叹了口气，神也好，佛也好，钱也好，名也好，权也好，利也好，远远及不上圣美的栗暴来得真实，不但真实，而且有点痛。

绕过一道弯，一泓潭水忽现在眼前。圣美惊喜万分，欢呼一声跑了过去。她脱掉鞋子，赤着脚跑进水里，然后用水将自己的手臂打湿，头发也被打湿了，明艳的脸蛋上沾了好多水珠。她站在水里，发出了清脆的笑声，眼睛里全是喜悦。

这个样子的她，看起来如同仙女一般。

到中午十二点的时候，我们去车行租了一辆天籁，本来的价格是三百五十元一天，后来圣美出马，再次展现她的风采，硬生生把价格压低了五十元。车行的人苦着脸说整个杭州城也找不出这样的价格。

我真是感到奇怪，中国对圣美来说是外国，杭州对她来说更是一个陌生的城市，可为什么她随随便便去哪里都有压人一头的潜质呢？难不成这是一种天赋？

我们踏上了回家的路程，一路往丽水的方向开着。三个多小时后，就看到一条大河出现在公路旁边，江水浩荡，气势雄浑。圣美关掉车内空调，降下车窗，让迎面而来的风吹着。

她说："呀！这里真是太美了！小鱼先生，你看，路边有很多枇杷树，上面有很漂亮的果实。"她说得没错，公路上每隔几十米就有枇杷树，时不时还可以看到老乡蹲在马路边，在他们面前的篮子里，堆满了金黄色的枇杷。

按道理说，枇杷应该是五六月的时候成熟，到现在还能看到这样的情形，也许是老天也在迎接圣美的到来吧。

一个小时后，车拐入一条山道，道路开始变得崎岖起来，马路旁边的老乡也逐渐变少。道路两旁的青山相对而出，路旁长着许多高大的树。旅途变得清凉起来。向前开了几千米，终于看到路边有位大婶在卖枇杷。我把车缓缓停下，说："圣美，走了这么远的路，只看到一位大婶，我们去把她的枇杷买了吧。"

圣美连话都不答，就高兴地推开车门走了过去。

大婶不会说普通话，一口山音叫人十分难懂。圣美站在她面前做着手势，看样子，双方无法沟通。

我走过去，问大婶："请问枇杷怎么卖？"

大婶说："两块钱一斤。"

我问她："大婶，您怎么不到大路上去卖？这里人很少，站一天也不见得能卖出去。"

大婶说："我老了，走不了那么多路。"

我看了看，满满一提篮，大概有三十多斤，于是对她说："大婶，我没东西装，您连篮子一起卖给我们吧。"

大婶高兴极了，连声说好。

我给了她一百元，跟她说不用找了。

大婶还是固执地找了我二十多元，那个编制精巧的竹篮，竟然只算了五元钱。

大婶的钱是放在一块灰色布巾里的，她一层一层打开手帕，一点一点地给我找钱。

大婶消失在山道的尽头以后，我对圣美说："圣美，你看到没有，我们中国人就是这样的，非常值得自豪，比你们韩国人厉害吧？"

圣美哼了一声，说："哪有你这样的人，大婶就是大婶，跟小鱼先生这样的人可没有关系！小鱼先生，再提醒你一次，你要记住，你是一个没有优点的人，千万要保持这个觉悟。"

我看了看周围，意外地发现了一棵不同的大树。我仔细地看了看，惊喜地说："呀！是菩提树，在这个地方能看到菩提树，真是太奇怪了。"

我提着篮子，拉上圣美走到那棵菩提树下，坐在草地上。

此时正当夏季，眼前的菩提树枝繁叶茂，浓荫遮日，淡淡的清香四下溢出，让人陶醉。

我和圣美站在树下，快要迷失在这样的氛围里。

微风吹来，一片叶子打着转飘落下来。我来不及多想，一把抱住圣美。由于我用力过度，把圣美都抱离地面了。

圣美满脸羞红，呵斥我说："小鱼先生！你这是干什么？！又做出这么失礼的事了。难道你没记住吗？这种事情要经我允许！"

我没有回答，紧张地看着那片树叶飘落的方向，小心调整着方位。片刻之后，我终于让那片叶子落在圣美的头发上。

这时候，我才大大呼出一口气："圣美，如果你能得到一片飘落的菩提叶，你就会一生幸福，永远生活在快乐中。"

圣美看着我："真是的，那你为什么不自己接？"

我摇摇头，没说话。

圣美微微低下头，声音变得很温柔："是小鱼先生让给我的吗？只有一片菩提叶的话，小鱼先生完全没有想到自己去接，就是想要让给我吗？"

她取下头发上的那片菩提叶，仔细看着。

我说："能看到叶子上有什么图像吗？能看到狮子吼佛像吗？能看到不动明王像吗？"

她摇头："什么像都看不到，图案很漂亮的。"

她小心地把树叶收了起来，说："小鱼先生，我会把它藏好的，永远也不会丢失。"

我和她坐在草地上，坐在菩提树下。

她剥枇杷给我吃。我吃好一个，她就剥一个给自己吃，然后又给我剥一个。

她说：“小鱼先生就是在这里长大的吗？很幸福哦。”

我说：“圣美，要是我十二岁那年没有出去读书就好了。我从小就喜欢阅读我的祖先留下来的笔记，我该一直在山里住着，把古书读完，然后学画画。”

圣美板着脸说：“你要是不出去，你就找不到圣美主人了！小鱼先生，你应该带着喜悦的心情接受命运的安排。”

我苦笑：“是的，是的。爹妈真狠心，逼着我出去找到圣美主人。”

父母所在的山村，与其说是一个山村，不如说是一处散落的民居。在这里居住的人家，一共只有二十多户，彼此之间相隔的距离也很远。我家是在山脚下，距离我家最近的一户人家则住在半山，距离至少有五百米。

山村到现在都还没有通电，也没有自来水。基本上，可以用“与世隔绝”来形容这里。

我和圣美到达的时候是傍晚七点，落日的余晖洒在院子的篱笆墙上，拖出斑驳的光影。

我推开院门，走进院里大叫：“爹爹，妈妈，我回来了！”

无人回应。

我走到房门前，门没有上锁，还是如以往那样放了根木棍横在拉手之间。这样做，不是为了防盗贼。事实上，这里没有偷窃的概念——这样做是怕狗和鸡跑进屋里，把房间弄脏。

我推开门，跨过有膝盖那么高的门槛，走进屋内。

圣美跟在我后面，好奇地看着四周。

我又叫了几声，最后又上二楼看了看，依然没人。

家中的陈设还是那么熟悉。

墙壁上挂着很多泛黄的字画，堂屋里摆着几张老旧的藤椅，一坐下去，就会发出咯吱咯吱的声音，正中那条八仙桌，还是那么陈旧，掉了很多漆的桌面依然没有重新刷过；八仙桌的北面是一个神龛，供奉着祖先。

房间的角落都摆着瓷瓶，里面插着百合花，淡淡的清香在房间内弥散着。

我回到堂屋，看到圣美正试探着坐到一张藤椅上。

她那个样子很好笑，就像一只第一次见到绒线球的小猫。

我说：“爹爹妈妈出去了。”

她问：“爹爹妈妈去哪里了呢？”

我说：“不知道。有时候他们会去钓鱼，有时候会去散步。”

圣美说：“散步的话，应该很快就回来了吧。”

我沮丧地说：“你不清楚的，他们散步通常会走上十几公里，一般要走五个小时。”

我掏出烟，正想点上一支。

圣美立刻呵斥我：“快出去！家里是不能吸烟的！”

这到底是她的家还是我的家？

我很想问她这个问题，却不敢。最后，我还是走到院子里，靠着篱笆门抽起了烟。

一位老婆婆弓着背从院前走过。

她穿着黑色的衣裳，头上还缠着布巾。我灭掉烟，上前恭恭敬敬地行礼：“婆婆，您知道我爹爹妈妈去哪里了吗？”

婆婆看了我好久，才说：“呀，这不是小鱼吗？长这么大了。我昨天抱你的时候，你还是个娃娃呢。”

我说：“婆婆，您要去哪里？我扶您去。”

婆婆说：“我回家呢，就在前面，不用你送。”

我问：“婆婆，我的爹爹妈妈去哪里了，您知道吗？”

婆婆说：“去山里了，天气太热，去山里了。”

我大致明白了，就说：“婆婆，您等一下。”

我回到车里，装了一堆枇杷：“婆婆，把枇杷拿回去哄小孙孙吧。”

婆婆笑了，满脸皱纹都绽放了：“小孙孙们都在省城呢，全部都去城里了，村子里的人都去城里了。”

她接过枇杷，又唠叨了半天，才慢慢地走了。

由于我家的祖屋是在山脚下，所以一到夏天就会很炎热。我父母在山上修了一座小木屋，专门用来避暑。

圣美走了出来，说：“这里真是太美了。小鱼先生，你不好，你从来不肯告诉我世界上还有这么美的地方。”

我说：“要我带你参观一下吗？”

她说：“那太好了，我喜欢小鱼先生领着我参观。”

我领着她向前走去，一边走一边给她介绍。

山边的田地里，去年我播下了很多种子，现在各类植物已经长得很茂盛了。我指着小河边的水车跟她说：“这是我和爸爸一起做的，利用风转动叶轮，可以把水吸起来，灌溉这里的田地。”

一只蓝色的小鸟停在草地上，也不知道怕人，傻乎乎地看着我们。

我跟圣美说：“从我们站的角度看，正是‘斜阳外，寒鸦数点，流水绕孤村’的美丽景色啊。”

月亮出来的时候，爹爹妈妈回来了。

他们回来的时候，我和圣美正坐在院子里纳凉。

不用说，他们是非常高兴的，圣美一下子变得紧张无比，根本不像她平时的样子。

她鞠躬说：“爸爸妈妈好。”

我的父母亲看到她，疑惑地交换着眼神，然后看着我。

我尴尬地说：“她就是我准备要娶的妻子。”

接下来发生的情况可以想象，妈妈在院子里详细询问圣美问题，我被父亲叫进屋子里狠狠训了一顿。

在他们的概念中，男女一旦在一起，那是终生也不能分开了。这次见我居然带了个新的回来，不用想也知道他们会是什么感想。

我被骂得连头都不敢抬，最后幸亏母亲进来解了围。母亲说：“算了，事情已经变成这样了，你骂他也没用。圣美是个很懂事的姑娘。小鱼，你下次再带个新的回来，就不用踏进这个家门了！”

我连忙说：“不会的！我保证不会带别人来了！”

然后我讨好地问：“圣美还是挺令人满意的吧？”

妈妈说：“既然满意人家，那就一定不能辜负她。”

圣美站在他们背后，看着我狼狈的样子，想笑却紧紧咬住嘴唇，对着我做出一个胜利的手势。

第二十五章 美与丑

当天晚上，我和圣美在二楼整理行李的时候，我才知道那个最重的箱子里全是圣美买的礼物，大多是老年人用的补品，有高丽参、干鱼翅、血燕……不一而足。我都不知道她什么时候去买的。我叫她给父母送去，她脸红了，支吾了半天，难得一见地害羞起来。怎么说她都不肯去，最后又发脾气，还是叫我送了过去。

父亲的生日是8月20日，就是我们到达这里后的第二天。

第二天一大早，圣美就和母亲一起在厨房忙碌，我和父亲坐在院子里喝茶，偶尔回头看看她们忙碌的身影。父亲问我："你打算回来了吗？"

我说："没有，圣美不会来的，她在城市里有很多事，她属于城市。"

父亲欣慰地看着我："那我就放心了。"

我疑惑地看着他。父亲说："我知道你一直想回山里，你这孩子，年纪轻轻就厌世了，这不是好事。现在你肯为了圣美做出改变，我们做父母的心里当然会高兴。"

我说："爸爸，过了年，你和妈妈也去城里吧，我想和你们一起住。"

父亲说："要想去不早去了？当初也不会把你一个人丢在城市。我和你妈在山里住习惯了，闻到城市的味道就不舒服。"

我说："这样啊。"

父亲说："以后你有了孩子，就把孩子送回来，养到五岁再带出去。"

厨房那边传来愉快的笑声，我转头一看，圣美和母亲交谈得十分开心。

过了一会儿，圣美端着一壶刚煮好的茶过来，恭敬地给父亲斟上。

父亲点点头，说："我去帮帮你妈妈，圣美，你坐下来歇会儿。"

圣美坐在我旁边，脸上沾染了些烟火色，看起来灰扑扑的。

圣美兴致勃勃地说："我是不是很会干活？小鱼先生，请你用一句古典的话来形容我。"

我看着她黑乎乎的手指，又看着她凌乱的头发，想了半天，憋出一句："蓬头垢面，不掩国色。"

她恼了，看了看厨房的方向，见父母没有看这边，就飞快地敲了我一下："是叫你形容我干活的态度！才不要听你这样的话！快重新想一句出来！"

我捂着脑袋说："满面尘灰烟火色，两鬓苍苍十指黑。"

她笑了："还有呢？小鱼先生，你真是很有学问的。"

我说："凤兮兰兮，惚兮恍兮，窈兮冥兮，芳菲菲兮满堂，君欣欣兮乐康。"

她咬着嘴唇："小鱼先生在糊弄我吧？说简单一点！"

我看着她鬓角有几根被烤得卷曲的头发，就忍住笑说："野火烧不尽，春风吹又生。"

父母叫我们端菜了。

我趁机咳嗽一声，说："在长辈面前，圣美你要保持一定的风范。现在，请你回厨房继续忙碌吧。"

父亲的生日其实过得很简单，往年，一般就是煮碗寿面，喝点黄酒。

这一次由于圣美来了，所以母亲找了些野味，不外是山鸡、斑鸠、麂子之类的山里特产，调治了一整天才收拾停当。我们把桌子摆在院子里，把十来个菜都放了上去。晚餐吃得很宁静，我和父母聊了聊家常，又随便聊了几句诗文，圣美一直坐在我身边，表现得很柔顺的样子。事实上，我感觉她并没有假装，她似乎真的很宁静。

在城市里已经看不到星星。回到山村，天上的星星看上去分外明亮，仿佛就长在青山之巅，只需步行过去，就可以摘下来藏在怀中。院子里有小虫在鸣叫，微风吹过，树木花草婆娑起舞，发出沙沙的声响与之协奏。

我的父母一向很少表扬人，但是看了圣美一天的表现后，还是夸奖了她几句。圣美脸红了，说着那些谦虚的话的时候，居然结结巴巴的。

这一次回家之旅可谓大告成功。

祖屋确实太闷热，爸爸妈妈都说在这里睡不着觉，于是又进山了，出门之前叮嘱我，要我好好对待圣美。

他们走了以后，我重新坐了下来，点燃一支烟。

圣美说："小鱼先生，你真幸福，有这么优秀的父母。"

我高兴地回答："是吗？他们看起来也很喜欢你的。"

"你告诉爸爸妈妈我是韩国人了吗？"圣美问我。

我说："这个没关系吧，就算你是黑人也没关系。圣美，你不知道你有多优秀呢。"

祖屋的屋檐下有个燕子窝，我指给圣美看："燕子用嘴一点一点地把泥土衔回来，然后用唾沫把泥土粘起来，要花很久才能做一个窝。"

圣美看着那个燕子窝，眼里慢慢透露出温柔的神色。

我说："小时候我不懂事，看到燕子妈妈把食物带回窝里喂小燕子，我就很想看看小燕子是什么样的，然后我就爬了上去，我还拿着几个蚂蚱，想送给小燕子吃。"

圣美说："啊？"

我沮丧地说："结果我把窝弄破了，两只小燕子摔死了。"

圣美怒气冲冲地在我头上敲了一下，又一下，然后拿起我的手，狠狠地咬了一口。

我忍着痛说："我那时候才七岁，后来爸爸妈妈把我按在板凳上打了一顿。那是我唯一一次挨打。"

圣美说："应该打！小鱼先生！像你这样的人，如果不是有我监督，不知道会做出多么不好的事呢！后来呢？后来呢？燕子妈妈去哪里了？"

我说："燕子妈妈围着燕子宝宝飞了几圈就走了，再也没回来了。第二年，新的燕子才来这里重新做窝。"

圣美说："燕子妈妈做一个窝多辛苦啊，可是你一下子就把它破坏了。"

我说："圣美，我在想，泥土是很脏的，燕子妈妈在做窝的时候，要用自己的嘴来让泥土变得纯洁，这样才可以让这个窝成为一个真正的家。"

她疑惑地看着我："小鱼先生想说什么呢？"

我沉默了很久，说："圣美，我知道你追求完美，假如，我十分喜欢圣美小姐，那么，我能不能向你隐瞒以前的事呢？"

她说："肮脏的泥土吗？"

我仔细想着，冒着失去幸福的危险说："如果圣美小姐愿意接受我的过去，那么，我就永远不会离开圣美小姐。"

我猜，这一刻是我一生中最勇敢的时刻。

"两个人的家庭应该是最纯洁的，不能有一点隐瞒和欺骗。"

圣美叹息着说：“小鱼先生，我喜欢一直这样下去，我也很想知道小鱼先生的过去。”

我问她：“假如十分丑陋呢？很让人失望呢？”

圣美说：“现在接受不了的话，以后也会接受不了。”

我说：“圣美，早点休息，明天我带你去个地方。”

第二天，我准备好物品，放进背包，领着圣美走到一座山上，然后爬到半山腰，钻进一座石洞。往石洞里走上十几米，里面一片黑暗。我点燃了蜡烛，一路牵着她往前走。走了三百多米，终于到了石洞的尽头。那里是一个五米见方的石室。

我把背包中的蜡烛取出来，在石洞中点上了十几根，洞内一片光明。

圣美看着造型奇特的钟乳石，说：“这里真是奇妙啊。”

我说：“七岁那年我发现这里以后，就把这里当作是自己的财产了，经常会一个人来这里坐着发呆。”

我取出一条毯子放在一个石凳上，让圣美坐着，然后，在地上翻找，从乱石堆中取出一个油布包袱。

圣美说：“呀！这是什么呀？”

我说：“是我的过去。大学毕业后，我把我的日记本埋在了这里。”

我和她并肩坐着，犹豫着说：“你想看吗？”

圣美咬着嘴唇，一直做不出决定。

我问她：“你想看吗？”

她不说话。

过了很久，我问：“你想看吗？”

圣美说：“小鱼先生过去有几个女朋友？”

我说：“不记得了。”

圣美半天没有动静，我都不敢看她。

圣美取过一支蜡烛，说：“把日记本给我。”

我递给了她。

她用蜡烛慢慢点燃日记本，说：“在这么美丽的小村长大的人，怎么会有很多女朋友呢？”

我问她：“想从头听吗？”

她看着我，点了点头。

我说：“十二岁那年，一个小孩子，一个眼睫毛浓得化不开的小孩子，离开了山村，被送到大城市读书。他远离父母，一个人住在学校里。从进学校第一天开始，他就被人欺负。”

我从油布包裹中取出一块玉佩，在烛光下，玉佩显得十分圆润。

“有一次发生了这样的事，他们把我脖子上戴着的这块护身古玉丢进厕所，和大便混在一起，然后，我必须用一根棍子从那些该死的大便中把玉佩挑出来，用水一遍又一遍地冲洗，最后洗得指甲都发白，洗好后把它藏在最隐秘的地方，不能让人发现。因为，古玉是祖先留下来的，不容亵渎。”

圣美的脸色变得很难看。

“圣美，你十二岁的时候，有没有碰到过这样的事？圣诞节的时候，你非常想让同学接受你，于是，你买了最好的卡片，用最诚恳的心写下祝福，一张一张地送给每个同学，是用双手送给他们的。”

圣美怔了怔：“我从没这样试过。”

“第二天，同学们就忘记了这件事，你可以看到他们在互相送卡片，但是，你在教室里坐到晚上九点，也没有人送你一张。

“等到熄灯的时候，还是没有，一张也没有，连张纸都没有，连张废纸都没有。

“还是在十二岁那年，在你上第一节体育课的时候，她们跟你说，‘喂，乡下人，干吗不和我们一起玩？’

“你觉得不可相信，甚至受宠若惊。在你真心对待每一个人后，总算有人开始回应你。

“于是，你激动，你感到幸福，你走过去，和她们一起跳皮筋。”

她咬住嘴唇。

“你只是一个刚从山里走出去的孩子，根本不知道跳皮筋对一个男孩子来说是什么样的侮辱。你跳，你笑，扶住每一个要摔倒的女孩子，感觉很幸福，很快乐，然后你可以看到有几百个孩子在围着你看，几百个孩子一边看，一边同时鼓掌。

“现在，你发现了，邀请你一起玩的女孩子在指着你笑，她们叫你一起玩，是为了发明世界上最奇特的怪物，现在目的达到了，她们正为之自豪。”

圣美低下头，眼眶开始湿润。

“还是在你十二岁那年，下课休息的时候，班长叫你去帮她买份点心，你很高兴，因为你可以帮助班长大人了。你并不是不想努力，并不是没有勇气接受不公正的待遇，你只是没有机会做出改变。瞧，现在终于有机会做出努力了。

“你满头大汗地跑回教室，把点心交给班长，还有一块二毛钱的零钱。

“然后，班长把两毛零钱给你，挥手让你走开。

“你知道事情似乎有些不对，但出于礼貌，你嘴里还得说些‘谢谢’之类的蠢话，然后独个儿站在课桌旁边，用手把两毛钱折上，打开，又折上，又打开，直到上课铃响。”

“别说了！”圣美抱住我的胳膊，大声哭了出来。

我摸着圣美的头发，说：“很多人以为十二岁的孩子什么都不知道，事实上，十二岁的人已经知道很多，足够多，多得超过孩子本身的想象。”

圣美哭得很大声：“哪有这么恶毒的人？！他们为什么要那么做？为什么？小鱼先生……小鱼先生……为什么你不在我身边？像你这样的人，是不该独自面对他们的。”

她的眼泪像断线的珍珠一样往下掉，止也止不住。

我从她的口袋里掏出手绢，慢慢帮她擦着。

她终于止住眼泪，抽泣着说：“后来呢？后来呢？小鱼先生一定不会低头的。”

“后来，你就开始努力学习，因为你的成绩实在太差，在五十个人的班里面，你稳居倒数第一。你的衣服换了一套又一套，不再那么土气。四个学期后，在你终于改掉山里人的口音的时候，你发现你成了年级第一名，一个年级有十八个班，你成了十八个班的第一名。

“同学们开始和你说话了，甚至有人开始请你吃冰棍，第一根，是五毛钱的菠萝冰棍，那可是个了不起的成就。

“班长大人开始请你辅导她功课，然后……

“流火五月，怀春少年。

“你默默地关注她，每天在她回家的时候，远远地跟在后面保护她，从不让她发现。

“你发现，和她并肩骑着自行车一起回家的男同学总是在换，日升日落，周而复始。

“终于，你下定了决心，写出了你的第一份情书，你向她鞠躬，双手递给她。

“她看完，送给了几个追求她的男生。你成了笑柄。每天都有人在你面前谈起‘忠诚’‘女神’‘永恒’‘守护’之类的屁话，还会问你，‘是这样吗？’

“你只能沉默，你只能远离。本来，你以为你已经获得尊重，到现在你才发现不是这么回事。中考结束后，全班同学自发组织一起去千岛湖旅游，你也去了。

“在饭馆里，四个小流氓调戏她，说下流话，他们有刀，还有文身。

“全班同学低头进餐。

“她哭，她躲。

“你拿起了窗台上的花盆，一下，花盆碎裂，泥土盖在流氓头上，血流了满地。

“你开始发现，你的同学有可能是垃圾。

“那个十二岁的小男孩，终于长大。

“你觉得该是收回点什么的时候了。

“你上了大学，开始面对生活。

“这个时候，你认识了黄华生。

“你知道，他会成为你的兄弟，他也知道，你会成为他的兄弟。

“你成绩优秀，你过上了声名狼藉的生活，交往了好多女友。

“某一次你回到山村，无意中翻看祖先的笔记，用手抚摩古老的文章，你开始怕，你开始做噩梦。只有回到你的山村，回到你自己的山洞，你才依稀能找回那个羞涩、真诚、喜欢看天空的十二岁的小男孩。

“上弦月挂在天空的时候，你看着月亮，远方的山野让你感觉很神秘。

“你对自己说，为什么不找个纯洁的女孩结束这一切？一个乐观的女孩，一个健康的女孩。

“于是，你开始找。”

冷冷的话音在山洞里回响，第一根蜡烛的光芒逐渐暗淡，火苗扑闪了几下，终于熄灭。

圣美伏在我的膝盖上，不知道什么时候已经睡了过去。

脸上有未干的泪迹，像是沾着晨露的玫瑰。

我用手帕仔细地擦去她的泪珠，轻轻地把她抱入怀内，将她的头贴在我的胸膛。

然后，我抱着她向山洞外面走去。

走出黑暗的山洞，天地一片光明。

我用手绢将圣美的眼睛盖住，唯恐光线让她感到不适。

然后，我顺着山路，慢慢向祖屋走去。

草地踩起来很轻软，野花的香味也很淡雅。

也许圣美睡过去是件好事。

第二十六章 唯别而已

把圣美安顿好以后，我独自来到水车边。

这座水车是三年前建造的，在我去广州工作之前。我依然记得，当时本来设计的是纯水车，依靠流水的力量推动轮轴，实现吸水的目的。后来我跟父亲提议，担心河流的驱动力不够，所以才另外附加了一个转向式风车。五片风叶都是我亲手打造，当时是6月，天气十分炎热，我光着上身在草地上敲钉，不到十分钟，下巴上就挂满了汗水。

隔上一会儿，我就到河里泡上一泡，又回到草地上继续工作。一天站下来，肩膀会火辣辣地痛，回到家里，感觉看什么东西都是黑的。完成整个工程后，我被晒脱了几层皮。

三年过去了，风车还是很正常地在运行。我在水车边站了很久，大约有两个小时的样子，听到后面有脚步声，回头一看，是圣美。

她换了一套衣服，是黄色的T恤和蓝色的牛仔裤。

我偷偷看她的脸色，似乎很正常。

圣美走近我，说："小鱼先生在看河流吗？"

我说："是的。圣美……圣美小姐不休息了吗？"

她说："我们现在去山里好吗？"

我愣了："去山里干什么？"

她说："说起来真叫人难为情，本来呢，我们应该明天才回去的。可是，我担心明天回去只能坐到很晚的航班，身体太累的话，会影响公司的工作。”

“这样啊。”

“我们进山去看看长辈，顺便也可以跟长辈告辞。所以呢，我才会换一套衣服。”

“哦。等我一下好吗？天气太热了，我想到水里站一会儿。”

她说：“好的。”

我慢慢走进水里，一步一步向河中央走去。

圣美说：“小鱼先生要小心，河流很湍急的。”

我对她笑了笑，说：“圣美小姐，我从小就在这条河里长大，现在水很浅，最深的地方只淹到我的胸膛。”

我没有骗她，走到河中央的时候，河水确实只淹到我的胸膛。我抱住一颗巨大的鹅卵石，向她挥了挥手，湍急的河水冲刷而过。在这样的天气里，有这样一条河流给人浸泡，真是上天的恩赐。我双手抱着鹅卵石，抱了很久，最后，担心圣美被太阳晒得太厉害，才踉踉跄跄走回岸上。

我说：“圣美小姐，我们不用去看爸爸妈妈了，直接上车吧。说实在的，这里没有水也没有电，我住得很不习惯，我想回去了。城市，才是我应该待的地方。”

她说：“可是这样对待长辈是很失礼的事。”

我说：“他们不会怪罪的，走吧。”

我把身上的湿衣服换下来，放在脸盆里，然后给爸爸妈妈留了张便笺在八仙桌上。

便笺上写着：爹爹妈妈，我回去了。家乡真是好，我喜欢村子，也喜欢祖屋。我会回来的。

为了防止风把便笺吹走，我取了一块墨玉镇纸压在了上面。

来的时候行李很重，走的时候就只有两个旅行包了。圣美背着一个，我肩头挎着一个。到了那辆天籁旁边，我们把包放进行李箱。圣美坐到后排，舒舒服服地躺下来，伸了个懒腰说：“真是疲倦啊！我想睡觉了。”

半山腰升起一抹炊烟的时候，我启动了汽车。

山路是村民自发修的，所以很崎岖，我小心地驾驶着，担心吵到她，所以开了两个多小时，才回到那棵菩提树旁。

微风吹过，树叶婆娑摇摆。我凝视着那棵大树，停了大概有十秒钟，然后重新启动汽车。

上了高速公路后，速度提升起来，汽车又快又稳地奔驰着，眼前的香水座晃都不晃一下。通过倒视镜我看着圣美，她睡得很安稳，我放心了。

我拿出电话，给晨曦打了过去。

“晨曦，帮我订两张晚上的机票。”

晨曦说：“总得去我家吃过饭再走吧。”

“下次吧，累了。”

“你没把爸爸妈妈一起接过来吗？”

“他们不喜欢到外面。”

“有了媳妇忘记爹娘，你这个人呀！”

我笑了笑，说：“我这就把身份证号码告诉你，你记下来，等我到杭州直接去你那里拿机票。”

一路顺利。

回到杭州是下午六点，还了车，拿到机票，时间到了六点半。

飞机是八点四十五分的，必须提前一个小时登机，从杭州去萧山机场差不多是四十分钟，办理登机手续要二十分钟，时间真是拿捏得很准确。现代社会，讲究的就是效率。

我和圣美匆匆忙忙地赶路，直到在飞机上坐下来后，才放下心来。我们不约而同地拍了拍胸口，然后相视而笑。

空乘小姐推着饮料车经过的时候，我要了桑葚汁，她要了雪碧。

两个人沉默了很久，我问她：“圣美小姐还要睡觉吗？”

她低着头说：“要碰杯吗？”

我们碰了一下，我说：“我喝桑葚汁，你喝雪碧。”

我说：“关于那个……”不知道为什么，我的声音突然变高了些，“是这样的，圣美小姐，一个男人应该要开创一番事业，老是依靠圣美小姐照顾真是很丢人的事，说起这样的事，我真是感到难为情。”

我喝了一口饮料，笑着说：“作为一个在广州打拼的男人，我应该给自己树立一个目标。比如，我可以去开创一家国际贸易公司；比如，我也可以开一家工厂，反正不能像现在这样不做正经事，专门靠投机赚钱。总之，可以大展宏图，那才是我想做的事。我已经迫不及待地想要拥有自己的实体企业了。”

“小鱼先生真是充满斗志呀……”

我笑了起来：“哈哈！我这次给财神捐了那么多钱，财神一定会保佑我的，财神能够听到我的祈祷！哈哈！哈哈！”

她说：“小鱼先生要做什么呢？”

我呆了呆，说：“开店！开公司！我要办企业！所以，第一件要做的事，就是感谢圣美小姐这么久以来的照顾！那么……”

我深深吸了口气，梗着脖子看着前方，说：“圣美小姐，我要把我的全部热情奉献给我的创业伙伴！所以，为了以身作则，我决定搬到店里去住。”

“圣美小姐，请支持我的雄心吧！”

“圣美小姐？”

“圣美小姐……”

我转头看着她，她靠在窗户上，又睡着了。我像个泄了气的皮球一样瘫在座位里，不时要空乘小姐给我加水。气馁的感觉就像在水里泡了十天，刚刚趴在岸上，除了呼吸只能呼吸。

我突然想起欣然，也许她离开我是对的，我真是个十恶不赦的王八蛋，不管怎么努力，怎么忍耐，怎么忏悔，怎么祷告，终究还是个王八蛋，十恶不赦。

我看着通道另一侧的绿头发小妞在听MP3，从她的穿戴看，一眼就能看出是个弄潮儿。我随手取下她的一只耳机，问：“帅妞，在听什么歌？”

她笑了笑：“莫文蔚的，听过吗？”

我问她：“耳线够长吗？分享一下。”

她迟疑了一下。

我说：“我给你友谊，又多又好。”

她笑了：“倒不是逼你交出友谊，我是怕一人一边，就把通道拦住了。”

我说：“管那么多干吗？谁会在乎通道被拦住？有谁在乎？这里是头等舱，我们有权拦住它。”

她递了一只耳机过来，于是，我和她一人一边听起了歌，细细的连线正好把通道拦了起来。

我闭着眼睛听着莫文蔚的歌。

听到后面依稀也能辨出几句歌词：

情感是偶发的事件

……

努力爱一个人和幸福并无关联

小心啊，爱与不爱之间

离得不是太远。

……

越是相爱的两个人

越是容易让彼此疼

疲惫了放手了不值得不要了

……

真是让人不服气啊

在这样的心情下，听到这样的歌词真是骆驼背上的最后一根稻草。我感觉自己连呼吸的力气都快没有了，听任耳机掉了下去，晃晃悠悠荡向对面。

绿发姑娘机敏地握住了飘过去的耳机，冲我笑了笑，然后塞回自己的耳朵，闭上眼睛不再理我。

等我回过神来，才意识到飞机早就升上了半空，正在云中高速穿行。这一次，我不但没有吃口香糖，甚至连什么时候起飞的都不知道。看来，飞行的不适应感觉也没什么。

过了很久，我开始在心里默默背诵先祖文定公留下来的一些笔记。背到“声色本物外，至理原降衷，君子存在我，披图慨于中”时，我的心情逐渐平静下来。

圣美一直在睡觉。在整个飞行过程中，她从未醒过一次，即使是我和绿毛姑娘说话的时候。在这样的时候，我十分怀念被她敲打的感觉。

飞机降落，然后我们坐车回家，一路上她都在睡觉。推开家门，入眼的是两座大理石浮雕。我们仅仅才离开三天，一进门，一种依恋的感觉就包围了我。

她没和我说话，自己去洗澡了。我用手摸了摸玄关那里的地板，又摸了摸壁橱，然后顺着墙壁，用手指轻轻拂过沙发、酒柜、餐桌……

我取下冰箱顶上的便条纸，在餐桌旁坐了下来。

很快我就写好了一张便条：圣美小姐，我知道您追求完美，不容有一丝不洁，作为我这样一个污秽的人，是没有资格让您照顾的。所以呢，我应该离开您的视线，从您的生活中消失。

我把它贴在冰箱上，看了又看，感觉不太妥当。

于是，我把它扯下来丢进垃圾桶，重新写了一张：

圣美，谢谢你圆了我的梦。你让我的父母感觉开心，这可不是作为儿子的我可以做到的。关于城市，我有自己的看法，我认为完全可以征服它，所以没必要麻烦圣美了。

这张字条的命运同样是被扔进垃圾桶。

我写下了最后一张字条：圣美小姐，我厌倦这样的生活了，不想有被管束的压抑感。真是抱歉，我第二次违反了契约，我很快会忘记这一切的。您自己多保重。

走的时候，是晚上十一点四十五分。

基本上，我是没有自己的行李的，把自己的房间收拾干净，把每件衣服叠得很整齐放在衣柜里。在衣柜的下面，放着那五件衬衫，那可是我的终极财产。

我想了又想，没有拿走它们。我拉上房门，走过客厅，然后打开大门，听大门在我身后发出关门的闷响。离开的时候，我又看到了那个憨厚的保安。

我对他点点头，笑了笑，离开了帝景苑。

走在大街上，我四处游荡，每隔一分钟就看一下手机。

感觉到自己累了，我就找了个台阶坐下来，想给明灿打个电话，又担心使用电话别人就打不进来。

我一直看着手机屏幕，直到时间显示为四点。

我叹了口气，拨响了明灿村支部的电话。

“是谁啊？这么晚打电话来，还叫不叫人活了？！真是有毛病！”对面传来火气十足的声音。

我平静地说：“转明灿同志。”

对方的语气一下子变得恭敬起来：“请问您是？”

我说：“让明灿同志接电话。”

“是！是！您稍等！我这就去他家！”对方一阵慌乱，从电话里可以听到椅子被弄翻的声音。

过了十几分钟，电话里传来声音：“您好，明灿同志过来了。明灿！快接！说话要有礼貌！”

明灿战战兢兢的声音从话筒里传来：“您……您好。”

我笑了笑，说：“明灿，天亮了就来广州。”

“啊！”明灿呆了好半天，“是你呀！”

我笑笑，说：“刚才接电话的人态度太恶劣，我怕他不肯帮我去喊你，所以顺手调戏一下他。”

明灿憋住笑，说：“是村支书的侄子，专门负责看电话的。”

我问他：“你能来吗？”

他说：“没问题，我这就回家收拾行李。”

我说：“不要带行李了，过来再买。”

我刚想挂断电话，对面传来那个人的声音：“您亲自打电话来，辛苦了。”

我沉吟片刻，说：“同志，以后接电话态度要好一点嘛，年轻人，火气不要那么大嘛，要认真对待自己的工作嘛。”

他哽咽着说："您百忙之中还能教育我，我太感动了。您放心，我一定会做好自己的工作的。"我随口勉励了他几句，然后挂断了电话。

我坐在台阶上等到天明，然后找了个茶楼吃了一顿，就去找那家字画店的老板。

看得出来，店老板也想早点儿回乡养老，所以谈了半个小时我们就达成协议，连铺子带货物，我一共给他七十五万元。

明灿找上门来的时候，我们正要签订转让协议。看着明灿风尘仆仆的脸，我心里一动，说："明灿，这间铺子划在你名下吧。"

明灿愣了："为什么？"

我说："我整天漂来漂去的，也不知道下一站在哪里，以后你专门来打理这间铺子。难不成我还怕你吞了我的钱不成？"

明灿点了点头。

我们花了七天时间重新把铺子装修，拆掉了原来的地板砖，换成粗糙古朴的青石，又装了三台空调，加了台吸湿机。整个过程我们没有请装修公司，都是我和明灿亲自做的。

两个学古汉语的人，两个会背古诗的人，想把体力活儿干好的时候，一样可以干得很出色。我们又装了两万多元的灯，让整个铺子看上去典雅却不杂一丝浮华。

在这七天时间里，我没日没夜地干，全心全意地工作，饿了，就随便找几块面包吃，累了困了，就直接躺在地板上睡。每天一睁开眼，具备思考能力的时候，我就抱起一块青石，用自己的两个膝盖把它稳住立在地上，然后用锉刀将它的边缘抹平。

实在没活儿干的时候，我就跪在地板上，用抹布把每一寸地面都擦一遍。

第七天的傍晚，夜风清爽，华灯初上，我和明灿把铺子的玻璃大门擦完，两块抹布在玻璃门边缘碰在一起的时候，我知道，我们的铺子终于诞生了。

站在大门外，看着明亮、整洁的铺子，明灿高兴得流出了眼泪。

他问我："明天就可以做生意了吗？"

我说："没错，明天就开门做生意。明灿，努力！"

明灿坚毅地点了点头。

我想给黄华生打个电话报喜，拿出电话拨过去，才发现电话已经停机。不知道什么时候，它已经停机了。我拿着手机贴在耳朵边，怔怔地站在大街上。我想扔掉它，扔得越远越好，却抬不起手，想跑，想沿着大路跑下去，一直跑，却没法迈动自己的腿。

第二十七章 学做生意

我们的字画店靠近天河北路，在这一带上班和居住的人都有比较强的购买力，小店装修一新后，形象变得好了很多，慢慢地就有客人光顾了。第一天做生意，我们就卖掉了三幅仿古画，一共赚了三百八十元钱，明灿高兴得嘴都合不拢了。到了星期三那天，我们白天一笔生意都没做成，到了晚上七点，两个人坐在店里长吁短叹，感慨这个时代的人没有学问。两个人面对着面叹气。如果现在是冬天，也许我们两个会把手插进袖子里，弓着背烤着炭火，发出更大的叹息声。

我皱着眉说："这局面眼看是进得少出得多，柴米油盐哪一样不花钱？明灿兄，世道艰难呀。"明灿应着回答："如之奈何？如之奈何？"两人胡乱应答，倒也笑了起来。

这时候，玻璃门被推开了，进来四个人。

四个很特别的人。

明灿看到进来的顾客，马上咳嗽一声，面红耳赤地走到角落台案那里，做出准备画画的样子。四个人中，倒有两个我是认识的，说认识也许不恰当，我只是见过她们一面。都是女孩子，穿着很清凉的服装。全身穿的衣服，大概只遮挡了百分之三十的身体。现在是广州最热的时候，女孩子大部分都作这样的打扮。

我第一次去国会夜总会的时候，见过其中两个，当时，一个穿着红色露背装，一个穿着绿色的背心。也许她们对我没印象了，因为上次我穿着公鸡战袍，给人的印象是个冲动的小伙子，现在胡子拉碴，看上去像个潦倒的中年画家。两个形象反差极大，她们没理由记得住我。

其中一个说："天气很热，进来吹吹空调也好。"

我应了声说："请随便看看，这里确实挺凉快的。"

上次那个穿绿背心的姑娘今天穿着粉红色的露脐装，小腹那里还文着一只蝴蝶。

她看着我，问："先生最喜欢哪幅画？"

我说："这一面墙挂着的画，我比较喜欢玉泉山人的作品。静庵先生的山水可谓一绝，画风挺拔，技巧纵横，一改宋代山水浑厚沉郁的风格，成了浙派始祖。"

站在最后面的一个女孩子问我："先生说的玉泉山人是戴进先生吗？"

我微微一怔："正是。静庵先生是明朝人，您能知道他的名字可太了不起了。"

其他几个女孩子看着她："小琪，原来你是才女呀。"

看来里面有个行家。

我搓了搓手，笑着说："这里挂着的作品都是后人仿作，这个我们是不会隐瞒的。不过，这些作品的水平也很高，请看这幅《洞天问道图》。"

四个女孩子一起挤到画下，好奇地看着土黄色的画面。

我说："笔法劲秀，描写精工，皴染淹润，着色清淡。最为难得的是画面境界有一种神秘缥缈之感。请看这里，红衣人正埋头向门内走去，似乎是在走向即将开悟的另一天地。整幅作品皴法繁密，有条不紊，理在其中，深广之处用墨稍重，皴擦紧密，传达出了空间深远之感。"

我顿了顿，说："如果各位对黄老之学有所了解，相信会对这幅画着迷。"

她们看起来听傻了，因为她们半天没说话。

我走开给自己倒茶喝，隐约听到她们在小声谈论："什么东西啊？像块尿布。"

"嘘！别乱说话，会让人笑话的。"

"刚才老板说了半天，我硬是一句话都没听懂。说真的，确实像块尿布。"

"虽然像，但是不要说出来。"

我摇摇头，端着茶过去，说："各位请随便看。"

那个叫小琪的姑娘说："老板，你刚才说的那幅我不喜欢，我想买这幅《春山积翠图》，多少钱啊？"

我高兴地说："不贵，只要八百元。"

她说："哦，那现在就给我包起来吧。"

我笑眯眯地把卷轴收起来，然后指着明灿说："您真有眼光，这幅《春山积翠图》，是这位画家的作品。"

四个女孩齐齐盯着明灿。

明灿慌作一团，手一晃，把砚台都打翻了，情形十分狼狈。小琪走过去帮他整理好。明灿脸色红得像个煮熟的大虾，嗫嚅着，哼了半天也说不出"谢谢"两个字。

"是画家。"

"真了不起。"

"是大画家。"

"我们见到了一个画家，是艺术家。"

听着她们的议论，我忍住笑，说："还有什么需要吗？"

穿着露脐装的姑娘说："先生，你们这里有没有油画啊？我们的品位很高的，一般看油画，不看这些土画。"

小琪悄悄地拉拉她的头发。

我哑然失笑，说："我们不卖油画。"

"那太可惜了，很多人都买油画的，每家都要买很多幅的。"她们惋惜地说。

"老板，你真有意思，下次路过，我们还来这里吹空调啊。"告别的时候，她们这样说。

我说："欢迎欢迎。"

然后那个穿露脐装的姑娘说："老板，也欢迎你去我们那里，继续跟高姐姐说'咳咳，真漂亮，真是很漂亮，很漂亮'的话。"

四个姑娘爆发出一阵笑声，全部走了出去，倒把我弄得脸红脖子粗，下不了台。

原来她们把我认出来了。

我心满意足地喝了口茶，对明灿说："嘿嘿，今天一下挣了七百多。"

明灿说："你也太黑心了。难得遇到知音，要我说，送她也可以的。"

我说："明灿，你不懂，我是为了她好。"

明灿茫然："什么？"

我说："她一个月收入起码上万，如果花几十块钱买幅画回去，挂几天就会丢进垃圾桶里。如果是花八百的话，她会仔细挂起来，有空就会看这幅画，时间久了，她的心灵也会得到陶冶的。”

明灿说：“你怎么知道她收入上万？”

我不在意地说：“她们是做小姐的，国会那片的小姐一个月挣不到一万才是怪事。就算不出台，光坐台的小费也不止一万。”

“明灿，明灿。”我看他没动静，就走了过去。明灿正在磨墨，看来又准备画画了。

我是很喜欢看明灿专注作画的样子的，站在一旁，端着茶杯看他作画。

也许是刚才那四个女孩子带来的运气，她们刚走后不久，有一堆日本老太太跑了进来。她们举着单边眼镜看了又看，一副很懂行的样子，根本不用我给她们介绍什么。

看了一个多小时，她们挑走了七幅画，其中有一幅是明灿画的。

我算了算，七幅画竟然挣了两千四百元。

哦，上帝，这生意我早就该做了，为何到现在才起步？

我问明灿：“你说我们早干什么去了，为什么不早点儿投身艺术行业？”

明灿说：“你真笨，你没有把本钱算进去。想一想，如果房子要房租，还要算我们两个的工钱，那成本该有多高？”

我一想，确实是这样。按照市场行情，这个铺子的月租金在三万左右，我和明灿两个人的工资就算一万，再加上水电，各种杂费，一个月算下来成本差不多要五万。也就是说，我们每天必须挣到一千七百元才能赢利。看来生意也没那么好做。

我和明灿就住在铺子的阁楼上。阁楼上堆满了很多没有摆出去的货品，弥漫着浓郁的墨香，我们就睡在书画堆中。回去看父母之前，我曾经订了一套房子，那套房子要到9月20日才会交楼。按照原先的想法，我和明灿本来应该在……吃她煮的菜……

我卡住自己的喉咙，直到眼前发黑，把脑海中浮现出的扭曲的几何图像驱赶出去才松手。

每个人都该有个梦，我亲手把自己的梦打破了。

手机现在终于重新开通，我无聊地翻看着上面的未接号码。有一个老黄的，还有几百个广州的本地电话，至于她的，一个也没有。

时间是晚上两点了。

电话响了起来，我手忙脚乱地拿起电话，一个不小心把自己弄得扑倒在地。

我眼冒金星，连号码都没看就接听起来：“喂！喂！是你吗？”

对方没有回答，挂断了，话筒里传来嘟嘟的声音。

我看了看号码，打过去，响了半天，对方才接起来："你好。"

我说："请问刚才是谁打电话？"

对方说："打错了，对不起。"

我气得半死，想骂人，却连骂对方的力气都没有。

没办法，只得重新把电话放在地板上。

三点的时候，我依然瞪着眼睛看着天花板，失眠的感觉真是不好受。

电话又响了！

尽管刚才已经有过一次教训，我还是慌里慌张地接起电话，同样摔了个眼冒金星。我忍住呼吸，尽量平静地说："是你吗？"

"是我。"

一听到声音，我呆了呆，然后低吼："你打我电话干什么？"

黄华生说："想你了。"然后他大笑。

我说："你真幽默，幽默死了。"

他说："怎么了？情绪好像不太正常。"

我没好气地说："这么晚打电话来有什么事？"

他说："那笔生意你还想不想做？不想做现在就跟我说，我另外去找路子。"

我说："没问题，明天我就把钱给你汇过去，我自己留三万，其余全部给你。"

他问我："留三万干什么？我不是叫你全部拿出来的意思，而是为什么不留十万、五万，单单留三万？"

我说："我9月去韩国，三万应该够了。"

他沉默了很久，说："好。到时候怎么转货？"

我说："我有个小兄弟，叫小山，到时候你直接和他联络就行了。"我把小山的电话告诉了他。

黄华生说："跟我来香港混吧，要不咱俩出国。"

我说："别胡说了，我连城市都不想待，你觉得我还会想出国？9月我回来后就直接回村了，我打算种植玉米，还有土豆，这两样东西我都爱吃。业余时间，我要把家里的典籍重新整理一次。"

他说："那好吧，有事找我。"

说完电话，我依然睡不着。

明灿是个天生有福气的人，因为他总是能睡着觉。

过了几天，我去布吉批发市场进了油画，回来的时候，距离广州石化厂不远遭遇堵车。在右面的草地上，距离我大概有十三米的地方，我发现了一辆车。

是一辆现代车。现代车不算高档车，说起来，这种车比日本车还要便宜，但是看到一辆现代车比奔驰还要气派、比宝马还要矫健的时候，这肯定是一辆很特别的现代车。

我的视线停留在那辆现代车上，再也移不开。闻不到道路上令人窒息的汽车尾气，也听不到司机们喧嚣的骂声，我只是那样静静地看着那辆车。

一个穿着白色西装的男人，一个高大英挺的男人，背着手走在草地上，慢慢走着。在他身旁，是一个娇小的女孩子。女孩子穿着白色的短裙，上身是鹅黄色的美丽衣服，头上戴着一顶造型别致的帽子。似乎有风，她的帽子被吹了起来，飘在空中，然后，可以看到她的脖子上有一串项链。那串项链，由十几串细小的绳索缠绕而成，项链的末端，是一块小小的黑色木牌。这块木牌，让我想起《笑傲江湖》中的黑木令。

高大英俊的男子在风中奔跑起来，动作很敏捷，像一头非洲草原上的猎豹，在女孩的帽子落地之前，大概距离草地只有三十公分高的时候，他准确地抓住了帽子。他的脸上露出阳光灿烂的笑容，他走回去，给女孩子戴上。他伸出双手，慢慢地把帽子戴在女孩的头上。戴上以后，他用手略微压了一压，让它不会再飞走。风中，似乎有银铃般的笑声传过来。

不知道什么时候起，我的嘴里塞满了东西。是油画。

我把油画咬在嘴里，把我的两边腮帮都顶了起来。我目不转睛地看着那边。我双手握着卷轴，一口咬住卷轴的尽头，像是含着一杆水烟枪，鼻腔无法呼吸，嘴里发出的呼吸声，在卷轴里发出呼呼的含混声音，像是一具老式的风箱。我眼睁睁地看着他们在草地上慢慢散步，慢慢走远。

车流开始滚动，女孩子回头瞬间，我看到了她的眼睛——依然是那么黑，黑得像是黑夜里唯一的星星。我和她就这样交错而过，她的眼神里充满淘气的笑意，侧头跟高大挺拔的男人说着什么。她会不会是在说：承晚，你快看那个男人，嘴里咬着很奇怪的东西，看起来像不像是一条狗？

“像小鱼先生这样的人，是不该独自去面对生活的。”

“哪有你这样的人！真是叫人失望极了，快去整理房间！”

“要记住哦，小鱼先生是一个完全没有优点的人……”

车越开越快，我抱住油画连连干呕，差点窒息过去。不知道为什么，汽车重新启动后，我像个傻子一样把卷轴往嘴里塞，仿佛这幅油画变成了世界上最美味的巧克力棒，又仿佛我变成了一条蛇，可以毫不费力地吞下任何东西。卷轴顶到我喉咙深部的时候，我眼前阵阵发黑，我终于意识到，我快死了。我歪倒身体，听到一声尖锐的刹车声，然后，双手被人抓开，卷轴被拿了出去，背部被人重重敲打。

我被人扶正在座位上，勉强睁开眼睛，看到司机正看着我："先生，你着魔了？"

我疲倦地摆摆手，没有说话。

车窗是打开的，浓烈的热风吹到我的脸上。

他和她，终归还是会在一起的，我平静地想着。两个人家世相当，又是一个国家的人。他很高大，很英俊，而且很聪明，很有钱。

我吞了几下口水，润了润喉咙，对司机说："我的征途是玉米和土豆。"

司机愕然："什么？"

我说："我想回乡下耕地。"

他说："这主意听起来不错。"

我说："一个人生下来以后，就有另外一个人在远方等他。我应该有机会找到一个憨厚、健康的姑娘。夏天的晚上，她可以坐在瓜棚下给我纳鞋底；春天的时候，我可以拉着她的手，看山看河。"

他说："这个……"

我说："总是有希望的，人不能太悲观。老兄，别对人生抱怨叹气。"

/第二十八章/

纷纷扰扰

车快进天河的时候，我的心情终于平静下来。我告诉自己，既然自己完蛋了，那么，就应该让家人和朋友过得开心些，让他们不要为自己担心。手机响了几下，正要接听的时候，又不响了。我看了看来电显示，又是一个广州电话。

自从手机重新开通以来，我每天都会接到这种莫名其妙的电话，隔两小时就有一个，风雨无阻，晚上也不例外，真是比闹钟还要灵敏。我打过很多次回去，对方总是说打错了。

每天晚上十二点会听到一个电话，两点的时候又听到一个，四点的时候又是一个……就这么响个不停。偏偏这个手机修理过几次后，震动功能失效了，所以，我每次都会被刺耳的铃声打扰。这些电话都是广州本地的，不尽相同，仔细数数，倒有几十个不同的号码。是骚扰电话吗？又不太像，因为打我电话的人有男有女，从声音分辨，年纪也有老有小。这件事，真是十分奇怪。

汽车终于开到店铺门口，我隐约看到店里有不少人。司机帮我把货物搬了进去。

明灿满头大汗地在招呼客人，奇怪的是，那个叫小琪的姑娘也在店里，而且不像是在买东西，倒像是在帮明灿卖东西。客人是五个白种人，在明灿和小琪的努力下，他们最后买了几幅字画。等到这拨儿客人走了以后，店里略显清静。

我问明灿："这是怎么回事？"

明灿涨红了脸，半天说不出一句话。最后，还是小琪过来做了解释。

原来，明灿昨天在店里坐了一天，结果一笔生意都没做成。晚上七点的时候，小琪和那三个姑娘去国会夜总会上班，顺路又拐到小店里来吹空调。她们进来不久就有客人来小店。不用说，明灿磕磕巴巴地向客人介绍是做不成生意的，小琪就主动上前帮明灿，最后卖掉了三幅画。

到了今天，小琪白天也没什么事，就主动跑过来帮忙了。

我一边听小琪讲，一边让把油画挂了几幅出来，又叫明灿把其余的货物搬到阁楼上去。

小琪说："老板，您别怪李先生，是我自己跑过来的。"

我问她："明灿把自己的名字告诉你了？不容易，不容易。"

小琪脸一红，说："他土得要命，问他个名字，扭捏了好半天才告诉我。"

我说："小琪姑娘，多谢你帮忙。要是明灿一个人在这里，可能一笔生意都做不成。这样吧，晚上我来看店，叫明灿请你吃饭好了。"

小琪笑了："李先生已经谢过我了，他送了我几幅画，是松竹梅三君子。"

我哑然，这几幅画如果卖掉，最少也能卖个两千元，明灿说送就送，哪里还像个生意人，这样开店会完蛋的。

也许是见我脸色难看，小琪说："那几幅画是李先生现场给我画的。"

我一下子感觉舒服了很多，看了看小琪，这姑娘似乎挺含蓄的，不像娱乐场上的姑娘那么嚣张。

在店铺旁边的小茶馆里，我坐在小圆桌边，小琪连忙给我倒了杯水，表现得倒像是个主人。我心里一动，仔细看了看她——眉毛修长疏淡，脸色白里透红，看起来很健康；眼睛、鼻子都很秀气，尤其是皮肤，十分细嫩，几乎看不到有毛孔，确实是个漂亮的姑娘。

我问她："小琪是什么地方人？来广州多久了？"

小琪说："我是成都的，刚来两个月。"

我又问："你和谁一起来的？一个人吗？成都是个好地方，青羊宫旁边应该有个荷花池市场吧？以前我去那边玩过。"

小琪说："我姐姐一直在广州工作，我们家只有我和姐姐两个人，大学一毕业，我就过来投奔她了。"顿了顿，看了我一眼，她又把头低下，说，"荷花池市场在火车站那边，离青羊宫很远。"

我问她："你怎么会去国会那儿上班呢？按照小琪姑娘的条件，找份两三千元的工作应该不难。"

她一下子有些局促不安，半晌才说："我刚来不久，姐姐就病了，要花很多钱治病，现在每个月在医院要花八千多。"

我跟她说："那你挣够了吗？我是说，你去国会那里挣够钱了吗？"

她说："我上班还不到一个月，总共也没赚到一万元。"

我喝完水，她又给我倒了一杯。

我们又随便聊了聊她在成都的生活，她开朗了很多，最后索性用成都话讲了起来。

成都话很接近普通话，儿化音很重，女孩子说起来又糯又嗲，似乎不经喉咙，而是直接由口腔和鼻子发音，片片话语都熨帖在人的心房。成都话让女孩子来说，很可能是全国最好听的方言。我仔细听，勉强能听懂她在说什么。

我问她："你既然缺钱，为什么还要买那幅《春山积翠图》？"

她说："我姐姐最喜欢这幅画的，以前我家在成都也有一幅，她现在整天住在医院里，看看那幅画可以让她心情好一点。"

过了一会儿，我说："小琪，你喜欢明灿吗？和他结婚吧！"

她一下子傻了眼，难以置信地看着我。

我说："你们要是成了一对儿，那我们也是亲人，你姐姐的病由我们来负责，你不要去国会那儿上班了，那里会毁了你的。"

小琪呆看着我，脸上一阵青一阵红。

我笑了笑，说："别这么看着我。听我的没错，我也不逼着你马上结婚。你先和他相处一段时间，看看满不满意。我直接告诉你，你确实捡到宝了。"

我补充说："你马上从国会那儿辞职，那种地方待久了，想干净都干净不了。从现在起，你来我店里上班，就当经理好了，每月工资固定给你一万。"

她犹豫了。

我说："小琪姑娘，看着我的眼睛，看看是不是充满真诚？"

她小嘴微张，露出想骂却不好意思骂的样子，最后低头说："我真是很不喜欢去夜总会上班。"

我把手机递给她，说："马上辞职。这种事必须要快，一慢就糟糕，说不定今天晚上你就会被坏人欺负。要真那样了，我怎么对得起明灿呀！"

她呆了半天，终于拿出自己的手机打了过去。从她嘴里，我清楚地听到了"我以后不来上班了，押金不要了"的话。

最终，我如愿凯旋，领着小琪又回到店里。

明灿一直站在店门口等我们，脖子伸得老长，像一只待宰的鸭子。一见到我们出现，他就搓着手，偷偷问我："怎么回事呀？"

小琪看了看明灿，没来由地脸一红，说："李先生，以后我也来这里上班了。"

明灿愕然，眼里却透露出一丝喜悦。

完成这一切后，我去了银行，把钱都转到了黄华生账上，除了给自己留下三万元外，我只给字画店留下了十万流动资金。

晚上六点的时候，我就让明灿跟着小琪出去。让我吃惊的是，明灿问我跟小琪出去干什么。小琪在旁边听到了，忍不住又打量了明灿几眼。

我看了明灿很久，说："你先陪小琪姑娘去医院看姐姐，记住，要去市场买礼物。"我拿了三千元给他，"你不要自己买，让小琪挑，你负责给钱就行了。"

明灿点了点头。

"然后，你带小琪去吃饭，去川国演义吧，记住，你要埋单。"

"还有呢？"明灿问我。

"吃完饭，去玩卡丁车吧，还可以去电影院，也可以去咖啡厅。"

小琪脸红红地说："老板，您都在教李先生什么呀，听起来很乱的。"

我对她说："小琪，明灿就拜托你了，他很诚恳，很老实，可不代表他傻。相处久了，你就会知道他是一个多么有灵气的人。"

他们走了以后，店里彻底冷清下来。

外面又下起了雨，路上行人匆匆。看样子，今天是不会有什么生意了。

我给自己倒了杯茶，默默地喝着，一边喝，一边看着手机。因为快八点了，如果没出错的话，我的手机会响起来。

果然，手机响了。

我不自觉地苦笑起来，把手机放在桌面上，光是看着，也不接。

过了一会儿，又有短信的声音响起，两种音乐混杂在一起，让这冷清的店里多了些热闹。

我接了起来："又要挂断吗？"

对方说："打错了，对不起。"

我说："你们一共有多少人打我电话？有五十个没有？"

他说："对不起，我要挂了。"

我说："我见过你。"

对方说："什么？"

我说："我依然记得你。"

对方显然很吃惊："不可能，那天人那么多……"然后他挂断了电话。

我心里一跳。人那么多？人那么多？人那么多？

我马上给电信局的朋友打电话："老张，帮我查一下这些电话是什么人的，分布在哪些小区。"

老张为难地说："这个违反纪律的。"

我说："别纪律了。广州酒家，三顿。"

他立刻说："我晚一点给你发个邮件。"

我把所有的电话号码都报给了他。

做完这一切，我才打开短信看了看。

"9月13，明洞天主教堂。"

我把手机平放在桌子上，一直盯着这条短信。

上次接到这样的短信，是我摔破青花瓷瓶的时候。这一次，我又看到了，隔了有一个月时间，我又收到了短信。

我后背依然发凉，还是有些慌张。

不过，我想我已经有勇气面对这件事，因为，很多事是逃避不了的，离开圣美的事就是这样。如果我向圣美隐瞒了很多事，也许我会和圣美一直在一起。可是，等结婚以后，她始终会知道我的那些事的，到那时再分开的话，就毁掉一个完美的女孩子了。

我拿起桌上的手机，一个数字一个数字地输入圣美的电话号码，然后，又一个数字一个数字地后退，反正，就这么输入、后退、输入、后退……

我在想，圣美为什么会不给我电话呢？哪怕是一个最简单的短信也好啊。她会不会在等我找她呢？她那么骄傲，一定想让我找她，然后跟她求饶吧。可是，她至少应该提示我一下。

我怎么也坐不住，就站到门口，靠着玻璃门，看着大雨落在地上。这样就永远见不到她了，真是让人不服气啊。

雨越下越大，落在地上的雨点会溅起水珠打在玻璃门上。空气很潮湿，我打开吸湿机，开始干活儿。干了半天活儿，我就像一条小狗拼命想咬住自己的尾巴一样，忙得不可开交，等忙完，才发现什么也没干。

半个小时后，一群躲雨的美国人来到店里，看外表，就知道是来广州旅游的。我强打精神，给他们介绍了一下店里的各类字画。他们对中国画兴趣不大，倒是对那些油画很是喜欢。

我硬是让他们买了十幅，按三百美元一幅成交。这只能怪他们运气太差，我此刻心情很糟糕，所以就表现出了前所未有的黑心。

晚上十点的时候，明灿和小琪回来了，我又做了两笔生意。他们进到店里，正好看到我在数钱。

明灿说："哇！你这么厉害啊！赚了多少？"

我说："十六幅字画，营业额是三千美元加四千五百元人民币。"

小琪惊呼一声："白天做了两千二百元，今天生意可真好啊。老板，你太厉害了。"

我笑了笑，说："小琪，别叫我老板，明灿怎么叫我你也怎么叫我吧。"

小琪说："那不好，我叫你鱼哥吧。"

我点了点头，说："以后就靠你们两个来做了，我不一定天天在这里的。对了，你们玩得怎么样？"

明灿说："还好了，这是没花完的钱，你先拿去。"

我看了看，惊奇地说："你们只花了两百多？"

明灿说："给姐姐买了些水果，还有鲜花，总共花了八十多元。我们没有去川国演义吃饭，小琪说那边贵，带我去大四川吃火锅，一共花了七十多；加上打车和喝水，总共花了两百一。"

我看了看小琪，说："明灿，你有运气，好孩子总是会有好运气的。"

明灿不明白我在说什么，小琪倒是羞红了脸。

过了一会儿，明灿又跑到阁楼上收拾东西。我发现一个现象，只要小琪在店里，明灿就喜欢跑到阁楼上忙碌。

小琪问我："鱼哥，怎么没见到嫂子过来？"

我呆了呆："嫂子？嫂子……"

小琪扑哧一声笑了出来："鱼哥没有结婚吗？那应该有中意的女孩子了吧？"

她只是随便问了问，我却陷入了沉思。她站起来去整理店铺了。

我给老张打了个电话："那些电话你查出来没有？"

他说："搞定了，已经发到你的邮箱。"

我说："那好，改天请你喝茶。"

把店里的事交代一下后，我出了门，找了家网吧坐了下来。

打开邮箱后，我仔细分析那份名单。名单上一共是五十五个人，分布在荔湾、东山、白云和天河四个区。

他们的年纪在二十三到四十五岁之间，男人有四十一个，女人是十四个。至于他们的具体住址和工作单位，老张还是留了一手，没有写在资料中。

其实意义也不大，因为这些人很可能是租别人的房子住，那么，电话附带的资料就应该是主人的身份，跟打电话的人并无直接联系。

我点了一支烟，盯着那份名单，一个名字一个名字地看。我发现了第三十三个名字，叫梁志恒。这个名字，我似乎看到过。我对自己的记忆力很有信心，这个人我也许没见过，但这个名字我一定看到过。

我反复想着这个名字，同时想着这个人说过“人很多，那天人很多”的话。

网吧的侍应小姐走了过来：“先生需要饮料吗？”

我随口问道：“有什么喝的？”

侍应小姐说：“有可乐、矿泉水、茶，还有咖啡……”

想起来了！我迅速站起来，掏出五十元给她：“谢谢！我先走了，帮我埋单，多余的你自己留着。”

梁志恒这个名字我见到过，是在一个工作牌上看到的。当时，梁志恒端着一杯咖啡站着，我把他的咖啡拿走时，视线曾经在他的胸牌上停了一停。

地点是东洋株式会社。

我冲到街上，找了个公共电话亭，然后给梁志恒打了个电话。

我第一句话是：“阿尼哈赛哟。”

他果然回答：“阿尼哈塞哟。”这一下就确信他确实会韩语。

我问他：“梁经理，圣美小姐去哪里了？”

他没有察觉，说：“不是和韩先生去广州石化厂签合作协议了吗？请问您是？”

我没有再说什么，直接挂了电话，然后我随便找了间咖啡厅坐下来。我看了看手机，日期是9月3日，准确的时间是晚上十一点。

我也不知道为什么会进这家咖啡厅，也许是人总得找个地方去。咖啡厅里人很多，非常多，用人山人海来形容并不过分。好不容易，我才在角落找了个座位坐下来，点了杯爱尔兰。

一个白头发的中年男子正在钢琴那里演奏，脸上带着很沉静、很孤独的神情，仿佛他并不存在于这里，而是在别处。

他慢慢地演奏着钢琴，曲子很优美，我从没听过这样阴郁的曲子。曲子里已经没有悲伤哀婉的意味，只是一种深沉，单纯的深沉。

我对钢琴演奏并不陌生，从男子的演奏中，我知道他的技巧并不高明，但是，他的每一个音符都带着感情，一种深沉浓郁的感情。

这里并不像其他咖啡厅那么嘈杂，每张桌子的人都看着演奏的男子，坐在钢琴附近的人，用手托着下巴看着他。

在我的背后，是两个年轻的白领女孩，她们在低声交谈。在钢琴音符之间，她们的对话落入我的耳："他每天只在十点到十一点来这里演奏，我很幸运，他第一天来这里的时候，我正好在喝咖啡。"

"本来，这间咖啡厅的人很少的，他来了以后，一个星期后就有很多人了。只在十点到十一点过来，就是为了听他弹琴。"

"等他演奏完，我们请他喝酒吧。"

"他不喝酒的，也不在这里停留。"

"要赶场吗？"

"不，他要回家。有别的咖啡厅的人来请他，据说是一个小时一千元，他没去，还是一直在这里。"

"他在这里多少钱？"

"八十。"

"他一定和这里的老板认识。"

"不是的。有人问过他，他说找到这里就不想换了，好比到街上买东西，有的人会一家一家地挑，有的人顺着街走，一旦选中一家，就不会再更换。"

白头发的中年男子并不英俊，眼睛很小，人很瘦，背有些弯。唯一让人注目的地方，就是弹得很专注。

我目不转睛地看着这个中年男子，再也听不到两个女孩子的交谈。

我猜，他是一个有故事的人。我不想知道他有什么故事，我不想成为一个有故事的人，不愿意像他一样，成为一个有故事的人。中年白发，到咖啡厅演奏深沉的钢琴曲。

当服务员把咖啡端上来的时候，我来不及喝一口，放了一百元在桌上就走了。

我是从钢琴的背后走出去的，在经过他的时候，我一直看着他，仿佛以他为圆心走了一段弧线。

第二十九章 我又回来了

我重新回到帝景苑的时候是十一点三十二分。按响门铃的时候，是十一点三十六分。

有人开门了，是圣美。她穿着小熊睡衣，脚上还是那双绣花拖鞋。

看到是我，她一手拉着门，一手捂着嘴，眼睛睁得很圆。

我说："今天是9月3号，我想进屋睡觉。"这也许是世界上最丢脸的事，但我干了。

她把门拉开，眼睛一眨不眨地看着我，还是用手虚掩着自己的嘴。她吓坏了。

我不敢看她，低着头，走到玄关换鞋，走过客厅，走进原来的房间，然后把门关上。

床还在，被子也在。

我把被子拉开，将自己裹在里面，面对窗户的方向侧躺着。

过了有二十分钟，我听到客厅的灯被关上了，又过了三分钟，客厅的灯又被打开了。门被推开，有人走了进来，拖鞋与地板发出的声音很温和。

房间里依然很黑，黑得化也化不开。

我感觉床垫微微往下一陷，有人跪在床上。过了一分钟，有双手搭在我的肩膀上，开始慢慢地摇。

过了一会儿，她停止摇动，我听得见她的呼吸，像是用手掌拂过天鹅绒的声音。然后，她开始狠狠地摇。我硬是不肯回头，也不肯转身，装作自己睡得很熟。老实说，我紧张地咬紧被子，这一刻，也许是有生以来脸皮最厚的时候。

她不摇了，一双胳膊环绕在被子上，似乎想把我往上提。只是，这样的举动是没有效果的。她提了一会儿，似乎累了，索性躺在旁边休息了一会儿。

每个人都知道，向一个方向侧躺着是很累人的事。但是，她一直没走，所以，我只好难受地坚持着，不敢动。我睡不着。很快，有五个手指伸进了我的头发，像理发剪一样，五个手指合拢，张开，合拢，又张开。

这滋味，不太好受。

过了一会儿，我的鼻子边闻到了橘子的味道，两个手指搭在我下巴上，摸索我胡子拉碴的脸；有时候，会顿一顿，就是用手指在胡子上点一点，似乎在体会那种被扎的感觉。

最后，她狠狠地推了我一把，差点儿把我推得趴在床上。她下床了，我听到窸窸窣窣的声音，门关上的声音。

我还是不敢动，害怕她依然在房里。我就这样保持着侧卧的姿势，一直到天亮。

我一直在思考一个问题，为什么会怕她，还很依赖她？

事实上，很多人也依赖我，比如明灿。在外面的时候，我也没有怕过任何人。

我害怕她已经到了一个糟糕的程度，比如，我宁愿趴在床上待上一整夜，也不敢回头看一看她是否已经离开房间。这样的事，说起来真是没有尊严。

本来打算等她上班，听到大门被关上的时候才起来，这样就可以避免看到她奇异的眼神。可事情并不能完全让人控制。早上七点半的时候，她用一罐结冰的可乐贴在我的手臂上，我一下子被刺激得翻到了床下。在这样的情况下，我没有办法继续装睡了。

我只好跟着她走到饭厅。

“喝粥。”她命令我。

等我喝完，她说：“是回来拿行李的吗？”

我羞愧得说不出话来。

她说：“一个人在外面很自由吧？总是无拘无束吧？”

我低着头说：“离开圣美小姐的日子，过得很不好。”

她说：“小鱼先生不是很喜欢给别人友谊的吗？这样的人，应该会过得很幸福吧。”

“抬起头来，老是看着自己的脚可不是办法。”她说，“看着我，还差二十分钟我就要出门，你总得跟我说话。”

我看着她，她的脸上没有表情。

“小鱼先生，叫我怎么说你好呢？”她叹了口气，“衣服上有很多皱褶，头发也很乱，还有很不好的味道。我都不敢想象这段时间你到底在做什么。是在流浪吗？在很辛苦地流浪吗？”

我不知道该怎么回答她的话。我总不可能跟她说，这段时间我一直住阁楼，每过两天才会去洗一次澡。

她扔了一本笔记本过来：“看看吧。”

笔记本里夹着很多字条，全是我写的。从住进这里开始，每一张字条都夹在里面，包括那些被我揉成一团，丢进垃圾桶的，也被她展平了放在里面。每翻过一页，就可以看到一张。

圣美的眼神看起来怔怔的。

她可是一个有洁癖的人，要她从垃圾桶里把这些字条翻出来，只怕是件很为难的事吧。在这样的想法下，又想到自己写那些字条时的矛盾心情全部被她掌握，我的情绪就变得很复杂。

好像自己变成了一个玻璃人，在她面前没有一丝隐秘，被她完全握在手心里。

圣美站了起来，说：“把家务干完，每一个碗都要洗干净，不允许有一丝油腻出现……另外，把你的房间清扫一次，虽然只是被小鱼先生你用了一个晚上……那里的味道，臭也臭死了。小鱼先生，真叫人失望，每一次你重新出现在我面前的时候，都让我更加不习惯！”

“圣美……你要去哪里？现在才八点，你平时不是九点才去公司吗？”

“真是奇怪了，像你这样的人，有资格问我吗？啊？小鱼先生，你真是狂妄！难道不知道反省吗？”她从提包里拿出一样东西扔到我怀里，“把所有家务干完以后，所有的家务……厨房、卧室、地板，很多很多……就把这本书重新抄一遍！”

是本袖珍版的《唐诗选辑》。

“要用毛笔抄，每一个字都要用心写，不允许出现笔画慌乱的迹象！小鱼先生，你必须正视自己，用美丽的诗歌来洗涤你的罪恶！”

我胡乱翻了一下，急着说：“有八万个字，我会写死的！圣美小姐，我光抄诗，不抄评论好不好？”

按照她的要求，写一个字需要三十秒，一个小时可以写一百二十个字，八万个字就要……

我来不及算完，因为她向大门走去正好经过我身边，一记狠狠的栗暴敲在我头上。

奇怪，肉体上感觉很痛，心里感觉也很屈辱，却有一种昔日重来的感觉让我大出一口气。

“想违抗主人的命令吗？要写完！还要用标准的隶书来写！这本书就是为你准备的！不知道为什么，我一看见小鱼先生就十分生气，气极了！啊！越看越气了！不可遏制了！”

“砰砰！”头上又是两下。

然后，穿着拖鞋的脚被她踩了一下。

这种待遇似乎叫作拳打脚踢。虽然以前她也有过一些暴力动作，但是这种规模的还是头一次。不幸中的万幸是，她现在还没有换鞋，依然穿着那双绣花拖鞋，如果是很尖的高跟鞋……

我眼冒金星地哀求：“圣美小姐……请不要这样，我真的……那个……那里不行！啊！痛！裂开了，耳朵会坏掉……不要拧！脚……我……手臂！肩膀不能咬……”

哗啦一声，椅子倒在地板上，我的人也倒在地板上。

“会死的！要……不！请别……那么粗鲁……难过……啊……火辣辣地痛……会坏掉……眼睛！总有一天……会让你还回来！”

听到大逆不道的语言，虽然对我来说，只是挽回这种屈辱局面的小小反抗，她却更加气愤，脸红得像要燃烧起来，更加用力地捶打着。

“住嘴！不准发出声音！小鱼……先生的行为，让人愤慨！那样的话，是一个有尊严的男人说得出来的吗？啊？接受惩罚吧！”

真不知道她怎么会突然爆发，本来还好好的，很文静的样子，盯了我一会儿之后就变成了这样。我被扑倒在地板上，她跪在我的胸膛上，快要叫人窒息了。

砰砰两拳打在我的眼眶上，然后脸颊被揪住，像是拉面团一样拉起来，然后松手，肌肉弹回去的时候发出啪的脆响。她用两只手夹住我的脸颊，让嘴嘟起来，就如她以前做过的那个样子。这个样子真的会像麻雀！她很用力，我的鼻子被自己的上唇堵住了，不得已之下只好用嘴来呼吸，发出猪一样的呼噜声。真是屈辱万分。

耻辱的场面延续了十分钟，把她自己都累坏了。

她的呼吸粗重，两只手压住我的额头，无力地跪在我的胸膛上，连骂我的力气都没有了。

等她擦去汗水，将自己的头发梳理整齐的时候，我依然躺在地板上，无力地看着她。

圣美看也不看我一眼，嘀咕着："快起来！这个样子太不体面了！我现在就要出去了，你不准出门！"

"你是不是去……去找韩承晚？圣美小姐，我要发疯了！我一想到你去找那个王八蛋，我就要疯了！"

看着她就要走出大门，奄奄一息的我突然叫了出来。

她站在门口，回头看着我，眼神里充满迷惑。

我使出全身力气让自己坐了起来："那天，我看到他给你戴帽子的时候……我都快要死掉了！你和他在草地上走……我在公路上看到，真是要死掉了。"

她走了回来，跪坐在我面前："小鱼先生怎么会看到呢？"

"我路过，在车里。圣美小姐，你的帽子，绝对不应该要那种人帮你捡！圣美小姐，那种行为是不被允许的。"

她脸红了："你……小鱼先生很难过啊。真对不起，让小鱼先生担心了。"

圣美真是变化无常，刚才还像头老虎，现在却变成了小猫，不但文静，居然……居然还有一点温柔的样子。

我揉了揉自己的胸口："所以，请告诉我吧！现在出门是不是去找韩承晚？圣美，你的胸前还戴着黑木令，太过分了！"

她显然不明白我在说什么，只是低头不说话。

我焦急地问她："你快说是不是啊？"

她站了起来："给你十分钟，快去把自己洗干净，不允许身上带有汗水的味道。你跟我出去，我这就给你准备要换的衣服。"说完，她就走进房间了。

等坐进车子后，我才小声问她："我们去什么地方？不会是去你的公司吧？那会很尴尬的。"

她说："去广州化工厂。两家韩国公司和一家中国公司会有一个合作项目，三方打算在那片空地上建造一家新的工厂。上次，我和韩承晚私下去看一看场地的情况，就是为了这个项目……小鱼先生，你要记住，这可不是跟你解释什么，我只不过是随口说说。"

车开到龙口西路出口的时候，遇到这个路段很正常的堵车，我看到明灿从好又多超市出来，怀里抱着一包东西，我连忙挥手，大声叫着他。

“明灿，你这是在干什么？”等他走到车旁的时候，我问他。

明灿说：“小琪说应该买好的茶叶招待客人，我还给她买了牛奶和零食。”

我笑：“你现在全听她的？”

明灿脸红了，不回答我，却好奇地看着圣美。

圣美对他微微一笑，说了声：“你好。”这么斯文的笑容，从认识她开始我就没看到过。

我咳嗽一声，说：“明灿，这是李圣美小姐，是我的……那个……那个……人了。圣美小姐，这是李明灿，上次跟你说过要来广州的朋友，就是他了。”

圣美笑着说：“明灿，约个时间来我们家吃饭吧，我的厨艺不错哦。”

明灿说：“那好啊，鱼乐，你怎么从来不把我带到你家去？睡了这么久阁楼，也没有听你说起过。”

我尴尬地说：“世事难料。明天你和小琪没事吧？”我看了看圣美，鼓足勇气对明灿说，“我可以叫圣美提前准备一下，让她给我们煮饭吃。说起来，圣美的手艺还真是不错的，我给她买过一本菜谱，她很认真地研究了。”

事实的真相是，圣美给我买过几本菜谱。

那是我赚到钱以后的事。有一天，她满脸笑容地回家，然后递了一个精美的礼物包给我，我当时高兴得要命，这可是她第一次送我礼物。我以为是手表或者领带什么的，接过来的时候，心情激动万分，手都在发抖。打开一看，是一本叫《手卷——海苔的世界》的书。之后，这样的事情又发生过几次。反正，到最后我拥有了《汤之海洋》《烤的瑰丽印记》《徜徉在美食中》等书，这导致了我对礼物免疫。

平时，我和她坐在沙发上看电视的时候，她会偶尔拿出一本来，当场检验我是否认真读过。从粥的煮法到芦笋手卷的具体做法、海藻的烘烤技巧，每一个细微的问题她都会问，答对了她就很高兴，要是答错了，会被敲脑袋。

此刻，之所以颠倒黑白地说出来，完全是为了明灿。从大学开始，明灿一直是我的好兄弟，在他的心目中，我还是他的偶像，怎么能让他失望？

圣美脸上的笑容凝结了一下，然后若无其事地对明灿说：“就这么说定了，明天来我们家吃饭吧。”明灿连连点头，然后他用敬佩的目光看着我：“真是厉害！厉害的人什么都厉害！”

我淡淡地说：“明灿，你快回去吧，那个小琪的话，你自己也要想想办法。”我指着马路对面的书摊跟他说，“去买几本菜谱，让小琪明白自己的归宿在什么地方。”

明灿脸红了：“那我可不敢，会被她骂死的。”

我硬着头皮在他面前又吹嘘了几句，表现出男人该有的强硬态度，总算找回了早上被痛殴而失去的自尊。说实在的，这样的人生真是悲哀，被圣美打，然后还要在其他人身上找回平衡，真是太可耻了。

明灿的目光变得越来越充满敬仰之意，我还没陶醉完，车启动了。

我刚把头从车窗外缩回来，大腿上就感到一阵剧痛。

车开到化工厂门口的时候，圣美并没有直接进入大门，而是拐入旁边的草地上。因为，韩承晚就站在那里。他还是穿着一套白色的西装，说老实话，看起来很像白马王子。

如果从公路上看着这边，会感觉草地一片绿，很养眼的滋味儿，真的踩上来，才发现这里都是杂草，高的到人小腿，矮的索性趴在地上，整片草地看起来参差不齐，站在上面，根本没有浪漫温馨的感觉。

看着我和圣美同时下车，韩承晚脸上露出了奇特的表情。

韩承晚面带微笑，和圣美用韩语交谈起来。

圣美说：“用中国话，他听不懂。”

韩承晚还是用韩语跟她对答。

圣美脸色变了：“你这是说的什么话，韩承晚，请你保持男人的尊严。”

就这样，韩承晚和圣美一个人用韩语，一个人用中文交谈着。我无法知道他们在说什么，但是圣美显然有些不高兴。说到后来，她索性不怎么理睬韩承晚，往往要等他说上好几句，她才简短地回答。

我想了想，和韩承晚认识也算有一段时间了，彼此之间不说有什么交情，起码也见过好几次，这次他见到我，和看到一个陌生人一样，到现在也没有和我打个招呼。莫非他为了追求圣美，把我当作敌人了？

但之前他从来没有表现出这样的态度，老实说，我和他相处的时候，两个人都比较有礼貌，事情变成这样，显得有些奇怪。

两个人交谈到最后，似乎在争执着什么，因为圣美老是在说“住口”“你没有资格说这些话”之类的话。

圣美叫了一声出来，声音很大：“他是我的！我会保护他，要保护很久！很久！”

韩承晚突然伸出手，看样子是要抱住圣美的肩膀的意思。

我明明就站在旁边，他竟然一副旁若无人的态度。上帝，要是被他抱住圣美，我还用做人吗？圣美的纯洁躯体，又怎么能被这样的人碰到？

韩承晚的动作很快，手臂弯着，很有力量的感觉，他的指头就要搭在圣美的肩头。

圣美在发呆，眼里一片茫然，很明显，她对韩承晚的动作没有心理准备。

我没有去抓韩承晚的胳膊，也没有拦住他的身体，而是瞄准他的下巴，重重一拳打了过去。

这一拳很饱满，充满热情。

韩承晚脑袋一歪，控制不住身体，一下子坐倒在地上。

我走上前，揪住他的衣领，让他勉强站了起来，趁他没清醒过来，又是一拳打在他脸上。韩承晚身体晃了晃，一下子又滚进草地里。

他做了个很奇怪的动作，他抓起一把青草，然后放到鼻子下深深嗅着。

他的嘴角有血丝，但脸色很平静，好像被打的是别人，和他毫无关系一样。

圣美叫着说："小鱼先生！不可以动粗！要做一个有修养的人，不许和别人打架。难道你还没有领悟我对你那么久的教导吗？小鱼先生要做一个好人！"

我奇怪地看着她，说："我受不了了，我快被这王八蛋逼疯了！要逼疯了！晚上做噩梦，白天总是在发呆……不止这件事……还有很多，很多，很复杂，很要命……圣美小姐，你先回车里，这是男人和男人之间的事。"

圣美胸脯起伏，眼看就要发作的样子。

我把她的遮阳帽取下来，然后很轻柔地放回去，微微压了压，让风永远也吹不走它。

然后，我硬着头皮吼道："回车里去！这里轮不到女人来说话！"

她咬着嘴唇看着我，左手握着胸前那块小小的黑色木牌。

她的睫毛在闪动，呼吸变粗起来，右手捏成拳头，似乎想在我脑袋上敲那么几下。

我不敢接触她的眼神，只好梗着脖子看着前方："圣美！圣美，圣美，圣美啊……"她再不走，我就要投降在她面前。要我直接对抗她，那根本是办不到的事。

还好，在我发出气馁的语调之前，通过眼角余光，我发现她回到了自己的车里。

我转头看了她一眼，她立刻扭头不理我，看起来气呼呼的样子。

我立刻向草丛中的韩承晚走去。

我蹲在韩承晚身边，一把揪住他的头发，把他的脑袋揪离地面。

韩承晚又扯了一把野草放在鼻子下，深深地呼吸着。在他身体周围，已经有十几把杂乱的野草。

“韩承晚，站起来！”我低沉地说，“王八蛋，像个男人一样站起来，我和你打一次，就我们两个，拳头对拳头、脑袋对脑袋地打一次。”

“起来！我不想揍一堆狗屎！”

韩承晚微微弯了一下背，发出咔嚓的细微响声。他闻着手中的青草，鼻息粗重地说：“打吧，你敢打我吗？敢用很重的拳头打我吗？要很用力，充满力量的拳头！江先生，你不敢对不对？你没有勇气对不对？”

他脸上浮现出奇怪的红色：“看着我这里，对！就是胃部，你敢一拳打下去吗？要有爆炸性的力量，一拳要把我的胃打折成两半，要把我打呕吐！像一轮太阳一样，把我的身体烧穿！”

我怔了怔，手上猛然用力，将他的头重重砸在草地上。

他一口咬住地面上的青草，然后两手抓住地面，陷入草里。

“你是个变态，韩承晚，这太让人恶心了，我不会揍一个变态。”我站起来，转身想要走开。

韩承晚突然喘息着说：“我会给圣美两个耳光！四个……五个……很多个。”

我的身体凝结住了。

/第三十章/ 城市上空

韩承晚像头野兽一样低吼着："你知道什么？江先生，圣美本来就是我的女人，她天生就应该是我的女人，我们从小就认识，注定会在一起。"

我拉起他，重重一拳打在他的肋部。

"呃！"韩承晚颤抖着说，"该死的浑蛋！你得意死了，啊？欺负我让你很开心是不是？很快乐吗？我要把圣美……"

我抱住他的脑袋，不等他把话说完，一膝盖顶在他脸上。

咔嚓一声，他的鼻梁骨断了，鲜血汩汩地从鼻孔中流出来。

"要窒息了！要窒息了！就快了！"韩承晚痛苦地呻吟着，"我会一拳打断圣美的肋骨，就那么轻轻的一拳。"

我快气疯了，眼睛里充满了血，将他的手掌放在地上，然后拿起一块碗大的石头，狠狠砸了下去。

"啊！"韩承晚的手背被砸得血肉模糊，整个人也发出凄厉的尖叫。

我低声说："你想打断她的肋骨是吗？我先把你的五根手指合成一根。"

他的身体开始颤抖，好久才平息下来。

我正要站起来，他突然按住我的脖子，把手上的青草一股脑儿地塞进我的嘴里。

然后，我感觉小腹被某样东西重重地击了一下，也许是他的膝盖，我的人也被打得退了出去，一下子跪倒在草地上，冷汗不受控制地出现在额头上。

韩承晚慢慢地站起来："江先生，你竟然欺负我，这样的事情是不该发生的。"

他拿出手绢将自己受伤的手掌包扎起来，声音很平静："没人天生就该被欺负，欺负别人会遭到报应的。喏，别人欠了我很多，我现在先收一笔。"

他慢慢地向我走来。

看得出来，他很虚弱，但是他走得很坚决。

我很想让自己站起来，我放开捂住肚子的手，撑住地面，用尽全身力气，想让自己站起来。背后被人抱住，圣美的头从我腋下探出来，她把我的胳膊架在她的脖子上，颤巍巍地把我架了起来。

她的头发乱了，披散在脖子上，脸颊上也有几丝。

她冷静地看着韩承晚，说："韩承晚，我会和他站一起的，我们会在一起的。你可以从痛苦中找到力量，小鱼先生也可以让我保护他。"

她是如此弱小，扶着我站也几乎站不稳，面对一米九的身高、体格极为健壮的韩承晚，居然说出了这样的话。

我的小腹不再疼痛难忍，慢慢推开她："圣美，你走开，我来解决这个王八蛋。"

我正要对着他的太阳穴来一拳的时候，背后传来了呼喝声，一大群工厂的保安将我们团团围住。

一个看起来像是领导的人冲了进来："闹什么？不想混了是不是？老子……咦？是李小姐？韩先生，你怎么变成这个样子了？你们这是……厂里的领导一直在会议室等你们呢，怎么会在这里？"

韩承晚笑了笑："不小心摔了一下，有没有地方帮我处理伤口？"

"有！大把地方！"领导说，"小四，快把韩先生带到医务室去。"他看到我，又是失声道，"老江，你不在市里待着，来这里干什么？你们……"

我也认出他了，以前和市检察院的几个朋友喝酒的时候，他也在座，大家后来喝过几次茶，又一起出去旅游过，算得上是朋友。

"王牯，我都忘记你在石化厂上班了，不然会先打个电话给你。"我热情地招呼他。他是韶关人，韶关人称呼自己的兄弟通常都加一个牯牛的牯字。由于我不记得他的名字，所以只好在他姓后面直接加了这个"牯"字。

"鱼乐牯，你怎么没在市委？跑到这种地方干什么？"他满脸疑惑，低声问我。

我笑了笑："我早就走路了，现在跟着李小姐混饭吃。王牯，今次过来和你们谈判，不好多说话，过两天一起喝茶吧。"

寒暄完毕，他就领着我们向会议室走去。

他们在会议室里谈判着，谈的内容我是一窍不通，只能坐在旁边干瞪眼。不过，看得出王牯有一定的分量。

我和他认识了这么久，从来没想过这样一个浑身流氓习气的人，到了正式场合可以变得让人认不出来。

王牯神采飞扬，语音铿锵，说了一个多小时，连一个脏字都没有说出来，全是很正式、很严肃的话，偶尔还会说几句韩语，更增添清雅博学的沉毅之气，高大的形象和他在娱乐场所的表现形成了巨大的反差。

谈得越久，王牯越是有精神，活脱脱一副少壮派新贵的模样。这种翻云覆雨的人真是少见，难怪他爬升得那么快。

我心里想着，看来真的有必要拖他出去玩一玩，说不定可以帮到圣美呢。

正胡思乱想间，双方爆发出一阵笑声，然后彼此握手，像是达成了一定的共识。王牯笑着说："分歧嘛总是会有的，不过大家都在靠拢，只要双方有足够的诚意，合作是一定会达成的。这样的事情急不得，李小姐和韩先生有时间评估，该收的收，该放的放，下次谈判应该有机会实现突破。"

韩承晚和他握手，笑着说："希望下一次谈判就是最后一次，期待双方合作成功。"

我懒得听他们胡说八道，只好看着圣美。

和王牯悄悄约好改天一起娱乐以后，我就跟着圣美离开了会场。

谈判结束后，圣美没有去公司，直接带着我回到家里。我开始面对未知。

她坐在沙发上，膝盖并在一起，两只手合着，放在腿上，用两根大拇指撑着自己的下巴。她微微偏着头，凝视着我。

她弯着腰，肩膀略微向中间收拢，看起来比较小。

房间里很安静，静得让我和她像两尊雕像。

这种时候需要自觉。我垂首说："对不起，我错了，我不该打人，不该跟你大声说话。"

她的眼珠很黑，她平静地说："小鱼先生总是爱认错的吗？仔细想一想，没有一天不认错的。太奇怪了，这世界上竟然有每天都认错的人。"

我颓然道："是我不对，不该老是认错。"

她说："知道不对为什么还要做呢？打人真是很粗鲁、很不礼貌的事。我很不喜欢看到小鱼先生做出那样的事。本来很斯文的人，在那个时候看起来就像一头野兽呢。最讨厌暴力了，真是很可恶。作为小鱼先生这种人，应该有做绅士的觉悟，总是要带着和气的笑容，做出任何行动，都应该是礼貌得体的。唉！教育了你这么久，还是没把你教育好。”

我张了张嘴，一句话也说不出来。如果我没听错的话，她在跟我讨论礼貌、斯文、不允许使用暴力的话题。

“怎么了？像小鱼先生这样的人，难道会对我的意见有看法吗？”圣美气鼓鼓地看着我，“难道小鱼先生不想做一个正直、开朗，用积极的心态来正视自己的好人吗？真是的，太叫人失望了。”

她眉头微微皱起来，看起来很可怜的样子。

我受不了她的这个样子，摸了摸自己的肩膀，讷讷道：“全听您的，圣美小姐，你要我怎么做我就怎么做，我都快忘记自己也有思想了。”我失神地说道，“竟然可以被蹂躏成这样，真是难得呀。”

她把我拉到她身边坐下，用很低的、不仔细听就听不到的声音说：“小鱼先生，就是要你变成空白呢，那样的话，就可以重新在上面作画了，要用一条又一条的优点重新填上去哦，只有这样，小鱼先生才会变成一个理想的人呢。

“像你这种人，光是看星星是解决不了问题的，必须要靠圣美提炼，要帮助小鱼先生成为一个正直、开朗、充满勇气的人……

“那么，去给我调一杯血玛丽吧，很怀念小鱼先生的手艺哦。”

我振奋精神：“不惩罚我了吗？就这样算了好吗？圣美，你真是宽宏大量，我太感动了。”

圣美盯着我笑了起来：“别着急，我们有很多时间呢，慢慢来好不好？”

我像只中了箭的兔子般一下子冲进了厨房，脱离她的视线才略微感觉安心。

她轻轻晃着手里的酒杯，看着红色的浓汁在杯里摇动：“关于那个……你跟明灿说的那些话，似乎不够体面呢。虽然很有派头，但是也违反了不说假话的原则吧。”

我垂头丧气地回答：“原谅我好吗？明灿的话，我是不忍心看着他堕落呢，所以才会鼓励他，让他多一点勇气。”

圣美笑嘻嘻地说：“我老是这么欺负你，每件事都欺负你，会不会过分了一点哦？不过呢，谁叫你老是给我欺负你的理由呢。”

她笑着喝了一口酒，冲着我眨了眨眼睛：“真是一个要面子的男人呢。好吧，我答应你，明天我老老实实地做家务，小鱼先生可以什么活都不用干，坐在客厅陪客人聊天就好了。”

我又惊又喜：“太好了！圣美，你真是太体贴了，竟然会有这样的优待。现在的我，真想为了你冲上大街找个人拼命呀！”

“啪”，她随手拿起一份杂志，在我头上敲了一下：“不准说这些粗鲁的话！以后再和人打架，就会有很可怕的惩罚降临到你身上，记住了吗？小鱼先生，要随时保持清醒的头脑。唉！真是疲惫啊，整天要面对你这种人。”

“累死了，昨天都没有睡好觉。”她掩住小嘴打了个哈欠，“抱我去卧室。”

她眼睛快要闭上了，很困倦的样子。我把她抱在怀里，轻手轻脚地走进她的卧室。给她盖上被子以后，我才悄无声息地走出她的房间。

站在客厅里，想着她的那些话，我心潮起伏，根本无法平静下来。

她又是打又是揉，打中含揉，揉中带打，手法实在是已经达到了一个很高的境界。折腾了半天，经此一役，我想我是彻底败了，彻底被她征服了。

这么一个娇小的、柔美的小小人儿，穿着白色的轻柔衣服，悠闲地坐在沙发上，像一朵娇弱的莲花，又高贵又圣洁，还带着楚楚可怜的意味儿。可是在我眼中，看到最后却仿佛看到一个恶魔，让人无法产生一丝对抗的心思。

还好，她现在不在沙发上了。

我轻手轻脚地走到洗手间，爬上窗台，看着金色的大地。把脸贴到玻璃上，可以更清楚地看到下面的人和车。我手里拿着圣美的MP3，一面将脸贴在炙热的玻璃上，一面听着她的歌曲。

她是克里斯汀的爱好者，所以，MP3里的歌曲全部是克里斯汀的，现在我听的，正是那首《倒影》。窗户外面是城市，里面是我和圣美。

听到那句狮子咆哮一样的高音时，仔细想想，圣美的眼睛还真是挺像克里斯汀的，都是那种粗看让人感觉愣头愣脑很白痴的样子，但是越看越让人沉醉，到最后让人胆寒的类型。

由于这里是高层，而且小区的管理又十分严格，所以窗户外面并没有安装丑陋的铁栏杆。我拉开窗户，让热风吹进来，冲在自己的头发上。

我和圣美在里面，外面是城市，身边有啤酒，喝了一罐又一罐，窗台上很快堆了十几个空罐。我把音乐锁定在那首《倒影》上，一遍又一遍地听，一点一点地想着一些事情，想起过去一张张苍白的脸，想起9月的韩国风景，想起潮汐，想起礁石……太阳西斜的时候，余晖铺在十几米外的楼身上。

也许是酒喝多了，也许是想的事情太多了，也许是音乐听傻了，我站起来拉开窗户，两只手搭在窗户上。在洗手间窗户下面一米多的地方，有一道水泥横梁延伸到对面的墙身上。

水泥横梁有三十公分宽、十来米长的样子，若是顺着它走过去，就可以摸到对面墙身上的阳光。

我一口把酒喝完，然后翻出了窗户，踩到水泥横梁上。

风不大，还是很热，衣服发出哗哗的响声，衬衣领子也打着我的脸，脚下有火柴盒般大小的车子在大街上穿梭。

我张开双手，努力保持平衡，开始在城市的上空行走。我走得并不慢，心里一点儿也不怕，很快就走到了横梁的尽头，两只手都摸到了阳光。整个人都贴到墙身上，沐浴在阳光里。阳光一点一点偏移，努力伸手也够不到的时候，我才转身，想顺着这道三十公分宽的横梁走回去。

回头，我看到圣美跪在窗台上。

她跪在那里，两只手合在一起握成拳头，放在自己的下巴下面。她的眼睛睁得很大，头发被热风吹得很乱，脸色白得像一张纸。

不知道什么时候她出现在那里，只是她一直咬着自己的嘴唇，没有发出一丝声音。

风开始大了起来，我的衣服整个向左飘着，连我的肚子都遮掩不住。

我看着她的眼睛，一步一步向她走去。

在这样的风中，人走起路来会像一只鸭子。

我蹒跚着走了回去，双手抓住窗台，用力蹬着墙壁，费了很大的劲才爬了进去，两腿平摊坐在窗台上，背靠着墙壁看着她。

她立刻把窗户拉上，关得紧紧的，把所有的啤酒罐扫到地上，然后很用力地抱住我。她抱住我的头，把我的头贴在她的胸口。

她很用力，像是要把我塞进她的身体一样。

我可以听到她的心跳声，跳得很激烈，像是节奏很快的鼓点。

过了一会儿，也许是五分钟，也许是十分钟，她大哭起来。

哭得很大声，哭得声音都走了调。

她跪在我的大腿上，膝盖顶着我的小腹，压力很大，让人有窒息的感觉。

“小鱼先生……是我的错……全部是我的错……我不该赶你出去……不该老是生气……原谅我好吗？原谅我，原谅我……”

她泣不成声地说：“无论如何，小鱼先生是不能做出这样的事的！你不能走……不能离开我，如果刚才……”

我用尽力气从她怀里把鼻子露出来，呼吸了好几下才咳嗽着回答：

“我……只是想摸一摸阳光……一点点阳光已经足够。”

她双手托住我的头，凝视着我，哽咽着说：“从今以后我不会嫌弃你了，以前那些事……不能全部怪小鱼先生，不会怪你了……不怪你的。小鱼先生，尽管你是这样一个人，我一想到你飘下去，整个人像一片树叶，在风中飘下去的话，我一点儿也不想活了，真的不想活了……我难过死了……”她说着说着，脸上露出害怕的神情，又大哭起来。

我轻轻拍着她的背：“圣美小姐，你真的误会了，我就是想摸摸阳光。对不起，让你担心了。”

“我不管！不管不管不管……每次你离开我的视线都会有不好的事情发生，小鱼先生，难道你没有一点儿责任心吗？”

她拿起我的衣领，擦了擦眼泪，然后又擦了擦鼻子。

我愕然。

虽然是圣美，虽然是仙女一样的圣美，但是拿我的衣服去擦鼻子未免有些那个。

而且距离我只有几公分的距离，我甚至能数清楚她的睫毛有多少根，在这样的情况下看到这样的事情，确实让人感觉有些沮丧。

她逐渐冷静下来：“反省吧！小鱼先生，你刚才做的事，严重地丧失了作为男子汉的尊严……小鱼先生是属于我的，没有权利对自己做出任何事情！不明白吗？啊？现在，快跟我保证，绝对不可以再做出类似的事情！”

我只好回答：“好吧，我保证，不再做出任何有损男子汉尊严的事。”

她咬着嘴唇看着我：“像小鱼先生这样的人，总是没头没脑的，几乎每一件事都让人感到失望和气馁，真不愧是世界上唯一一个没有优点的人。”她靠近我的脸闻了闻，然后用很凶的声音说，“你喝了那么多酒！以后不经我允许，绝对不可以喝酒！”

“是。”

“关于我前面说的那些话……完全是我还没睡清醒的缘故才说的，你要立刻忘记！”

“是。”

远处的街灯亮起来的时候，我问她：“圣美小姐，我去煮饭吧……不过冰箱里好像没什么菜了，炒乌冬面给你吃好吗？”

她说：“先不要煮了，又不是很饿。我们去书房吧。”

去书房干什么？我心里疑惑。走出洗手间，我从冰箱里拿了一盒牛奶，她问我："还有吗？"

我说："最后一盒，明天该去采购了。"

她不说话，背着手看着我。我已经把吸管插好，正要喝的时候，她咳嗽了一声。无可奈何之下，我只好把牛奶递给她。她有滋有味地喝着，含混地说："跟我去书房，现在是抄诗的时间。"没办法，我只好跟着她到书房。

她帮我把纸铺开，然后坐在旁边的椅子上，看着我抄诗。

我随手翻了翻那本书，一下子就找到了王维的作品。

唐朝诗人中，我最羡慕的是杜牧，最喜欢的是李白，最同情的是杜甫，最欣赏的却是王维。这么久相处下来，我早就知道圣美对唐诗十分喜爱，随随便便绝对应付不了她，比如这次抄诗，她肯定会东问西问，让我给她解释诗歌原意、引申意乃至作者的背景、经历。

大小李杜四位诗人她应该很熟悉了，所以我就选了王维。

果然，我刚把一首抄下来，她就凑了过来观看。

紫梅发初遍，黄鸟歌犹涩。
谁家折杨女，弄春如不及。
爱水看妆坐，羞人映花立。
香畏风吹散，衣愁露沾湿。
玉闺青门里，日落香车入。
游衍益相思，含啼向彩帷。
忆君长入梦，归晚更生疑。
不及红檐燕，双栖绿草时。

她吸着牛奶，发出吸溜吸溜的声音，好奇地看着那些字句："是什么意思？好像很好看的样子，念起来也很顺口。"

我心里不快，就说："圣美！你看你边喝牛奶边看诗的样子，哪里还有点书香气质！快把牛奶喝完丢掉。"

她瞪圆眼，看似要发作的样子，嘴里却老老实实地说："是，我这就丢掉。"转过身嘀咕着，"真神气，小鱼先生没必要那么了不起吧。"

我心里大感快意，看她认真起来，就解释说："春天的时候，诗人出去旅游，在郊外发现一个正在游玩的少女。"

她听得很专注，点着头说："还有呢？"

我开始胡说八道："美人站在风里，香气四处弥漫，裙子也被露水打湿了。诗人就开始相思，每天都在梦里梦到美人，美人用杨柳枝抽他，最后诗人感慨说，什么时候才能和美人到草里面去打滚呢？”

她呆了呆，转头细细读了几遍，然后在我头上敲了几下：“哼！真是一个不健康的人！明明是很美好的感情，被你说成什么去草里打滚。小鱼先生，你真是没有学问啊！”

在她的威逼下，我不得不打起精神，逐字逐句给她讲解。讲到后面，她也不要我抄诗了，拉着我在地板上坐下来，听我给她讲王维的故事。

一个讲得口沫横飞、兴致勃勃，另一个听得津津有味，还不时提问，两个人倒是越谈越高兴。她告诉我，她的家族十分喜爱唐诗，每年除夕的夜晚，长辈都会给小辈吟诵唐诗，还说“没想到小鱼先生这种人竟然是专家”这种打击人自尊的话。

聊到最后，她是眉开眼笑，不时发出清脆的笑声，连衣服上的每一个皱褶也很欢快的样子，整个人看起来根本不像是商场上的女孩子，倒像是一个高中女生，很简单，很可爱。

看着她快乐的样子，我忍不住说：“圣美小姐，我喜欢你。”

她一下子傻了，又用那种愣头愣脑的眼神看着我，就这样看着，大概有五秒钟或者八秒钟的时间，然后她低下头，用很细的声音说：“那个……这种事情，要先做朋友，然后长辈的意见也很重要……我都说到哪里去了啊？是这样的，小鱼先生！我们……那个……振作！振作！王维先生真是一个飘逸的人呀！你说呢？小鱼先生，快说快说呀！”

我的勇气一下子就不见了，在她的情绪感染下，也只好大声说：“是啊，王勃、王之涣……有很多姓王的大诗人呢！好像肚子饿了，我去煮面吧。”

说完，我一溜烟地跑出了书房。

第三十一章 偶像的黄昏

我跌跌撞撞地跑到厨房，给自己倒了杯凉水，两口喝完才平静下来。

正准备振作起来煮面的时候，电话响了。

“谁啊？”

“鱼乐，是我。”明灿说，“小琪说，要请你和你老婆吃饭。”

我连忙说：“不是老婆，你千万别乱说。正好我们很饿，到现在都还没吃饭。那店怎么办？”

明灿说：“这几天生意挺好的，所以我从村里叫了两个人过来帮忙。我现在负责跑布吉拿货了，有空的时候就自己画，所以都没时间看店。”

我从布吉回来后，就把那边的油画批发市场进货的事情跟明灿交代了，所以他这么说我并不感到意外。

圣美听到动静，走进了厨房。

说实在的，她有个习惯很不好，那就是总是要监听我的电话。自从叶野的电话以后，圣美每次在我接电话的时候都会站在我旁边，虎视眈眈地看着我，一旦看到我神色不对，就会贴近话筒，亲自了解在谈什么。

我对明灿说：“你们打算请我们去哪里吃？要不去蕉叶吧，很便宜的，吃自助只要九十八元。”

听到我的话，圣美立刻发表意见：“不去！不准去那里，味道很难吃的，全是大路菜，做工也很差。小鱼先生，请马上修正你的提议！”

我无奈地把电话递给她："圣美，你自己跟他说吧，反正我的意见一定会被否决。"

她得意扬扬地拿起电话："是明灿呀，请我们吃饭吗？真是麻烦你们了。"

过了一会儿，她神采奕奕地说："小琪吗？我叫圣美，以后我们都用名字称呼好了……"

"说起北京路，那可不是购物的好选择，虽然人气很旺，店也很多，可是G2000都可以算是高档商店的地方，无论如何也是有些缺憾吧……我的意见是……"

看到这种情况，我知道完了。

我给自己倒了杯橙汁，在饭厅的椅子上坐了下来。

她们在持续探讨中，说了会儿唇膏，又说了会儿天河北路某家发廊的手艺，好像又谈论了关于皮包和流行色之类的话题。我喝完第三杯橙汁，肚子都快饿扁的时候，圣美才说："呀！手机提示快没电了，小琪，你说我们去哪里吃饭比较好呢？"

通话的目的是解决吃饭地点，可是她们说了那么久，直到最后才草草决定，可以说是毫不负责地决定下来。

圣美把电话递给我："小琪问我能不能吃辣，我说能，她就建议我们去吃火锅了。那家餐厅叫川国演义，小琪说在购书中心旁边。"

我忍气吞声地说："问题是，圣美小姐，我不能吃辣，而且，现在肚子很空，吃很辣的食物一定会痛的。"

她突然发火："小鱼先生真是麻烦！难道这样的建议也会被你拒绝吗？真是不可理解。快穿好衣服，我们这就去吃。是别人请客呢，要尊重主人。"

我举手说："好吧，我们这就去。"

等我们赶到的时候，明灿和小琪已经坐在桌边在等我们。

不用说，明灿还是一身土头土脑的穿着，小琪看起来倒是很清纯。

我拉开椅子，圣美笑吟吟地坐了上去，然后我也坐在她旁边。

明灿说："来的时候，我们在大街上走了一小段路，结果有三个人发名片给小琪，说是要请她去拍电视剧。"

小琪说："我才不会相信他们呢，都是些坏人。明灿，你一点儿都不好。"

圣美问她："明灿怎么不好了？"

小琪气鼓鼓地说："我明明和他走一起的，碰到那些人他也不知道阻拦，还一脸稀奇的样子。"

明灿委屈地说："小琪骂我了，还说如果是鱼哥在肯定不会跟我一样。"

圣美大为好奇："换作是小鱼先生会是什么样呢？小琪，你说说。"

小琪说："鱼哥一定会叫他们滚的。"

圣美问我："你会那样做吗？"

我点点头："明灿是不了解情况，那种人纯粹就是人渣，专门骗小姑娘的，我叫他滚都是轻的，说不定还会动手。对付人渣绝对不能客气。"

圣美伸出手，在桌子下面狠狠地拧了我大腿一下："很了不起呀！又说这些粗鲁的话！"

我忍住痛，对明灿说："明灿，碰到这种事情不能软弱，就算是自己会吃很大的亏，也一定不能退缩。你要像保护自己的眼睛一样保护小琪。以前我和单位同事的女儿在天桥下面碰到过一次，我们不理他，他竟然一直跟着纠缠那个小妹妹，我一脚就把他踢到围墙上，等我们过了桥，他还捂着肚子爬不起来，自那以后，他绝对不敢再出现在那条街上纠缠小姑娘。"

明灿见我说得郑重，也认真地点了点头。

这种事情必须跟明灿说清楚，就算圣美处罚得再严厉，我也不想看到明灿以后犯错。

我的大腿上又挨了几下，圣美才把手缩回去，她把侍应小姐叫了来："请拿一杯热牛奶。"

我抚着大腿受创处，低声问她："你还喝？"

她瞪眼："是给你点的。你不是说不能吃辣吗？先喝杯牛奶保护胃。"

看着她，我心里突然生出一股暖流。

圣美这个人，虽然很凶，但其实还是很细心的。

我一直凝视着她，情况看起来有点不对劲。

她眼里带着笑意，在我耳边悄悄说："感动了吗？"

我老老实实地点头："感动。"

她眼里的笑意更加浓厚："小鱼先生真是个大娃娃。"

在广州居住的人，几乎没有不能吃辣的，因为这几年川菜、湘菜红得一塌糊涂，在每条街上都能找到这样的菜馆。在这两个菜系中，想找出一盘不辣的菜，只怕会十分困难。

所以，在我们周围的桌子上，都摆着一盆漂着红辣椒的锅底，过了一会儿，我们的桌子上也摆了一盆。

盆子刚端上来，我就忍不住低头打了个喷嚏，味道实在是太呛了。

圣美和小琪坐到了一起，在欢快地交谈着。我问明灿：“怎么会想到请我们吃饭？”

明灿说：“小琪说我们没有别的朋友，应该多和你们一起吃饭。”

我笑：“你倒是很听她的话。最近店里的情况怎么样？”

明灿说：“小琪真是很会做生意，昨天一下子卖给国会夜总会两百幅油画，一共挣了三万多。”他压低了声音，“店里只有我知道进价，连小琪都没有告诉的。”

我点点头：“按正常情况来说，一个月能挣多少钱啊？”

明灿说：“五万应该不成问题吧，幸亏不用交房租，不然也挣不了什么钱。”

我说：“那我就放心了，现在我不在店里也无所谓的，你们两口子把店看好就行了。”

点的菜陆续上来了，不外是些鱼头、鹅肠、螃蟹之类的东西。

看得出来圣美也是外行，在小琪的指点下，她在慢慢学着怎么吃火锅。我叫服务员给我来了碗白饭，也不夹菜，就这么把米饭吃完。

小琪惴惴不安地问我：“鱼哥不喜欢吃火锅吗？”

我笑了笑：“不是的。我觉得这里的米饭味道很好，有时候可以试试只吃米饭，还是别有一番风味的。”

明灿听了，果然也拿起一碗米饭吃完，然后赞同道：“确实是这样的，米饭的味道也很香。小琪，你吃一碗试试？”

小琪释然：“女孩子都是只吃菜不吃饭的，不然会胖的。”

来吃饭之前，我并没有拜托圣美要装装样子，可是和明灿他们在一起后，圣美却表现得十分优秀，就连掐人都是放到桌子下面掐，说心里话，有这个待遇已经让人喜出望外了。

看着明灿眼里的羡慕眼神，我真是感觉十分欣慰。

“味道好吗？”我问圣美，“你喜欢吃火锅吗？”

她的碗里装着半个螃蟹：“很好吃。以前我怎么不知道有这样的菜呢？”

我笑：“你整天在环市路那边吃饭，能吃到正宗的火锅才怪。”

她点点头：“说得很对呢。最重要的是我没有朋友，在广州我一个朋友都没有。吃饭的话，主要是看跟谁一起吃，比如，明灿和小琪这样的朋友，和他们一起吃饭就会很愉快的。”

我急道：“为什么是他们两个？难道和我一起吃饭不愉快吗？”

她放下筷子，板起脸说：“你难道是我的朋友吗？啊？要随时保持清醒的头脑。”

本来很感动的我，一直被感动包围的我，又被她的话浇了一头凉水。

她看也不看我，夹起一串毛肚，刚咬了一口就吐了出来，眉毛也皱了起来，嘀咕着说：“怎么好像有腐烂的草的味道？”

然后她把自己碗里的毛肚全部夹到我碗里：“吃掉它。”

我愕然：“为什么？”

她还是不看，又从锅里夹起一片白菜：“不能浪费。所以要拜托小鱼先生了。”

小琪咳嗽一声：“我去拿饮料。”然后走开了。

明灿愣了一会儿：“我……我去洗手间。”

两个人走到一起，拐过屋角就不见了，我分明看到小琪的肩膀在边走边动。

我悲怆莫名：“圣美小姐，又被你搞砸了，他们两个知道了。”

圣美歪着脑袋看我：“知道什么了？”

我低头看着碗里的毛肚，上面还有她咬过的痕迹：“他们知道你命令我了。”

圣美说：“他们可不像晨曦和邓杰。大家都在广州，以后也会经常在一起吃饭，迟早都会让他们知道的，所以呢，小鱼先生，我们没有必要刻意假装，只要互相尊重就可以了。”

我喃喃道：“互相尊重吗？要是我没记错的话，除了互相尊重，圣美小姐还喜欢跟我讲斯文、礼貌、不可以使用暴力的话题。”

圣美咬了一口碗里的黄喉，又吐了出来：“味道怪怪的。”

我下意识地用手盖住自己的碗。

她额头上结满了细小的汗珠：“小鱼先生，请给我纸巾。”

我从纸巾包里抽取的时候，她轻轻松松地把黄喉放进我的碗里。

“你？你！你……”

我低声说：“如果圣美小姐不喜欢吃，完全可以不从锅里取嘛，为什么总是这样呢？”

“要试过才知道好不好吃。”她理直气壮地说，“现在，请小鱼先生开动吧。小鱼先生的碗里有……有很奇怪……我亲自给你夹的菜，所以，请努力吃掉它……浪费是很不好的习惯。”

我转头看着明灿和小琪消失的转角，正好看见两个一高一低的脑袋，正鬼鬼祟祟地朝这边看。一看到我，两个人立刻把头缩了回去。

有那么一秒钟，我怀疑我的脑门上已经被上帝刻上了四个字：男人之耻，或者“男人败类”“贱中之贱”之类的词语，不但刻上了，还散发着光芒，当然不可能是圣光，而是耻辱之光。

这段时间虽然一直很惨，但是在明灿和小琪心目中，我一直是他们的偶像，也是他们的精神支柱，如今，偶像注定要破灭，支柱正在解体，情何以堪！

圣美一下子把筷子放在桌子上，啪的一声脆响惊醒了我：“小鱼先生，难道要我喂你吗？身为男人，要有自动进餐的觉悟，想跳舞了吗？啊？”

她在赤裸裸地威胁我。在这里吃饭的有上千人，如果当着这么多人的面跳舞，那我是不用活了。权衡之下，我只好用背挡住明灿和小琪藏身的方向，低着头将碗里的毛肚和黄喉吃完。

“你是个恶魔！”我心里愤愤地骂着她，嘴上却不敢说出来，只能低头咀嚼。只有驴马无知，只懂低头咀嚼。在这一刻，我意识恍惚，感觉是自己写出了这句话。有时候，人如果能真的变成驴马，也不会是什么坏事。

我刚把碗里的吃完，她又放了一片白菜到我的碗里。

她靠近我，在我耳边低声说：“很委屈吗？”

我低头回答：“是的。”

“那么，”她的呼吸喷洒在我的耳朵里，“继续吃白菜。我没有咬过哦。”

“很辣……”

“我用茶水冲过的，不会很辣。”

“他们回来了，坐好。你也可以帮我夹菜嘛，那样他们就不会笑你了。”她低声说完，然后坐了回去。

明灿和小琪坐回座位。

我注意到明灿的眼神变得很怪异。

没办法，我强行微笑出来，从锅里捞起几段空心菜放进圣美的碗里：“哈哈！大家多吃点，明灿，你也别闲着，给小琪夹菜呀！男人可不能老是让女孩子提供服务，哈哈！”

明灿闷头闷脑地说：“鱼乐，你笑得真难听。其实有什么呢？大家都这样。”他压低了嗓音，“我已经帮小琪吃过两个盒饭了。”

“哦。”我呆了呆，“问题是我……那个……我……你……”

“他觉得自己是英雄。”圣美意气风发地说，“其实他本来就是个英雄，小鱼先生是个很有骑士风度的人，我很满意。”

小琪盯着我的碗："都吃完了，圣美姐姐，谢谢你，我还以为鱼哥讨厌今晚的菜呢。"

圣美笑眯眯地说："他才不会讨厌这样的菜，我们吃得很满意，小鱼先生感觉很喜悦的。小琪，要谢谢你们的款待哦。"

最后叫人埋单的时候，是小琪给的钱，一共吃了三百多。

我低声问明灿："怎么能让女孩子掏钱？你太没有风度了吧？"

明灿说："我没钱，身上连一块钱都没有。"

我吓了一跳："你的钱全部给她了？"

明灿说："没给她，我自己留着的。小琪说她薪水比我高，所以该由她请客。"

确实是这么回事。虽说明灿也是店里的老板，但是给他定下的薪水是一个月三千。因为我知道明灿的理财能力十分差劲，所以特意把属于他的钱扣下来，如果全发给他的话，不定哪天就会被人给骗走。

吃完饭才九点多，圣美和小琪一见如故，舍不得她马上回去，就带我们到附近的秋水连波会所喝茶。

其实在广州又怎么可能看到秋水连波的美景？不过有钱可以解决很多问题。这个会所生生挖了一个池塘出来，又在池塘上分出沟渠，水面阡陌相连，道道竹桥通向几座草亭，青青翠竹环绕四周，倒有几分风雅气象。

身处其间，淡雅的竹叶香气将人包围，又有流水淙淙的声音环绕，夜风吹过，竹叶发出沙沙的响声。

水中有几处竹筒，当草亭上面滴下的连串水珠将竹筒灌满后，横亘在水中的竹筒就会倾斜，自动翻转，发出哗啦的响声，然后又恢复原样，接受水珠重新滴入。

本是极静的环境，多了这几处竹筒，倒生出了一番静中蕴动、动静相宜的气氛。

圣美和小琪坐在一起交谈，至于谈的内容，我是一点儿兴趣都没有。

明灿则站着四处观望，满脸好奇："鱼乐，这可真是个好地方，以后咱俩经常来坐坐吧。"他啧啧称奇，"在市区竟然有这么个地方，太奇怪了，政府的人怎么不修商场呢？"

我苦笑。

虽然这里我没来过，但我知道，这样的地方，绝对不是明灿说的那样，可以想来就来。

到了这时候，我才清醒地知道一件事。

圣美或者对我很好，我们在一起的时候，在我父母家的时候，在我们自己家的时候，我们都很好，只是，一进入城市内部，进入她所处的位置，我们也许并不那么合拍。这样的习惯，随时到秋水连波来喝茶的习惯，都需要培养，需要慢慢熟悉。

这种感觉到埋单的时候达到了顶峰。

我们只喝了几杯茶，还有一些土头土脑的糕点，打过八折后的价格是六千多。

当然是圣美埋的单，明灿看着我，露出会意的眼神，点了点头。

大家在门口告别的时候，从明灿和小琪的目光里我可以确认，我已经彻底走下神坛，圣美正式加冕，成为权力控制者。

她就这么轻轻松松地成了家庭的主人。

第三十二章

有生之年

时间不早了，我随意看了看手机，已经是晚上十二点。圣美开着车，奔驰在光亮的天河路上。

嘀嘀的声音从手机里传来，有新的短信到。我打开一看：9月13日，明洞天主教堂。

圣美见我不说话，就把我的手机拿了过去。看完短信，她疑惑地问我："这是什么意思？这个明洞天主教堂不会是首尔那个吧？"

我无语，只能点头。

"谁叫你去那里？为什么要去？"她问我。

我低声说："是恶作剧。总是有很多无聊的短信。"

她满脸狐疑："不许骗我。"

我笑了笑，说："明天要请明灿和小琪过来吃饭，我们自己做吗？"

圣美微微一笑："那当然，在外面吃饭怎么会有家庭的气氛呢？还好明天我可以休息，我们一起去超市采购吧。"

我点点头："好的。"

她说："对了，小琪说明灿现在住在阁楼上，你不是说买了一套房子给他住吗？"

我说："房子要月底才能交，只能先委屈他了。"

圣美说："那可不太好，要不我们回去收拾一个房间出来，让明灿先住在那里，住阁楼真是很可怜的。”

我看着她：“圣美，你真好，真是个善良的姑娘。你现在这个样子很好看的，像菩萨。”

她似乎有些难为情：“只是让朋友住几天，又不是很了不起的事，小鱼先生真会夸奖人。”

车行至外经贸大厦的时候，十字路口的红灯亮了。虽然是深夜，大路上的车并不多，圣美还是把车停好，等待绿灯亮起。

一辆宝马从侧面驶过，车上点缀了很多鲜花，车后还拖着一串罐子，在马路上发出哗啦哗啦的声响。

“呀！是婚车！”圣美露出惊喜的神色，看着那辆车从我们面前经过，“这么晚了还有婚车，真是太意外了。”

我笑了笑，说：“差不多是这个时候呢，看他们去的方向，应该是去珠海度蜜月吧。”

“真是浪漫啊！新娘子一定很漂亮，她现在应该充满喜悦的心情吧？真叫人开心呢。”

宝马车已经走出很远，圣美还探出头看着那个方向，直到对方影子都不见了，她才坐回座位。

“这可不算最浪漫的，很常见的情况嘛。”

“你！小鱼先生，请你做出解释！”

“我……对不起，我不该乱说话。”

“不管怎么样，请小鱼先生说出最浪漫的婚车是什么。”圣美不依不饶地看着我。

“砰！”

“快说！”

“我倒是想到一种幸福得能让人爆炸的婚礼……”

“不许吞吞吐吐！”

我捂着头：“请问圣美小姐，你最讨厌的人是谁……你最不想与之结婚的人是谁？”

她毫不犹豫地回答出来：“韩承晚！”

我大喜，立刻勇气陡生：“那么，圣美小姐最喜欢的结婚对象是谁？就是说，愿意结婚的人是谁？”

圣美脸红了：“太过分了！这样的问题！不是你这种人可以问的！”

“砰！”

我忍痛道："可是，圣美小姐想知道那种能幸福得让人爆炸的婚礼，就必须知道这个人是谁。"

她想了又想，脸色阴晴不定。

绿灯亮了，她索性把车停到一边，看样子，她听不到结果是不会开车了。

她的眼神在我脸上转来转去，似乎想找到阴谋的痕迹。

我叹了口气："这样好了，先假定是我……好不好？"

她妥协了："好吧，就假定……假定是小鱼先生。"

"现在，请告诉我最浪漫的婚礼是什么样的。"她目光灼灼地看着我。

我看着她："你和韩承晚，坐在婚车上，在风中向前奔驰。你穿着洁白的婚纱，胸前戴着黑木令……婚车就在高速公路上开着，周围，是连绵不断的绿色草地，像地毯一样柔和的草地……"

她咬着嘴唇，手已经握成拳头。

"小鱼在地里耕作，看见你们的婚车像一阵风一样飘过去，然后，小鱼丢掉了手里的锄头，咳嗽着跑到高速公路上……

"可是婚车跑得好快，等小鱼追到公路上的时候，只能看到车的影子，车上飘落的鲜花打得小鱼满头都是，弄乱了他的头发，还塞住了他的鼻子……

"小鱼没办法，但是，跪在公路上哭会显得很没尊严，于是，小鱼就顺着公路跑了起来，一直跑下去。他跑了很久，很久，永远也不知道疲倦，他跑过了高山，翻过树林，踏过池塘，游过大河，他就这么一直跑下去……

"终于，小鱼冲到了婚礼现场，那是个盛大的婚礼，全世界的人都挤在广场上，想冲过去是根本不可能的事……你和韩承晚正打算交换戒指，然后小鱼大声吼了出来——这是不被允许的行为！

"小鱼快发疯了，他撕开自己胸膛的衣服，大声对你喊——圣美，我就在这里，我爱你……

"他真的疯了，想挤进人群冲到你面前，好密集的人群啊……他们终于把小鱼抬了起来，让小鱼踩着他们的肩膀向你冲过去……小鱼就在人群上面，歪歪斜斜地向你走去，一不留神，他就会摔倒。不过，人们总是在扶着他的脚，不让令人悲伤的局面出现……"

圣美听得很紧张，握着的拳头早已松开，抓住我的手，长长的指甲不知道什么时候就插进了我的皮肤里。

"圣美终于觉悟了！她脱下自己的高跟鞋，把鞋子镶进大坏蛋韩承晚的脸上，她提着裙子，飞快地向小鱼跑来，人群自动分开了一条通道，像潮水一样，哗地一下就分开了。

“小鱼跳了下来，冲到圣美面前……正义终于战胜邪恶，在现场全世界人的祝福中，小鱼和圣美完成了婚礼！”

圣美激动无比：“真是爆炸性的婚礼，我紧张得喘不过气了呢！还有呢？还有呢？下面怎么样了？小鱼和圣美会怎么做呢？”

我吞了口口水：“接下来，就是洞房的情况了。我看过一些日本电影，大致情况是这样的……”

圣美醒悟过来：“不准说了！小鱼先生，你真是可恶，竟然说出这么荒唐的想象！回家以后马上抄诗！”

“砰！”

车开到帝景苑的时候，她长长呼出一口气：“不过呢，谁知道那样的情况会不会出现呢？也许，真的会有那么幸福的事呢。”

第二天一大早，我就被圣美拖着赶到超市采购。圣美穿着白色的内衫，外面罩着蓝色的坎肩，走在我前面一步远的地方。她平时上班一般穿长裤，今天在我的强烈建议下换上了短裙。说是短裙，其实也到了膝盖，比起街上那些穿着只到臀部的短裙的姑娘，圣美现在看起来是个保守的小姑娘。

她优哉游哉地在货架之间穿梭，偶尔会抱起双臂看看货物，这样的姿态，才让人想起她是个职业女性，而不是懵懂的小姑娘。挑了一个多小时，推车里已经装了不少东西。老实说，没有一样是我挑选的，在这种场合，我根本没有挑选货物的权利。

我只有提醒她的权利：“圣美，家里的啤酒喝完了。”

“这样啊，那么，我们该买什么好呢？小鱼先生建议一下。”

“百威吧，蓝色百威挺好喝的。”

“很有道理哦，给小鱼先生买一瓶吧。”然后，她另外挑选了一箱红色百威。

想和她达成共识，基本上是个不可能完成的任务。

走在她后面有个好处，那就是可以看到她走路的姿态。

世界上美女有很多，走路好看的美女就少得可怜，一百个美女中，可能只有一个。圣美恰好是走路很好看的女子。不管她是放下双手走路还是抱着双臂走，或者一手横于胸前，一手捏着下巴走路，步态都很轻盈，仿佛在她小腿和脚踝之间有一个轻巧的弹簧，随随便便走上几步，就给人洛神凌波的感觉。

她拿起一袋零食，看着货物说了几句什么，我一直看着她的背影，也没在意。她回头看着我，用那袋零食在我眼前晃了晃。

我清醒过来："买下吧，很好吃。"

她诧异地看着我："你这个人，真是奇怪死了。你想吃它吗？"

我定睛一看，是袋棉签："这……"

不知道为什么，她脸红了："真是叫人不自在，你再盯着我看，我就要给你很厉害的处罚！小鱼先生，请注意你的形象，这里可是公众场合。唉，这样的行为……小鱼先生难道不会难为情吗？"

还好这里是货架的尽头，比较偏僻，周围没什么人，不然我就下不了台了。

我连忙点头："是是，我保证不看了。"

我满心羞愧，不敢看她，转身拖着车，想绕到另一边货架。

"呀！"

"哗啦！"

我转过身一看，原来是不小心和另一边过来的人撞在一起了，是个女孩子，她手里提着的篮子掉到地上，货物散了一地。

我连忙道歉："对不起。"然后帮她捡拾地上的东西。

女孩子抬头，和我视线相接。

"小鱼？"

"叶野？"

"你怎么还在广州？"

"你怎么会在这里？"

天知道圣美的耳朵有多灵敏，我蹲在地上，低声叫出叶野的名字，本来在五六米外挑选货物的她，立刻冲了过来，把我拉到她身后。

圣美拉得很用力，我几乎跌倒在地上。透过她娇小的肩膀，我看到了叶野美丽的大眼睛。

叶野看到我的时候，眼神里充满惊奇、迷惑，也许还有一丝尴尬。等圣美挡在我身前以后，她被这个举动吓到了，愕然地看着圣美。

令人难堪的沉默。三个人没有发出一点儿声音。

好半天，还是圣美比较有勇气，率先打破僵局："是叶野小姐吧，好像很清醒的样子，今天没有喝醉酒吗？"

没想到，娇柔的圣美一开口就是这么咄咄逼人的话，真是不给人留一点儿面子啊。

叶野将地上的东西收好，然后站了起来，掠了掠头发，好奇地看着圣美："你肯定是小鱼的圣美，对不对？长得真是挺好看的，怪不得小鱼被你迷死了。"

叶野嫣然一笑："圣美，前一阵儿有几天你不在家吧？我去过你家，还给小鱼煮粥喝呢。你很会布置，家里让人感觉很舒服的。对了，我很喜欢你的那张餐桌，前几天买了张一模一样的，价格是不是八千多啊？我很担心买贵了呢。"

我本来已经站了起来，听到她这话，险些坐回地上。

我按住圣美气得发抖的肩膀，问叶野："你怎么会在这里呢？"

叶野笑了笑："我的房子就在前面的小区里，不来这个超市还能去哪里？小鱼，你换了手机号码也不告诉我，没必要那么绝情吧。知道吗？我打过很多电话给你，每次都听到'您所拨打的电话已停机'的回答……"

她的眉宇间藏着一丝阴霾，看得出来，暴富之后的她，一夜之间冲上云霄的她，在短暂的幸福冲击之后，应该也发现了，有钱不能解决全部问题。

我叹了口气，说："叶野，希望你能过得幸福。"

圣美突然说："你们是不是有很多话要说？"

我心里一紧，连忙拉住她的手。

叶野说："圣美，不如去喝杯咖啡吧。"

圣美想了想，挽起我的胳膊："好吧，我们一起去，让叶野小姐把话说完。"

叶野看着她的手，笑了笑："这就走吧。"

结了账出去后，叶野说："我在前面，你们跟着我。"她走向自己的车，是一辆Turbo911。

等她走进车里，圣美就把我的胳膊甩开。

Turbo系列在香港很多，广州倒是很少见，估计叶野也是通过朋友从香港搞过来的吧。以前黄华生曾经买过一辆二手马自达，价格是八千港币。叶野这辆车，即使是二手，估计也会超过一百万元。

圣美开着车跟在银灰色的跑车后面，一句话也不说。

我头痛欲裂，把我和叶野交往的过程原原本本地说了一遍，说到我生了重病，叶野跑过来照顾我的时候，她的脸色才缓和了很多，哼了一声说："照顾小鱼先生这种事情，可不是像她那种人能做好的。你要记住，生病了，只能让我来照顾。"

我说："圣美，你不要老是生气。你不要我的话，我都不知道该怎么办了。"

她的肩膀微微颤动了一下，转头看了看我，也不说话，然后正视前方，专心地跟着叶野的车。

到咖啡厅坐下来后，叶野点了杯卡布奇诺，我点了壶冻顶乌龙，圣美给自己要了杯果汁。

叶野将随身挎包放在旁边的椅子上，然后从包里取出一本书，慢慢翻了起来。三个人坐在这里，她居然看书，怎么看都有点装腔作势。不过看书的习惯倒和我有点像。一般来说，我在任何地方，都会想办法找本书放在手上看。有一次在酒店坐得无聊，我硬是把住宿须知从头到尾看了一遍。

叶野还拿出副黑边眼镜戴上，看起来倒是文气了很多。

圣美沉着脸说："有什么话快说吧。"

叶野端起咖啡，很有风度地笑了笑："圣美，猜猜看我在读什么书？你一定猜不到，是《满清十三朝》。书中有提到高丽，不好意思，是朝鲜。书里说朝鲜自古盛产美女，我看了才恍然大悟，难怪圣美小姐这么漂亮，原来那里本来就是美女之国。"

我大感意外，看了看圣美，她的脸色好了很多："多谢夸奖。叶野小姐是一个很好学的女孩子呢，让人钦佩。"

叶野喝了口咖啡，摆出很优美的坐姿："圣美有兴趣听听中国人对朝鲜的记录吗？"

圣美犹豫了一下，勉强点了点头："请讲，我也很好奇呢。"

叶野灿烂一笑："朝鲜，不，韩国，曾是清朝的属国，最重要的义务就是向清朝进贡美女，据说，多尔衮先生就是和很多名韩国美女……一个晚上之后，由于太过努力，多尔衮先生被活活累死了。"

她似笑非笑地继续说："往前推一个朝代是明朝，圣美小姐应该知道朱元璋长得很丑陋吧，可是他的儿子朱棣却长得英俊魁梧，为什么呢？因为朱棣的母亲是元顺帝的妃子，是你们那里的人。"

叶野发出清脆的笑声："这就要说到元朝了。元朝的时候，你们那里有个最威风的官方机构，名字叫美女局，专门给元朝皇帝进贡美女的。"

圣美的脸色越来越难看，听到后面的时候，苍白的脸上泛出铁青的颜色。

我心中也感到愤怒。我一直认为，人和人在现实中的交往，可以在个人层面上进行打击，但是不应该涉及家庭、民族、国家。动辄以侮辱对方民族为乐趣，实在是一种很不上台面的行为。

叶野的这种做法，表面上不吐一个脏字，连骂人都谈不上，可是，给人的伤害之深，却是痛彻骨髓。

圣美的手捏住自己的裙子，拳头上骨节暴露，显出苍白的颜色。

叶野微微一笑："据说，跟韩国人谈美女，就像跟中国人谈圆明园。不过呢，这些年我国的勇士们像蝗虫一样扑向韩国，想必也不是很在乎这个忌讳吧。圣美，你自动跑到中国来，真是充满勇气。呵呵，你看，你脸红了，很好看哦。啧啧，越看越好看了，不愧是韩国人。"

我忍不住说："叶野！说这些话你觉得有意思吗？太过分了……"

叶野笑容消失，用杭州话说："你看中她什么了？一个外国妞有什么了不起！小鱼，我跟你说，比钱我们不会比她少，比相貌不会比她差；比修养？你马上就可以看到她的修养了，估计会让你大开眼界。你放心，我根本没有想把你抢过来的念头，我就是看她不顺眼，她凭什么就过得那么舒服，什么都不用付出就有很多钱？她试过赚几千万要付出什么代价吗？"

第三十三章 家庭晚餐

叶野眼里透露出仇恨的眼神："小鱼，我想看看你的韩国主人是怎么撒泼的，就这么简单。"我心神大震，我真是不明白她怎么会产生这种没来由的仇恨。难不成她赚韩国人的钱赚糊涂了？

圣美眼看就要抓狂，谁知道她深深地吸了几口气，突然平静下来："叶野小姐想激怒我吗？想让我在小鱼先生面前出丑吗？其实呢，不怕叶野小姐笑话，小鱼先生的抵抗能力很强的，什么样子的我他都见过的，叶野小姐，恐怕你是白费心机了……还有……关于你侮辱我的民族……我不会反击，不会侮辱你的民族的……"

圣美表现得这么软弱，倒是大大出乎我的意料，我偷偷地看着她，她双手捧着果汁，静静地看着叶野。她会不会把果汁泼到叶野脸上？想到那个局面，我全身出汗。

叶野也是满脸惊讶，她看着圣美笑了笑："那最好了。圣美，你修养不错嘛，不知道你的那些美女前辈是不是也像你这么温柔。"

圣美微微一笑："叶野小姐，不知道你承受了什么样的屈辱，究竟要多么可怕的羞辱才会让一个女人变成一头野兽，连基本礼节都不知道的野兽。"

叶野本来拿着咖啡杯，听到这话一下子把杯子重重地放回浅碟上，发出刺耳的瓷器摩擦声。

圣美还是笑得很温和："女人变成这个样子，也是很可怜的吧？叶野小姐不是很爱欺负人吗？请继续，继续骂人吧，还可以说下流话，说很恶毒的下流话，我就坐在这里听你说。”

我连忙说：“叶野，我们来这里不是为了吵架吧，谈谈正经事好了。”然后我拉了拉圣美的衣角，低声说，“别这样，早一点谈完，回去还要给明灿他们准备晚餐呢。”

叶野站起来：“我去补妆。”

等她走后，圣美喝了口果汁：“这下我可放心了，上次听到电话，我一直担心呢，以为她有多了不起，看到现在这个样子，我一点儿都不怕。”

我迷惑地看着她：“她不好看吗？还是脾气太……太倔强了？”

圣美说：“都不是。她根本不喜欢你，我看得出来的。”

“你怎么看得出来？”

圣美笑了：“刚才下车之前，我把你的右边衣领立起来了，进咖啡厅大门的时候，我走在后面，让叶野和你走在一起，从咖啡厅门口上到二楼，然后三楼，最后坐到这里，大概有一百多米的距离呢，可是叶野竟然没有帮你把衣领整理好……我可是给了她一百多米的机会呢。”

她笑得很灿烂，伸手把我的衣领抹平：“唉，小鱼先生，像你这样的人，始终也要我来管理的吧。”

“可是这个能说明什么问题呢？”我怀疑地看着她。

圣美哼了一声：“还有其他事呢，点饮料的时候……先不说那些了！倒是你，小鱼先生，她整理头发的时候，你一直盯着她的耳朵看，还装作在看桌布，斜着眼睛看的！太过分了，小鱼先生，男人的尊严都快被你丢光了！很好看吗？啊？必须老实交代！”

我无奈：“好吧。”为避免意外，我自动把她的手放到我的腿上，然后说，“公正地说，确实挺好看的。不过，我根本……”

大腿上传来剧痛，我大出冷汗之余，也暗自庆幸，幸亏是大腿，如果是脑袋或者胳膊，让人看到了可怎么做人？

圣美冷笑：“想不想坐到对面去？那样可以看得很清楚，她的裙子是什么颜色，快说，答错了就惩罚你，快说！”

看着她冷酷的眼神，我哪里还有思考的余地，只能立刻回答：“白色吧，一定是白色。”

圣美得意地笑了笑：“算你过关了。小鱼先生，我感到很奇怪，为什么叶野想找你说话？看得出有告别的意思，她会不会要离开这座城市了？”

我惊奇地看着她：“圣美，你为什么这么厉害？我什么都看不出来。”

叶野回来了，我定睛一看，她穿着蓝色的牛仔裤。

我转头看着圣美，她冲我眨了眨眼睛。

真是败了，局面完全被圣美控制了。

看到叶野坐下，圣美笑盈盈地站起来："叶野小姐，你们两个人继续坐吧，我要回家整理家务了。小鱼先生，记得早点回家哦。"

也不等我们回答，圣美就离开座位，满脸春风地走了。

叶野看着我："小鱼，你找这么个女人可够你受的。"

我叹了口气："谁说不是呢。"

"赚了那么多钱，怎么没有出去旅游？我都想去国外休息了。"叶野看着书问我。

我说："过几天可能会出去。"

叶野抬起头："小鱼，如果可以回到从前，你愿意当初认识我吗？愿意看到我们一下子就变成富翁吗？"

我笑了笑："愿意的。叶野，你很讨人喜欢，性格很开朗，而且做事很果断，愿意照顾人……还肯埋单……谁不想有你这样的朋友呢？"

叶野的眉间升起一丝忧郁："如果能一直做朋友该有多好……小鱼，我刚开始来到这个城市的时候，认为自己形象很好，学历也高，而且也很能吃苦，做几年一定可以发达的。知道吗？我最开始是在集团负责办公室管理，一个月后我主动要求去做售楼小姐，三个月后就做到了经理的位置……这样的升迁速度，在集团内部被称为奇迹。"

那个善良、执着、爽朗的叶野又回来了，不再说些奇怪的话，不再做些古怪的事。我看她很失落，就说："那很了不起啊。我有个朋友，也是从基层做起，半年就做到了全公司的销售总监，我一直以为他很了不起，现在看起来不如你，远远不如啊。"

她浅浅地喝了口咖啡："是的呢，我那时候也很高兴，广州是个可以发生奇迹的地方，自己也能变成奇迹，怎么能不高兴呢？可是到我辞职前，我依然待在那个位置。"

"我仔细计算过，我一年可以存三万块钱，那么，我花十年时间才能在郊区买套房子，十年后我是什么样子？小鱼，你知道女人有多么怕老吗？或者，我也可以找个有钱男人嫁掉，但是我不甘心啊，真是叫人不服气啊。"她看着我，慢慢说着。

叶野低声说："这么多年，我都不知道自己在做什么。我形象好，我学历高，我很能吃苦……可是小鱼，我都干了些什么？我连最基本的安全感都没有……”

我勉强笑了笑：“叶野，你现在不是有很多钱了吗？你都开上保时捷了，有钱就有安全感。”

叶野喝完杯中咖啡，将装满柠檬水的杯子握在手中。从认识她开始，我就发现她有这个习惯，不管坐在什么地方，她总是会找样东西握在手中。

叶野笑了笑：“不说这些了，你知道我没办法就行了。无聊，烦死了，唉……怎么样小鱼，想不想找个地方来一盘？”

“什么来一盘？网球吗？”

她笑：“不是……是……是保龄球，台球也行，我的斯诺克水平很高哦。要不，你今天别回去了，我们去洗温泉。”

我连忙说：“今天有事，下次吧，下次我叫上圣美，大家一起出去玩。叶野，其实圣美很善良的，你不要老是和她斗气，你们可以做好朋友的。”

叶野沉下脸：“别提起那个女人，我最烦看到这种装天使的人。有什么了不起的，注定就会有好命运的女人，真讨厌！我讨厌韩国人！”

圣美是天使？

我叹了口气：“家家有本难念的经，没什么事就走吧。”

我和她站在车旁，叶野问我：“要不要我送你？”

我说：“不必了。”

她凝视了我一会儿，然后用力抱了抱我，独自坐进车里：“小鱼，一路顺风。”

我点点头，看着她发动汽车，逐渐淡出我的视线。

时间已经是下午三点多，肚子快饿死了，我连忙拦了辆车回家，走进屋子一看，圣美系着围裙，正在饭厅吃面。

“还有面吗？”我问她。

她笑嘻嘻地说：“我这碗还有很多，你想吃吗？”

“当然吃，给我吧。”

“不嫌弃是我吃过的吗？”

“在外面会嫌弃，在家里就没这回事。”

“在外面……是伪装嫌弃吗？”

“打算做什么菜招待明灿和小琪呢？”我感到有些尴尬，于是岔开话题。

圣美站到我身后，捏着我的肩膀：“准备做几个家常菜呢，主菜是辣油鲍鱼。小鱼先生，快把面吃完，需要你帮手呢。”

我几口把面吃完，然后她把碗洗了，指点我帮她洗菜。

把海带芽放进冰水里冻着，然后把小黄瓜切成丝。

洗了很多空心菜，又把橄榄油准备好。

反正她说什么我就做什么，也不清楚她会做什么菜。

有很长一段时间，我以为我不会做家务，谁知道现在做起来，倒也像模像样的。看来人都是逼出来的，不到绝境就不能爆发潜力。

我小心地把冬粉倒进碗里，问她："圣美小姐，你不问我关于叶野的事吗？"

"有什么好问的，那可不关我的事，小鱼先生有自己的自由嘛。"

"她以后可能不会找我了，因为，她没有跟我要电话号码。"

"哼，她的耳朵，其实不怎么样嘛。"

"还可以的。"

"根本不行，完全是很普通的耳朵！有人想跳舞了吗？"

"确实是很普通的耳朵。"

"萝卜丝就由小鱼先生来做吧，我做其他菜。"

我把白萝卜丝切好，用盐水泡了五分钟，然后把辣椒粉、醋、白糖放了进去，搅拌好以后，用筷子把萝卜丝排列整齐，最后撒上碎白芝麻。

这道菜已经成为我的护身法宝，每次她发飙，我都要靠这道菜力挽狂澜。

我刚把菜放在桌上，她就从厨房走出来，尝过以后满意地点了点头："小鱼先生进步真快，现在比我做得还好了。"

"全靠圣美小姐指点。"

她坐了下来，扳起指头数着："今天一共要做五个菜，萝卜丝、辣油鲍鱼、拌冬粉、海带芽冷汤，再做一个卤牛蒡……菜齐了。都是味道很好的菜，明灿和小琪一定会喜欢吃的。"

"是的，他们肯定会喜欢，家庭晚餐是最好吃的。"

圣美看着我，脸红红地说："今年过年……小鱼先生有时间吗？要是没有特别的安排，不如去韩国旅游好不好？可以去大田看看博览会，还可以去济州岛走一走……江原道的凤凰公园可以滑雪……花费也不会很贵……其实呢，韩国真是值得旅游……之所以提出这样的建议，是因为小鱼先生需要旅游……可以看到很多风景……那样人会很轻松，心里也会感觉很喜悦吧……顺便也可以去我家吃饭的，有爷爷、奶奶、爸爸、妈妈……或许他们不会觉得很唐突吧。"

我傻了，半天才醒悟过来："那太好了！为什么不去呢？我最喜欢吃家庭晚餐。”

门铃响了，圣美拿起壁橱上的表看了一看，诧异地说：“才四点多呢，明灿和小琪不会这么早来吧？”

我说：“去开门就知道了。”

圣美说：“你去开门，我系着围裙，很不雅观的。万一不是明灿他们，那我会很难为情的。”

我忍不住笑了起来，起身去开门。

真的是明灿和小琪。明灿手里抱着个西瓜，小琪则拿着一束花，还有一瓶红酒。两个人看起来倒是像对小夫妻。

我眉开眼笑：“正好想吃西瓜，明灿，你还挺自觉的。”

明灿得意地说：“小琪，你看吧，我就说买西瓜是最好的。刚才一路上小琪都在抱怨我，说我不懂事。”

圣美听到我们的交谈走了出来，她接过小琪手里的花，把花插进那个青花瓷瓶，问明灿：“小琪怎么抱怨你的？”

“小琪说抱个西瓜去别人家做客太土了，会让人笑话，她坚持要买红酒和鲜花，我没听她的，一定要买个西瓜，所以被她抱怨了好一阵子。”

我笑着说：“买花干什么，纯粹是浪费。来，先把西瓜冻起来，吃完饭再吃瓜。对了，你们怎么来这么早？不会饿了一天，就想吃这顿晚饭吧？”

明灿呵呵一笑：“你真聪明。中午饭我是没有吃了，小琪也只吃了一点青菜，就等着到你家吃好菜。”

小琪嗔道：“明灿！你这个人！鱼哥，我是来帮圣美姐姐做事的，虽然不会做菜，但到厨房打打下手还是可以的。”

圣美微微一笑：“别理他们，我们去厨房。”

我领着明灿到我的房间，说：“明灿，圣美说要另外收拾一个房间出来给你住，我觉得太麻烦了，反正只是住几天而已，所以你和我一起住吧。”

明灿说：“那好吧，我睡阁楼也睡烦了。”

我把事先配好的钥匙递给他：“你回去以后收拾一下，明后天搬过来算了。”

明灿看了看四周的环境，赞叹说：“有大屋住就是好，明年我也要买楼。”他挥了挥拳头，做出振作的样子，呐喊道：“一起努力！”

过了不久，门被推开了，小琪伸了个脑袋进来：“你们在做啥子呢？吃饭咯。”她无意中使用了成都话，听起来又甜又糯。

我笑着对她说：“小琪，以后你都说成都话好了，比普通话和白话好听一万倍。”

明灿连连点头：“我也经常叫她说成都话给我听，她总是不肯，说太土了。”

到了饭厅，我们分别坐了下来。

圣美忙了一下午，做出来的菜果然不同凡响。本来我觉得她平时做的菜就很不错了，没想到这次做出来的菜，味道好得几乎能让人把舌头吞下去。

五个菜里，倒有三个菜是偏辣的，小琪和明灿不消说，就连我这种不太吃辣的人，也控制不住连连伸筷。

虽然没有表扬，但行动胜于言语，圣美看我们吃得起劲，忍不住开始自吹自擂：“怎么样？我很厉害吧？所有的原料都是我亲手挑选的。由于本地没有地道的冬粉，所以我买了绿豆和荞麦，自己磨了很久。”

“圣美姐姐真是辛苦了。”小琪给她添了杯酒，“太好吃了！我以前只吃过拌饭和烤肉，还有就是韩国火锅，味道都不怎么样，现在才知道韩国菜这么好吃。”

圣美容光焕发地说：“那是当然，以后我会煮更多的菜给你们吃。小琪，你想学吗？我可以教你的。”

灯光明亮，菜肴喷香，有笑声和喝酒的声音。

第三十四章 到韩国

第二天，趁着圣美去上班，我去找了旅行社的朋友，悄悄预订了9月12日的机票，并委托朋友帮我办理了旅行签证。机票很便宜，总共只花了一千五不到。

站在街头，我打了个电话给王牯："现在有没有空？找个地方去吃饭怎么样？"

王牯笑："夜猫子进宅，准没好事。说吧，去哪里吃？"

我也笑了一笑："去东山食府怎么样？地道的广东菜。"

王牯的声音听起来很惊奇："鱼乐牯，你可以啊，请我去那种地方吃，不会是私人吃饭那么简单吧？"

我干笑两声："你太看不起我了吧？请你吃个便饭而已，兄弟之间讲那么多话干什么。"

王牯犹豫了一会儿才说："好，我现在就过来。"

我到达东山食府的时候是中午十二点半，直接在餐台订了一个包间，名字叫天津厅。然后，我就在一号楼的大堂门口等王牯过来。

过了十几分钟，他开着一辆广本到了，泊好车，他走到我面前，递了一支中华给我："早知道老子借辆奔驰，开本田来这里没什么面子。"

我笑："这算什么，我还是打出租来的呢。前次我和德明牯过来，他开的是标致，也没见得有多丢人。"

王牯笑骂道："他挂的是警牌，开拖拉机都有面子。怎么，今天没叫他过来？"

我说："今天就我和你，下次再叫他。"

两个人一边胡扯，一边走进电梯。

到了四楼，在服务员的引领下，我们走进了天津厅。

这个房间大概有四十平方米，中间摆着一张大桌，房间旁边是卫生间和配餐室。

王牯脸上露出满意的神色："这地方确实不错。"

我说："想吃什么随便点，别替我省钱。"

他果然不客气，拿起餐牌，先点了两份红烧鲍鱼和鱼翅，然后问我的意思。我叫他看着办。看着他点菜，我心都在滴血，他点的是南非四头鲍，一份的价格就是一千多，差不多可以让我去趟韩国了！

王牯又点了个香草羊排，还有几份小菜，等到他放下餐牌，我就跟服务员说："拿瓶五粮液过来。出去吧，没什么事别进来。"

王牯喝了口茶："鱼乐牯，有什么事直接说吧。"

我也不跟他客气，直接把我和圣美的关系说了出来，然后又问他那个项目的事，最后跟他提的要求是："你能不能和李小姐的公司私下结成同盟，韩承晚那个王八蛋就不用考虑了，你好好运作一下，可以利用李小姐敲那个王八蛋一笔。"

王牯抽着烟，没有说话。

我说："前段时间我搞了韩承晚一百多万，这件事你要是操作得好，大有可为。"

王牯说："君子爱财，取之有道，这个道就很有弹性了。鱼乐牯，你很够朋友，我也琢磨着搞他一笔，只不过现在看起来没什么空子。"

我说："现在你们是三方合作的关系，李小姐和韩承晚那边是盟友，如果你和李小姐达成协议，两家一起对付韩承晚，肯定可以搞到钱。"

王牯说："问题是，李小姐愿不愿意和我这边结成同盟，毕竟他们都是韩国人。你不知道，韩国人非常团结，他们内部矛盾再多，一旦面对外面的时候，就会放下成见，拧成一股绳。"

我顿时语塞。我确实还没有和圣美沟通过。按照圣美的性格，尽管她十分讨厌韩承晚，不过要她用阴谋来对付韩承晚，设下圈套让对方跳这种事，恐怕她干不出来。

王牯忧心忡忡地说："何况这种搞钱的事，万一暴露出来就不得了。"

我拍了拍他的肩膀："你担心什么？检察院、市委、警察局咱们都有朋友，只要不留手尾，谁敢动你。"

王牯连连点头。

菜上来了，我和他一边吃，一边谈些不相干的话。

到了埋单的时候，我一下子刷了四千多出去。

王牯笑着说："这种地方，不是你请客我还真不敢来吃，我现在一个月工资才四千多。"

我趁机说："所以要想办法搞点钱，不然连儿子的奶粉钱都头痛。"

王牯拿出一个电子相册，说："全是我儿子的照片，快学会走路了。"

看完照片后，我问他："怎么样，吃完饭，想不想去休息一下？"

王牯说："这个……影响不太好，大白天的。要不，晚上去？"

我摇头："我现在被管得很严，七点以后根本不能离开家，除非她陪着我出去，试问我哪里还有机会出去玩？再说我也没什么心情。"

王牯笑："太惨了，人间悲剧。"

又聊了一会儿，我终于跟他达成协议。不管结果如何，我会在项目签订后给他一百万元，当然，我是以圣美的名义给他，而且叮嘱他在圣美面前不能提到这件事。

他给出的承诺就是全面倒向圣美这边，在保证工厂利益的前提下，他会配合圣美，全力打击韩承晚。

只要圣美愿意找王牯，就有机会把韩承晚吃定。

结束全部事情后，两个男人鬼鬼祟祟地离开了东山食府。

我不知道我为什么那么痛恨韩承晚，也许是他让我产生了一种被锁定的感觉，像一只青蛙被毒蛇的眼神锁定的样子。

这种感觉让人很不安，所以，出于本能，我必须展开对韩承晚的反抗。

仁川机场是一个特别的机场。它是韩国人填海造地的产物。从广州出发，只要两个多小时就可以抵达。出发前，我在冰箱上留了张字条，把和王牯交谈的情况告诉了圣美，顺便告诉她我会出去两天，两天而已。

从首尔开始，也该从首尔结束。

办理好入境手续后，搭乘首尔地铁，花了一个多小时到达市区。我到达的日期是9月12日。在首尔市区下车后，我随意地在街上走着，除了一个手提电脑包，连最小的行李都没有。

到晚上八点的时候，我走到了江南区，身体感觉很疲惫，就想找个酒店住下来。

“朋友，你是中国人吗？”有人跟我搭话。

我转头一看，是个圆下巴的年轻人，满脸带笑地看着我。

我问他：“你怎么知道？”

他回答：“很容易看得出来的，就像在中国，一眼就能认出韩国人和日本人。”

“你也是中国人？”

“是啊。我是朝鲜族的，在首尔上学，顺便在这里打工。”他指了指一座建筑，看上去是个酒吧的样子。

我点点头，打算走开。

他说：“朋友，去里面玩玩吧，这里很有名的。我在里面干得不错，现在是领班了，保证给你优惠价格。”

我说：“我打算找个酒店睡觉，对喝酒没兴趣。”

他说：“您看我还没介绍自己呢，我叫崔光浩，在异国他乡能见到同胞真高兴。”

我愕然。虽然以前我只来过这里一次，但这里的中国人不少，绝不可能看到同胞就喜出望外，他这么说，多半还是希望我去酒吧消费。做事如此勤勉，不错过任何机会，怪不得他能升到领班的位置。

崔光浩接着说：“您一定是刚到韩国吧，酒店都还没找好。您现在去酒店也睡不着，不如这样，先去酒吧轻松一下，晚一点我陪你到酒店办理住宿手续，免费帮你翻译。”

我想了想，反正只在这里待两天，去酒吧也花不了多少钱，于是就同意了他的建议。

崔光浩领着我向酒吧走去，笑着说：“这个酒吧的名字是‘青色’，是个充满乐趣的地方，您一定不会失望的。”

走进酒吧一看，是很正式的酒吧，中间是舞池，周围零散地坐着一些小姑娘，给人的第一感觉是个女性酒吧。

崔光浩笑着说：“到楼上包房吧，气氛比这里好很多。”

我问他：“消费贵不贵？”

他说：“不贵，不会超过二十万韩元。先生，这里不比国内，价格都是很透明的，没人敢乱来。”

所谓的包房，不过就是国内的卡拉OK房，一道环绕三面的橘色沙发，一个黑色的茶几，前方是投影屏幕，和国内没什么区别。

崔光浩招呼人拿上冰镇啤酒，又摆了些鱿鱼卷之类的小吃上来，低声问我："先生，愿意给我八万韩元小费吗？没有也行。"

我随手给了他，他帮着开了罐啤酒，走出了房门。

我把腿平摊放在茶几上，慢慢地喝着啤酒。

屏幕上放着乱七八糟的韩国歌。在我的印象中，韩国歌曲大部分是舞曲，基本上走的都是Hip-hop路线，恰恰我很不喜欢这类歌曲，所以我把音量调得很低。

时间是晚上九点，这个时候，圣美应该在家了，不知道她看到我的字条会怎么想，是暴跳如雷还是会很难过？

如她所说，我总是做些没头没脑的事，从来都是这样，一个优点也没有。

回去以后，不知道是要被罚跪围棋，还是被罚举椅子。

我默默地喝着酒，只过了一小会儿，矮桌上就多了五个空酒罐。

我闷头喝了一晚上才离开，然后我也并没有挑选豪华的酒店住，而是在路边随便找了家旅馆，费用很便宜，只花了六万韩元。美中不足的是，这是一间和式小旅馆，房间内没有床，只能把被褥铺开，睡在地板上。对于习惯睡床的人来说，一睁眼就看到地板，心里难免有些不适应。

以前来过一次韩国，当时对这个国家没有留下什么印象，因为当时纯粹是抱着游玩的心理到处逛，对民风习俗并不关注。

在榻榻米上辗转反侧了好久都睡不着觉，于是我就走到了楼下。看守旅店的人换成了个年轻人，正好，韩国的年轻人基本上都会英语，虽然水平都比较糟糕，不过总算可以交流，我就走过去和他闲聊起来。

夜风吹起，旅店门口挂着的灯笼在风中微微摇晃。

我喝了口啤酒，问他："如果一个韩国女孩子邀请一个男人去拜见自己的家人，这算是很严重的事吗？"

他回答："那当然！我们最重视家庭观念了。真像你说的那样，说明这个男人对女孩子来说已经非常重要了。"

"那么，"我继续问，"做一个韩国女子的丈夫，需要注意什么呢？"

他想了想才回答："威严、保守、有责任感，要有打老婆的勇气。说起来，我爸爸就是一个合格的韩国丈夫，经常把我妈妈打得头破血流的；坐在家里什么活儿都不用干，只需我妈妈请示他的时候，发出'立即执行''同意'的声音就可以了。"

我连忙打断他："行了行了，完全没有参考意义。"

在首尔，洞是一个地理称谓，类似中国的某某小区、某某片区。整个首尔大概有八百个洞，明洞就是其中的一个。第二天一早，我搭乘地铁，直接在明洞站下了车。

明洞显然是个高档的购物区，顺着大街走，可以看到很多国际名牌专卖店，还有很多日式、西式、韩式餐厅密布其间。街上的行人很多，穿着打扮都十分前卫，看着满街染着各色头发的人走过，赤、橙、黄、绿、青、蓝、紫，什么颜色都有，唯独黑色最少，几乎让人以为这是一座西方城市。

我走了一会儿，就走到了明洞天主教堂的门口。

当地人叫它明洞圣堂。

教堂的周围被茂密的绿树包围，只有正门前方是平坦的广场。

我在门口发了好一阵子呆，深深地吸了口气，走进礼拜堂。

穹顶的圣像壁画肃穆依然，我缓步走到前排，慢慢坐了下来。

时间是上午十一点，我默默地坐在座位上。

一直坐到下午六点，一个中年男人走到我的面前："是江鱼乐先生吗？"

我抬头看着他，是一个穿着笔挺西服的男人，手上还戴着白手套。

我点点头："是的。"

他说："我是司机，请跟我来，我带你去另外一个地方，有人在等你。"

我站起身跟他走了出去，门口停着一辆双龙主席。他帮我打开车门，等我坐好，他就启动汽车向远方驶去。

我感到十分疲惫，靠在座位里看着窗外的风景。

汽车逐渐驶出了市区，可以看到大片绿草出现在道路两旁。上了高速公路后，汽车的速度越来越快，半个多小时后，远方的青色山峰出现在视野里。

第三十五章 惩罚来临

车开进了一条岔路，继续向前。过了两个小时，我看了看时间，接近十点了，车子开进了一个农庄。从距离上考虑，这里应该不再属于首尔的范围。

过了几分钟，车子在一个哥特式建筑面前停了下来。从外面看，这是一座小教堂。

基督新教的教堂都是平顶的，眼前这座教堂是尖顶，说明这是一座天主教教堂。小教堂透射出淡黄色的微弱灯光，可以看见周围林木十分茂密，树枝在夜风中摇摆。再往远处看，黑暗笼罩着世界。

站在小教堂的门口，可以看到草木在风中晃动，却听不见沙沙的声音，因为，教堂内有低沉的音乐声传来。有人在用管风琴演奏，旋律充满了格里高利圣咏的味道。我站在门口，站在昏黄的灯光下听了很久，分辨出乐曲是李斯特的《死之舞》。

9月的韩国，深夜的9月，已经有些寒意，几片憔悴的树叶在草地上打着转，飘过我的脚背，迷恋地在脚面旋了又旋，随即擦着地面，轻巧地翻转着飞向远方，融入夜色。

气温有些凉了，在黑夜中听到这样的曲子，让人感觉有些冷，好像有一把薄薄的小刀，正在削着人的肉体，像刀削面一样，每一刀，只切出细白的一片，不会间断，就这样一刀一刀切割下去。

教堂有着一个锋利的直刺苍穹的顶。不止是屋顶，建筑上其他部位的上端也是尖的，整座教堂显示出了尖锐向上的冲力，让人体会出一丝弃绝凡尘的超脱味道。

直升的线条、奇突的空间推移、彩色的玻璃窗透出色彩斑斓的光线，加上那些玲珑浮凸的雕刻……组合在一起，让人凝视久了会产生“非人间”的感觉，神秘的气氛包围了整个人，让人喘不过气来，心脏也快要停止跳动。

我一步一步走进教堂。

礼堂两边的墙壁上是圆形的玫瑰窗，绚丽的玻璃窗上是很多圣者的图像，还有各类植物的图案和幻想中的怪物。穿过一条小小的回廊，我看到前方十米外有一架管风琴，一个人坐在管风琴后面，舒缓地演奏着。管风琴前方有几排木椅。在第一排，从左数起的第三个座位上，放着两个厚厚的笔记本。

我慢慢地走过去，在第一排坐了下来。

笔记本样式很老，是很多年前流行的那种带锁的笔记本，一串银色的钥匙，放在笔记本的封皮上。

彩色的玻璃窗透射出的各色纠缠的光线，静静地笼罩住笔记本。李斯特的《死之舞》到了最后一个音符，管风琴的声音消失。

“你来了。”

一个撕裂的声音从管风琴后面响起。

这种声音，像是声带被刀子切割成一块破布，又像是被粗糙的砂布摩擦过。

“你的声音？”

“我得过一次肺炎，可能还有一些并发症。屋子漏雨，我在床上的水里泡了几天，快死的时候，有人找到了我，所以就活过来了，病好以后，声音就变成了这样。”

我沉默。

“这样的声音是不是很可怕？我病好以后，只是感觉声音变得沙哑了些，慢慢地，我发现我说话的时候，周围的人会有不适的感觉。于是，我找了最好的录音机，把自己的声音录了下来。

“小鱼，你试过把自己的声音录下来吗？每个人都应该试一试，你会发现一个完全不同的自己，会很诧异，原来，这就是我的声音啊。

“听过自己的录音以后，我就很少说话。”

“为什么不找医生修复？”

“不可能。我能说话已经是奇迹，我的声带，唯一可以动的手术就是把它割掉。”

管风琴后面升起袅袅的烟雾，砰的一声，一个金属酒瓶盖被甩了出来，在地上滚了几圈，滚到我的脚边后，终于不动。

“喝酒吗？现在我只喝这种酒。真露不喝了，啤酒也不喝了，只喝这种忠清南道出的酒，名字叫‘红匕首’。要不要来一瓶？”

一样东西在空中打着转，发出呜呜的声响向我飞来。我连忙接住，掌心被击得生疼，看清楚后，发现是一瓶酒。酒瓶没有普通的白酒瓶那么大，比酒吧的那种小支啤酒又大一些。酒瓶里装着红色的液体，瓶身上有一张粗陋的商标，边缘已经打卷，用手一扯，就可以把它撕下来。这大概就是名字叫“红匕首”的酒。

“这种酒是用玉米、大麦还有一些豆类混合酿制的，有五十度的样子，但是喝不醉，它只会冲击你的身体，像波浪一样，一波一波地冲，很快又会平息，就算你喝很多，脑袋也会很清醒。”

我咬开瓶塞，灌了一口。

一道火流顺着嗓子流进肚子，强烈的刺激让我不由自主地发抖。

“滋味不错吧？韩国最好的酒，在首尔已经很难买到，一些小店里才有这样的货。一瓶只要四千韩元。”

她穿着黑色的礼服，头发盘着，看起来很高贵。薄薄的晚礼服并不能遮掩住她的身体，胸前一道深深的乳沟暴露出来，嫩白的肌肤，在鹅黄的灯光下，看起来有一层淡淡的光芒。

她左手夹着一支烟，青色的烟雾顺着她的手指、手背、裸露的手臂向上升起，过了肩膀，弥散在空中；另一只手握着“红匕首”的酒瓶。

她站在那里看了我一会儿，低沉开口：“嗨，小鱼，很久没见了。”

我静静地看着她：“你怎么知道我一定会来？”

“你不得不来。”她移动着步伐，裙子在地板上拖曳着，慢慢向我走来，“9月13日以后，你会被中国政府通缉，韩承晚会把通缉令和飞韩国的机票送到你手上。小鱼，你别无选择。”

她走到我面前，俯身看着我的脸：“据说你改做好人了，看样子你过得并不开心。”

我心神混乱，看着她不知道该说什么。

她坐在我身边，把我手里的酒瓶拿了过去，和她手里的那支瓶口交错。啪的一声轻响，瓶口的玻璃圈脱落，在彩光的照射下，玻璃圈像一枚玻璃戒指。

她微微一笑：“是一个劳改犯教我这招的，又脏又臭的劳改犯，体重有一百公斤，浑身都是令人窒息的味道，睾丸脏得像一百年没有洗过的土豆。”

“那种畜生一样的人，喝最廉价的酒，偶尔也知道用酒瓶给自己做一枚戒指，每次他光顾的时候，会给我五万韩元，还有就是教会我做这种戒指……小鱼，我帮你戴上。”她拿起我的手，将玻璃圈套在我的手指上。

她叫许飞扬，是飞扬在天的意思。此刻，她的翅膀上已经被射满箭矢，再无力气翱翔云霄，只能在草与泥里待着。

她把酒还给我，与我碰了一下酒瓶：“干杯。”

我看着她，把酒全部喝完。

她温和地笑了笑，取过身边的笔记本放在膝盖上，拿起银色钥匙，打开笔记本：“每个小女孩都是纯洁痴情的，每个小女孩都会变。还记得那年的钱塘江吗？暑假的时候，就你和我两个人，那天闪电过后有雷声，我问你是否爱我，你无法确认。后来我们到了汉江，在你就要进入我的时候，我问了你同样的问题，小鱼，你的回答是什么？”

空阔的教堂里一片寂静，唯有光与影在交换着错乱的旋律。

她平静地看着我：“还记得你的回答是什么吗？”

我艰难开口：“唯独一人爱你朝圣者的心，爱你风雨过后日益苍老憔悴的容颜。”

她笑了，慢慢地笑了。她的声音，如同两道生锈的门在努力合上，却始终无法合拢。

“结果第二天你就把我丢在韩国，自己独自回去了。没记错的话，你把我们的行李包背走了，你把我的证件全部背走了，只留下我一个。你出门的时候，我站在窗台上，跪着求你不要走……”

我胸口很闷，费了很大的力气才开口：“我回国以后才发现你的证件……那以后，我出门再也不背行李包，不背，去再远的地方也不背。”

我捂着胸膛，艰难地呼吸着：“我以为你……”

她微微一笑：“你叫我去死，不过不能跳楼，叫我去汉江。我一步一步走进汉江，被很大的水冲……冲进波浪里，被波浪包围，沉进河里，这样，我就可以到达大海了。”

她叹了口气，嗓音听起来让人非常难受：“我真的去了，你走的当天晚上我就去了汉江，只是，9月的汉江已经很冷了，冷得真是让人咬紧牙关都受不了。水才淹到我的胸口，我就很害怕了……小鱼，难道你不知道吗？那时候的我，是一个一根筋的女孩子，真的会按你说的去做。”

她把两本解锁的笔记本放在我的腿上：“记得它们吗？我从初中就开

始写的日记。在国内的时候，你总是想读我的日记，我一直没同意。到了首尔，在明洞天主教堂，我全给你看了。”

她把手放到我的头上，轻轻梳着我的头发，平静地凝视着我：“在明洞天主教堂的时候，我枕在你的腿上，听你给我念日记，那个时刻，我看着顶上的彩色玻璃窗，感觉距离天堂好近。”

这时候，我才发现，与几年前相比，她的眼神已经完全变了，如同一块玛瑙，碎裂成无数小珠之后重新聚合，玛瑙依然是玛瑙，但多了凝聚过程中的深深裂痕。

她拉起我的手，把我拉到管风琴后面：“坐吧，我们可以喝瓶酒。”

我的身体一下子凝结。

这句话，是我认识她的时候，跟她说的第一句话。

大学三年级那年，我已经无力继续那种荒唐生活，决心找个好女孩结束一切，找一个纯洁的、善良的、完全符合中国传统的女子结束我的糜烂生活。

我拖着疲惫的身体回到学校的时候，正好赶上去山区的工厂实习。学校把我们安排在一个小学里住宿。天气很炎热，学生们把课桌堆到教室的角落，把凉席铺在地上，晚上就睡在凉席上。

有一个晚上实在太热，我提着两瓶啤酒，到音乐教室里坐着，翻起风琴的盖子，随意弹奏着一些曲子。我喜欢肖邦，也喜欢舒伯特。也许因为是风琴的缘故，那天，到了最后，我弹的却是李斯特的《死之舞》，一遍又一遍，没完没了。

十点的时候，我拿起酒瓶灌自己，无意间一转头，看到音乐教室的门口站着一个女生。

一个看起来像百合花一样的女生，头发湿漉漉地披在肩膀上，看样子刚洗完澡，正站在门口看着我。也许是被我的音乐吸引过来的，也不知道她在那里站了多久。

教室里的日光灯有些老旧，灯光微弱。门口的墙壁上挂着一个灭蚊灯，每当飞虫靠近，就会发出啪的炸响，紫白色的光芒从灯罩里冒起，让她的脸看起来很神秘。

她的脸，就那样若明若暗地出现在我的眼帘里。

两个人互相凝视了很久，她开口说：“我叫许飞扬，是国贸班的。真不明白我们学国贸的来这里干什么。”

“坐吧，我们可以喝瓶酒。”我拿起放在风琴上的酒，向她晃了晃。

她拢了拢自己的湿头发，慢慢走了过来：“你是古汉语班的，我同样不明白，你们学古汉语的进山沟干什么。我喜欢你的曲子，虽然你的技巧很差，不过……你演奏的……很从容……老实说，有忧郁的魅力，维特应该是你这个样子吧？我很喜欢维特。”

我和她碰了碰酒瓶，说：“我知道你的名字，也知道你是国贸班的。”

她喝了一小口，轻声说：“你怎么知道我是国贸班的？”

我问她：“你怎么知道我是古汉语班的？”

她呵呵轻笑：“在进山的路上，我们两个班不是坐一辆汽车吗？你们班在前排，我们在后排。我们班的女生把你和另一个人指给我看了，说你和他是古汉语班的两大愤青，两个垮掉的一代。我印象很深，因为你和他真是……好脏啊！白色的休闲裤上，用油漆喷着‘我是农民’。”

说到最后一句的时候，她脸红了。

我凝视着她，没有说话。

她垂下视线，低头喝了一口酒：“告诉我，你怎么知道我是国贸班的？”

她坐在风琴旁边的椅子上，正好在我的右侧方。

我淡淡地说：“我也是听我的同学说的，昨天晚上听他们说到凌晨三点，有的说想偷你的……做蒙面大侠，有的说若是能和你结婚，他们宁愿少活十年，讨论到最后，好几个同学认为你是不用洗澡、不吃饭，也不大小便的神仙。”

“别说了！恶心！”她猛然抬起头看着我，“你们班的其他同学都很正经的，根本不会讨论这么龌龊下流的东西。我以为你只是有个放浪的外表，谁知道……思想也那么卑鄙无耻。”

我目不转睛地看着她的眼睛，很平静地说：“他们说起你的名字，叫许飞扬，是国贸班的。我听到好几遍，就记住了。”

她站起来，气得脸色发白，转身要走的时候——

“喂。”我叫住她，然后把手里的酒瓶向她晃了晃，“坐吧，我们可以喝瓶酒。”

我微微抬起头看着她，依然盯着她的眼睛：“不是我说的。”

她还是向门口走去，那瓶啤酒被她放在课桌上。

就在她快要出门的时候，“刺啦”一声传来，灭蚊灯闪出紫白色的光芒，从她的额头划过鼻梁、下巴……让她微微闭上眼睛。

一个又一个的飞虫，充满热情地扑向灭蚊灯，发出绚丽的紫白色光芒。

许飞扬没有离开。十一点的时候，她走近风琴，让我坐到一边，然后自己坐上去演奏。适应了一段时间，她表现出来的技巧比我高明很多。后来我才知道，她的钢琴在初二的时候就是国家八级水平。只是后来父母出了事，靠亲戚抚养的她才荒废了在钢琴上的技艺。

我那时候刚从山里复出，认定了她就是完美的女孩，所以就老老实实地和她相处。等到实习结束，我和她已经形影不离了。一个月的时间，我们就无力自拔。也许是因为我们都有愤怒的特质吧，所以才会彼此吸引。她表面文静，内心却很偏激，有一种不顾一切往前冲的性格。

去钱塘江游玩的时候，她告诉我，只有经过长途旅行的人，才能确定双方是否能够厮守终身。我用尽全身的力气问她："你是处女吗？"那个时候，我已经快要离不开她，即使她回答不是，我也会接受。也许，见过太多恶心的事，于是不再信任她们，只能指望这层毫无意义的薄膜来保护自己的未来家庭。

也许，是因为自己的卑劣，指望有一个纯洁的女人来洗涤自己，做自己精神的靠山。

也许，是觉得自己回头了，改做好人了，应该得到奖赏。

也许，问出这句话的举动，就已经证明自己病得无力赎救。

也许，这本来就是个王八蛋的问题，王八蛋一定会问出这样的话。

飞扬只是用她纯净的眼睛看着我，一句话也没有说，就那样凝视着。

那年9月，我找黄华生借了笔钱，带着她，谁也不告诉，两个人悄悄地到了韩国，这是她提出的长途旅行。

我们在韩国玩得很开心。

离开韩国的前一夜，在汉江边的酒店里，她用事实证明自己说谎了。

在这样的事情上，是不能说谎的。

我问了她一整夜，问她为什么要撒谎？我把全部的过去告诉了她，也希望得到她全部的过去，不管有多糟糕，我都能够接受。为什么要撒谎？为什么要欺骗？

她不说话，不哭也不闹，只是静静地看着我，像一个受惊吓的孩子。

我放了一笔钱在床上，让她自己飞回去。背上行李包要走的时候，她爬上了窗台，说我要是丢下她，她就跳下去。

我跟她说，最后一次问你，为什么要撒谎？到底在隐瞒什么？只要你说出来，一切都没有关系。

她低头，开始哭。她哽咽地说，她已经没有了父母，她想把大学读完，不能再失去家庭，不能失去我。

她说她花了七年时间，每天都在祈祷，祈祷自己能像一只小鸟，长硬翅膀以后，寻找到另一只小鸟，飞得越远越好，飞到别人找不到的地方，飞到没有人烟的地方。

一直到最后，她还是不肯说出她撒谎的原因。

我跟她说，跳楼不好，很多女人都用跳楼来威胁男人，我经历过好几次了，对这一招已经很疲劳，她至少应该比那些女人高明些，我建议她去汉江，那样可以投入大海。

她无法站立，跪倒在窗台上，泪水顺着脸颊往下流。

我背着行李包走了。回到上海在过关的时候，我才发现她的证件在包的夹层里。打电话到酒店，对方说她已经离开。随后，我马上找来快递公司，把她的证件发到酒店。

那一刻，我知道我死了。

我知道这辈子我已经完蛋。

一个人，悲惨的极限是什么?

一个人最惨的时候，不是没饭吃，不是没钱，也不是被人打得遍体鳞伤。

当你确认你把一个女孩子丢在外国，那就是你最悲惨的时候。

那以后，我就学会了跟生活妥协，开始认命，成为一个懦弱胆小的人，希望每天都有皮鞭抽打自己的人。

到最后，我每周去动物园看狗熊骑单车，风雨无阻。

在另外一个平行世界里，中年白发的时候，也许会每天都去咖啡厅，弹奏一曲《死之舞》，默默归家。

时光是个奇妙的东西，飞扬从地上拿起另外两瓶“红匕首”，双手巧妙地交错酒瓶，瓶盖一下子就飞了出去。

她递了一瓶给我，微笑着看我。

那个山区的教室，和现在的教堂立刻混合起来，让人分不清真幻。

她的声音击碎了一切：“说起来，我要感谢你提醒我去跳汉江，否则我早就死了。”

印象中甜美的嗓音，变得嘶哑无比。

我和她一起坐在风琴旁边的凳子上，碰了碰酒瓶。

飞扬说：“从见面到现在，你都没有跟我说声对不起，也不说道歉的话。小鱼，真是很奇怪的，一个人，竟然可以活到你这个程度吗？”

我说：“你无须让韩承晚算计我，虽然到现在为止，我不知道怎么被他算计了。飞扬，只要你叫我来韩国，我肯定是会来的。想杀我还是想活埋我，来之前我就做好了心理准备，全听你的安排。我没有反对意见。这就是我不跟你道歉的原因。”

第三十六章 解脱

她哑然失笑："小鱼，我怎么会杀你呢？你死了，就什么都不知道了，那多可惜啊。对了，你想知道我为什么会感谢你提醒我去跳河吗？"

我说："想。"

她喝着酒，慢慢地说："跳河有两次。第一次是你走的当天晚上，那以后都是再糟糕不过的回忆。我爬上岸，被几个流氓抓住了，过了几天，他们把我卖到了米阿里——德克萨斯街。不怕你笑话，"她平静地说，"那是红灯区。死了几次都死不了以后，我开始做七万韩元一次的生意。"

她脸上还是没有表情："做了才半年，我就感觉像过了五十年，我得了肺炎，我的嗓子坏了，那以后，我只能做五万韩元的生意。"

她和我碰了碰酒瓶："同一个时期，你认识了那个叫欣然的姑娘，开始了你的完美恋爱。日子过得真快，你毕业了，刚去广州，幸福生活在向你招手。"

"我……"

"不用多说，你的情况我都知道。"她喝了口酒，随意说着，"不久之后，你在广州转正了，欣然和你在广州过二人世界。"

飞扬拍了拍我的肩膀："我的情况变得更糟，只好继续去跳河。这次我学聪明了，没有从河边走进汉江，而是跑到汉江大桥上，准备从桥上跳下去。"

她把我拉了起来，用眼神锁定我："韩承晚正好驾车从桥上路过，他救了我，帮我治好身体。"

"知道原因吗？"她问我。

我摇头。

飞扬笑了："因为我长得像他妈妈。我见过他妈妈年轻时的照片，我们两个人简直一模一样。韩承晚把我救回去以后，每日三餐都伺候在我跟前，每天要我考察他背诵《论语》，背《诗经》，背得不对就要用板子打他。小鱼，你永远也想象不到他的态度有多虔诚。"

我迟疑地问她："所以你和他……"

"不是你想的那样。"她说，"韩承晚把健康的我带到他爸爸面前，于是，我成了韩承晚的妈妈。"

她喝了一大口酒，大笑起来："我本来只是去跳河，谁知道一下子跳成了别人的妈妈，成了韩……承晚的妈妈，承晚的妈妈……小鱼，这世界……未免太有趣，上天太爱捉弄人了。我……妈妈……"

她突然收住笑，闷头喝酒。

我听着飞扬的话，感觉如在梦中。

过了很久，飞扬说："我可以帮他成为韩家家主，大韩重化必须成为韩承晚的产业，他的父亲早就瘫痪在床，每天只能可怜巴巴地看着我，一边看一边流泪，没几年可以活了，韩承晚……必须成为主人。"

她看着我："你现在明白我为什么会让他去广州了吧？一就是要建立自己的威望，展现他的商业才华；二就是逮住你，小鱼。"

我沉默了很久，问她："你想怎么处置我？飞扬，让我去跳河吗？"

飞扬说："你会跳吗？"

我点点头："会的。"

飞扬看着手里的酒，说："欣然的事，是我安排的，五十万就可以买通一个男人去勾引她，五十万而已……小鱼，难过吗？"

我低声说："难过。"

"在韩承晚去广州之前，我就让人在广州买通了一家通信公司，专门用来'伺候'你。"

她的嘴角露出笑意："收到那些短信的时候，你有没有很难过？"

我说："每次收到，都会有几晚睡不着觉。"

飞扬欣慰地笑了笑："流浪街头了吗？"

我没有说话。

飞扬叹了口气："论理，把你弄成那样已经够了，毕竟也算得上是前途渺茫了。可是，你为什么要遇到圣美？生命中真是有太多意外啊……"

我猛然抬头，颤抖着嗓子问她："圣美……圣美也是你安排的？"

在她说出这句话之前，我已经麻木，浑然不觉自己还有生命存在。

飞扬也许不会明白，她费尽心思地打击我，远远不如她本身的遭遇给我的伤害大，她讲述往事的那种淡漠口气，足以让我寒彻心脾。

只有她提到圣美的时候，死得僵硬的我，内心才产生一丝温热。

飞扬终于露出了完美的笑容："小鱼，当时你已经到了那个地步，我该怎么玩你呢？"

我茫然摇头。

她笑了："当然是给你希望——拉升，往上升，升得很高很高，感觉非常非常幸福，有钱、有地位、有美女、有梦想……做一个春风得意的人。你在市政府工作的时候，也许是两米高的位置，把你从两米高的地方扔下来，也许会痛，但是不够深刻啊！所以，要把你拉到二十米、两百米高的地方……"

她看着我："你明白了，冒险家先生？"

我全身的血像被抽回心脏，四肢冰冷，心脏却像要爆炸："不可能……不可能！黄华生……不可能出卖我！我和他是兄弟，没有人……会出卖自己的兄弟。"

我想我的脸色很苍白。

飞扬难以遏制心中的快意，眉间眼角，全是笑意："废弃光碟……塑料……大韩重化……一个一年花了家里一百多万的二世祖……二世祖家那个摇摇欲坠的小工厂……走私、发财，真是令人兴奋的路啊！"

她布下了天罗地网，如今，正在慢慢收紧，一寸一寸地压迫过来。

飞扬提起裙子，轻盈地坐了下来，饶有兴趣地看着我："你的钱没了，黄华生应该已经离开了香港，留给你的，是一大堆签过名的文件——香港海关可能对你会有很多的兴趣。"

她伸出手指在我眼前晃了晃，说："还有呢，叶野……是叫叶野吧？她的那堆文件……小鱼，你涉嫌地产欺诈，伪造产权说明，大陆警方应该也瞄准你了。你是想回大陆蹲监狱还是想去香港吃牢饭？"

我无意识地说："叶野也骗我？她……可是她……"我开始咳嗽，咳嗽得很猛烈。

飞扬说："这世界上还有你信任的人吗？全部背叛你了。小鱼，千万富翁，高尚的道德家，自由落体的感觉很刺激吧？梦醒了吗？这两个月我一直关注着你，看着你从最低谷慢慢站起来，放手一搏获得巨额财富，达到人生的巅峰。作为一个外人，我也能感受到你的幸福和快乐呢。”

她慢慢说着：“我也很开心，就像在海滩上，用沙子建造起一座城堡，宏伟又精致……这样的城堡，最美丽的时刻，就是轰然倒塌的那一瞬间吧？每一粒沙子都在坠落，向四面飞舞，壮丽的景色一下子灰飞烟灭，真是绚烂又短促的时刻。”

我看着她：“飞扬，我服气了，我完全服气了，我不会抱怨什么了，我服气了……”

飞扬把我的手提电脑包拿了过去，翻看着说：“护照、身份证、信用卡……东西还挺多的，现在估计你也用不着了吧。”

她点起打火机，把全部证件烧成灰烬，就在我的面前，一份一份地烧掉。

做完这一切，她掩嘴打了个哈欠：“我该回别墅休息了。小鱼，这座教堂是我的私人物业，你赖在地板上似乎不太体面，起来吧，走出教堂，走出我的农庄。往东，尽头是大海；往西，尽头也是大海。小鱼，你的世界很宽广。”

我聚集全身力气，慢慢地爬起来，说：“飞扬，我还欠你什么吗？”

她微微一怔：“没有了吧。我已经给你开了个好头，以后的人生，就由你自己把握了。我做了那么多工作，无非是为了给你一个相同的机会，当初，你就给了我这样的机会。”

我趔趄着向大门走去。

走到门口的时候，她大声叫住了我：“小鱼，我仔细想了想，你确实不欠我什么了。”她发出笑声，“另外……承晚……承晚和圣美结婚的时候，你愿意来参加吗？相信会很喜气的。我不会介意给你一个茶位，毕竟，你做过我家圣美的仆人。”

我身体一歪，两脚无力，差点跪倒在地上，好不容易才一把扶住门柱：“不会来的，不会来了，飞扬，照顾好自己，我走了……帮我转告圣美，希望她能永远幸福……你也一样，飞扬，祝你永远幸福。”

低头的时候，我发现了手指上那枚玻璃戒指，看起来像个恶毒的枷锁。我使劲拔它，想把它取下来，只是套得太紧，直到手指被弄得鲜血淋漓，我才取下来丢掉。

出了农庄的大门，有两条路，一条是来时的路，另一条向右边延伸。我走上了右边那条，走了一个多小时，就听到了海浪的声音。

借着淡淡的星光，勉强可以看到附近的样子。我站在一处高坡上，脚下就是海洋。呼呼的海风吹着我的脸，让我逐渐清醒。一波接一波的海浪冲击着下面的礁石，脸上也能感受到水汽。我探头往下看，可以看到脚下密布的乱石。

顺着来时的路，我走到天亮的时候到了高速公路。这里是一片荒野，放眼望去，周围没有一座建筑，连农田都没有。公路上车来车往，我伸手拦车，不知道过了多少车，终于有辆货车停了下来，把我带到首尔。

我也不知道我到首尔来干什么，现在身无分文，人在异国，在荒野和在城市没什么区别。

中国看样子是回不去了，朋友看来是没有了。我在首尔的街头闲逛，在流浪街头的这段时间里，有百分之九十九的可能会被警察抓走，先吃两天的韩国免费饭，然后被遣返回国，可能会吃上一辈子的免费饭。我可不想事情发展成那样，人虽然已经倒霉透顶，不能改变这一切，可总有逃避的权利吧？

夜幕降临的时候，我突然想起，我又违约了，我告诉圣美两天后我会回去。

在贴那张字条的时候，我并不知道两天可以改变世界。

不过，她应该知道这些事情吧，也算不上什么违约。我想起圣美的样子。

像她那样的女孩子，为了对付我，付出了那么大的代价，未免有些不值得。飞扬无疑取得了巨大的成功。我被她弄得生不如死，死是很简单的事，不死需要勇气。

一直到晚上九点，我在街上流浪了一整天，和数以百计的警察擦肩而过，可他们就是不逮我。我抬头看了看四周的环境，不知不觉间，我走回了江南区。

“先生，您是中国人吧？”

我回头一看，是崔光浩。

我笑了笑：“因为我看起来不一样是吗？崔光浩，你是不是对每个人都说这句话？”

崔光浩笑了起来：“不好意思，先生，想再次光顾我们的酒吧吗？”

我摊开手，说：“我没钱。”

崔光浩说：“没带钱不要紧，难道我就不能请你喝杯酒吗？虽然在这里中国人不少，但先生你可是个很慷慨的人，上次给了我不少小费呢。走吧，我请你喝杯龙舌兰。”

我开门见山：“问你一个问题。”

他回答："什么问题？"

我说："假如你不会韩语，你怎么在这里活下去？"

崔光浩一脸茫然："这个……好像不太可能。"顿了顿，他说，"可以去救仁寺卖苦力种地。"

"种地吗……"

当晚，我跟崔光浩借了车费，就踏上了去救仁寺的车。

我昏头昏脑地赶到救仁寺以后，找了很多人，经过很多周折也无法成为他们的一员。毕竟，我是个身份不明的人，他们不可能收留我。我没地方去，只能在寺院周围转来转去。第三天，饿得快要晕倒的时候，我遇到一个老僧人，他会说中国话。我和他在后山的菜园相遇，向他说了对一念三千的感悟，也说了自己对十界互具的理解。

老僧人和我坐在菜园外的青石上，静静地听我说，很少打断我。

到了最后，他才问我一句："年轻人，你看到了什么？"

我本来以为他是个有地位的僧人，所以想跟他展示我的佛学知识，希望他能安排我入寺做杂工。在讲述的过程中，开始的时候我尽量使用一些玄奥华丽的语句，讲着讲着，我突然感觉有些苍凉，心里升起无力的感觉。

听到他问我这句话的时候，就这么一句简简单单的话，我就像是被一盆凉水泼了满头，当下人像石化了一样，呆头呆脑地坐着，无法说出话来。

不知不觉间，太阳落山了，老僧人依然坐在石头上等我回答。

我心灰意冷地随口答道："刹那之心，虽是起于有情的意根与法尘相对，但其具足三千世间，并能进一步达到以小摄大、以大入小、互无滞碍的不思议境。当下一念，即可展现三千世间的形形色色，只因众生根钝障重，不能感触领悟而已。"

良久，老僧人微微点头："你先来菜园帮忙吧。"

这一切，发生在很多天前。

有多少天我并不清楚，每天有米饭吃，有酱汤喝，恍恍惚惚间，日升日落，莽莽青山有黄草出现，环绕半山草庐的泉水渐渐变得冰凉。

当那条长长的木制回廊上有飘落的红叶时，天气变凉了，寺里的人发了一套缁衣给我。穿上这套灰色的衣服，整个人看起来像块石头，从外表上看，我和寺里其他杂工没有任何区别。

每天的工作是比较繁重的，救仁寺拥有一百多顷农地，规划为稻田、菜田、果园，我一个人要照管一公顷的菜地。虽然寺院的农业已经全部实现机械化作业，但一个人干这些农活，总是会有干不完的感觉。

偶尔空闲下来的时候，我会到半山的那座草庐边，找块青石，连青苔也不抹去，安静地坐在上面，把脚泡在冰冷的泉水中，那种时候，可以看到闪烁的繁星，明暗交替，挂在天边。

只有在那个时刻，我才能忘记自己的祖国，忘记自己身处异国，忘记自己的亲人和朋友。如同小时候一样，坐在河边，看远山的青岚。我很少跟人说话，进入寺院以后，这么久的时间，只跟老僧人交谈过几次，另外的几个俗家弟子说要教我韩语，我很客气地拒绝了他们的好意。到了后来，他们也许明白了，我在救仁寺不过是个灰色的影子，在山林间像青色的山雾一样飘来荡去，永远也无法成为他们的一份子。他们不再找我说话，任由我在寺院里成为一个孤独的存在。

菜园已经收割过了，有时候，我站在泥土里，用锄头挖地，会不小心挖出几个被遗忘的土豆，顺着趴在地面的枯黄藤蔓慢慢挖下去，可以挖出一连串的土豆，有的像拳头那么大，有的只有拇指那么大。

我找来枯枝败叶，在田坎旁边生起一堆火，把土豆埋在火堆中，等火熄灭以后，从肮脏的灰烬里扒拉出土豆，将黑乎乎的表皮拍打干净，剥开皮，就可以吃到金黄喷香的土豆了。

有时候，我也会陪着老僧人在山里漫步，看山看水，听雀鸟鸣叫。遇到陡峭的山路，我要搀扶着他，慢慢走。一老一小，走在静美的秋叶中，偶尔会说一两句话，其余时间里，两个人保持沉默，走到夕阳西下，慢慢归寺。

有时候，有太多的有时候。

有时候，夜很深，劳累了一天，浑身酸疼，一个人躺在床上睁着眼睛，会想起圣美。

第三十七章 风云变幻

在救仁寺干农活儿的杂工也是有津贴可以领的，这个事实，是我在领到三十万韩元的时候突然发现的。在这里住了这么多天，薪水、金钱对我来说仿佛是个尘埃中的概念。手里拿着三十万韩元，一下子醒悟到原来我还是活在原来的世界，从未改变。

晚上，把农活儿干完以后，我坐上了去江南区的车，因为我借崔光浩的车费钱必须还给他。

九点的时候，我穿着一身僧袍走进青色酒吧。

一进大门，就迎来了数十道奇异的目光。

说实在的，感觉不太好。

在悠扬婉转的音乐声中，数十个女孩子看着一个类似和尚的人走进酒吧，所有人放下手中的酒杯，在她们的脸上能找到愕然的味道。

一个和尚，无论如何，是不应该出现在夜里的酒吧这种场合的。

“大师！”崔光浩急急走了过来，“您是来化缘的？”他连忙塞了一千韩元到我手里。他没有穿以前的那种制服，而是换了西装，看样子，他又升官了，现在应该是经理级了。

我把钱还给了他。

崔光浩满头是汗：“大师，难道你想来指点迷津？噢！我们不需要你，这里的人都有自己的主意……众生皆苦……您就放过我们这些人吧。”

看着崔光浩，看到他红光满面、斗志昂扬的样子，我有逐渐在复活的感觉。

崔光浩双手合十："大师，如果非要棒喝我们，请给我一棒吧！放过我们的客人，她们都是不懂事的小女孩，参不透您的高深佛法。"

他一直说韩语，好在佛门用语很多，我大概能猜出他在说什么。听到这一切，我只能苦笑："崔光浩，我就那么像大师吗？唉，我是佛门不要、六根未净的混混啊。"

崔光浩仔细看了看我，脸上的表情变了又变，先是恍然，继而是迷惑，然后是惊讶……诧异，最后是目瞪口呆，看样子快发狂了："你……大师！先生！你怎么去做高僧了？我的天哪，这究竟是怎么回事？"

我懒得理他，一掀僧袍，迈步向吧台走去，找了个椅子坐下后，两只穿着百纳鞋的脚放在了椅子的横掌上。

崔光浩像个木偶一样跟在我身后，一句话也说不出来。

我转头对他说："今天我请你喝酒。"

崔光浩茫然说："都行……都行……"他和我并肩坐着，喝了一口酒后才说，"先生，您为什么不换套便装来这里？我明白高僧们内心的苦，可是，您至少应该像前两次那样，乔装打扮一下再来寻乐子啊！这个样子实在是太令人惊讶了！"

他似乎把我当成和尚了。我不想引起他误会，就立刻说："崔光浩，我本来就不是佛门弟子，只是现在在寺院里干杂活儿，你千万不要污蔑佛门。穿这套衣服来是因为天气冷，我没有别的衣服。"

崔光浩恍然大悟："怪不得你上次问我在首尔怎么生存的问题呢。先生，你真厉害，佩服，佩服，竟然可以跑到寺院里找饭吃。"

我无可奈何地说："佛门应该包容一切走投无路的人，想必佛祖也不会怪罪我吧。"

崔光浩看了看四周，低声说："我们还是到楼上找个包房吧，在这里坐着感觉有点不对劲。"他暧昧地笑了笑，"顺便可以找两个小橘子上去，和高僧您一起参禅，想必也是别有一番风味吧。我猜小橘子们会为这两个名额抢破头的。"

这时候，大厅里的女孩子不再看我们，又一窝蜂地挤到液晶电视前，把那里围得水泄不通。女孩子们在尖叫、鼓掌、呐喊，挥舞着手臂。

我想挤过去看一看，但一看到密密麻麻的女孩身体，我又穿着一身僧袍，这样过去似乎不太体面，于是问崔光浩："她们究竟在干什么？什么节目可以这么吸引人？”

崔光浩双手一摊：“最近都是这个样子啦，每到黄金时间就会这样。我看过几次，估计是演艺公司在炒作，包装新的少女巨星吧。不过，他们能想出这样的噱头可真了不起，说得像真的一样。”

我喝了口酒，想想也是，只有偶像巨星才会引起少女们的狂热追捧。

崔光浩把我带到上次的那个小房间里，沙发在原来的位置，一切都是原来的样子。从沙发背后的窗户向外看，可以看到一条弯弯的马路的转角。

酒过数巡，崔光浩说话的声音变得越来越响亮。

我笑了笑：“崔光浩，从你进入酒吧做小弟算起，你用了多长时间做到经理的位置？”

崔光浩满意地拍了拍沙发扶手：“半年，只花了半年。一年前，我还在延吉卖狗肉，哈哈，现在可以玩正宗的韩国女孩了。”

崔光浩问我：“你以后都打算待在韩国了吗？我还是觉得中国好啊，在这里挣到钱以后，我肯定是要回延吉的。虽然我是鲜族人，可我一点儿都不喜欢韩国人，他们最看不起我们这些人，根本不把我们看成是一个民族的人，我恨死他们了！”

我慢慢喝着啤酒，随意拿起一份杂志，自顾自看着，没有理会他。

翻到中页的时候，我找到了一张整版的照片，是韩承晚的。

他很上相，原本就十分英俊的脸，在杂志上看起来更具线感，眼神深邃得像会说话一样，阳刚气十足的外貌，再配上剪裁得体的白色西服，看起来让人感觉他是每一个少女的梦中情人。

崔光浩好奇地伸过头来，看到照片以后，他说：“是韩承晚呀！我知道他，最近他很红，红得发紫，很多人交谈的话题都是他呢。”

我郁闷地说：“他很红吗？很多韩国女孩都迷恋他吧？真是个幸福的家伙。”

崔光浩哈哈大笑起来：“韩承晚？幸福？他现在丑闻缠身，外号是韩国败类，怎么可能会幸福呢？”

我大吃一惊：“什么？崔光浩，你在说什么？”

崔光浩一口气喝完一罐啤酒，说：“你看的杂志是本八卦周刊，专门暴露明星和豪门子弟丑闻的，你别看照片上韩承晚很帅、很跩的样子，旁边的文字说的是什么你知道吗？”

我看了看杂志，果然，在人物图像周围，印着一些韩国字，末尾清一色是血淋淋的惊叹号。

崔光浩用指头在杂志上点着，说："海外投资遭受重创，三十年来韩国第一蠢材！

"大韩重化曾经撂下狠话，十年之内赶上日本对手，在韩公子承晚的带领下，他们将在裁员人数上超过日本同行！

"背德男人的身后，一个神秘的女子！

"乱伦传闻！某人将万劫不复！"

崔光浩一条一条地念着，我在旁边听得目瞪口呆。

无意识地喝了一罐又一罐啤酒，我彻底傻了。

我对崔光浩说："不要再念这些标题了！到底是怎么回事？韩承晚不是应该和……结婚了？怎么会变成这个样子？"

崔光浩说："这件事已经炒作十几天了，不止是杂志，很多报纸也有写。难道你不看这些东西的吗？不是我说你，这样你很难融入韩国社会的。"

我问："都说了些什么？崔光浩，先不要跟我说是否要融入韩国社会的问题，我想知道韩承晚身上发生了什么事。"

崔光浩说："韩承晚去中国投资办厂，结果中了别人的圈套，被人联手赶出中国市场，严重地破坏了大韩重化的西进目标，凭着这件事，他已被评为本年度韩国商界头号蠢蛋。

"韩承晚回国以后，又被记者拍到跪在一个美貌女子面前，抱着她的膝盖，把头埋在她的裙子上的照片，事后有人认出，那个年轻貌美的女子是韩承晚的继母。"

我脑袋听得阵阵发晕："韩承晚和飞扬……不可能，他们两人之间，绝对是纯真的母子关系，别的人不知道可以乱说，但我相信韩承晚，他对母亲的爱已经到了狂热的地步，怎么可能破坏这种关系？如果他和飞扬真的是母子，这样一张照片又算什么呢？"

崔光浩根本不在意我在说什么，继续眉飞色舞地说："韩国是什么国家？连同姓的恋人也不能结婚的国家！别的事都好说，一旦在男女关系上出问题，这辈子就算栽到底了，更何况是这么严重的事。韩承晚的几个哥哥立刻把照片和相关报道送到病榻上的老父面前，韩家老父气得昏迷，现在还在医院里躺着呢，一直醒不过来。"

他昂起脖子喝了罐啤酒："哈哈！韩承晚马上被他的哥哥们赶出了公司，现在都不知道在什么地方流浪呢。据说在这件事之前，韩家老爹完全听那个女人的话，原本不受重视的韩承晚，就是靠他的继母才在一年之内爬到公司的顶层。成也女人，败也女人，投资失败和暧昧事件两桩丑闻同时爆发，就是神仙也难翻身，韩承晚已经彻底完蛋了。”

崔光浩说了很多事，直到把桌上的一打啤酒喝完，把两瓶真露也喝完，他还在兴致勃勃地说这些豪门丑闻。

我不知道事情为什么会变成这样。按照飞扬的描述，圣美应该快和韩承晚结婚了，那么，这里面有人在撒谎。崔光浩讲述的过程中，我仔细回忆了与圣美相处的点点滴滴，突然想起一件事——和明灿、小琪去秋水连波喝茶那天，在回家的路上，我曾经问过圣美，她最不愿意与之结婚的人是谁，圣美毫不犹豫地说是韩承晚。她说这话时的果决态度，绝对不可能是伪装的。而且，圣美不是一个会撒谎的人，她也许不会跟你说什么，但永远也不会撒谎。

韩承晚在中国的惨败，很可能是王牯和圣美联手的结果。如果圣美打算和韩承晚结婚，又怎么可能施展如此辣手来对付他？

我摇摇欲坠地站起来：“光浩，谢谢你，我想我明白了很多事。我走了，现在就要走。光浩，希望以后去延吉的时候，能够吃上你卖的狗肉。”

我不再看他，在茶几上放下一把韩元就匆匆出门，离开了青色酒吧。

我坐在大巴上，路过市政厅广场的时候，车开得很慢。夜不算深，广场上依然有三三两两的情侣在漫步，我随意地看着这些情侣，发现他们都转头看往一个方向。

我顺着他们的视线看过去，那个方向有几面液晶屏幕。

屏幕上的电视节目正在切换，一个像天仙一样的女孩子出现在屏幕上。一看到女孩子的脸，我的身体先是僵直，然后像过电一般颤抖起来。我拉开车窗，直接翻出车外，险些摔倒在地上。我努力站稳以后，拼命向大屏幕跑去。

是圣美！屏幕上的女孩子是圣美！

她开始在屏幕上说话：“小鱼先生，两天真是很漫长呢，我从来没有想过，两天会有这么长，一天是黑夜，另一天，也是黑夜。”

我身边站了很多对情侣，所有人都看着大屏幕。圣美说的是中文，他们只能通过字幕了解话的内容，尽管如此，他们还是看得很专心。

圣美的脸上有淡淡的哀伤：“真是叫人难过呢，小鱼先生总是要这样对待我吗？总是神秘地失踪，总是留下一个‘我会回来’的消息就不见了，不见了……客厅找不到你，卧室也找不到你，我找了厨房，打开冰箱找，在饭桌下面找，书房找，还去洗手间找，都找不到……付出自己最大的努力也找不到……小鱼先生应该安静地坐在马桶上，应该安静地让我找到……”

我保持着立正的姿势，抬头看着屏幕上的圣美，整个人像根木头。

圣美微微笑了起来，看到那样的微笑，我几乎崩溃，软瘫在地上。

她微微笑着说：“后来我才知道很多事情，超出我的正常想象的一些事，是我以前并不完全知道的事。小鱼先生，知道我做了什么事吗？有人想毁灭我的男人，我就要毁灭她的男人，要让他们永远后悔。

“尽管你是这样一个人，小鱼先生，你胆子小，容易害羞……不懂礼貌，老是爱生气……除了发呆的时候比较可爱，其他时间真是很难看啊……调鸡尾酒的时候总是会忘记放李派林喼汁，偷偷地换上柠檬汁……偶尔展现自己长处的时候，又总是笨手笨脚，连萝卜丝都摆不好呢……睡觉的时候，总是喜欢把嘴嘟起来，很奇怪的样子啊……世界上真的有你这样的人，真的有小鱼先生这样的人……”她掏出手绢，脸上依然挂着微笑，她把手绢捏在胸前，捏得很紧。

“真是很奇怪呢，虽然是这样，虽然你连我的车都还没有学会怎么驾驶，记得吗？是很特别的现代车……你没有完成我们的契约，总是喜欢中断它……你摔破了我心爱的瓷器，又买了一个放在家里……你没有抄完我给你的唐诗……我总是要抱怨小鱼先生，我喜欢每天都抱怨小鱼先生，喜欢对你欢喜地叹叹气，喜欢看到小鱼先生很苦恼、很不甘心的样子……

“我爱上你了，小鱼先生，如果需要大声一些的话，我可以尽量大声，我爱上你了，小鱼先生，爱上了小鱼先生这样的人，也是全世界唯一一个没有优点的人……”

我的周围挤满了情侣，一对一对的情侣。

他们穿着褐色的短大衣、红色的外套、蓝色的牛仔裤，有莫名的香味在空气里流转弥漫。他们在叹气，他们在轻轻地鼓掌，然后女孩子紧紧抓住男孩子的胳膊，男人用力地把女孩子抱进自己的怀里，也许会抱得很紧，抱得让两个人喘不过气来。

我的脚软得像两根意粉，无法站立，在左右人群的夹持下，我勉强可以抬起头。

“小鱼先生，你在首尔吗？你在首尔吗？我想看到小鱼先生立刻出现在我的面前。”

圣美取出一件衣服，在自己胸前摊开。

她盯着屏幕外的人说："看见了吗，小鱼先生？是你的战袍，你的公鸡战袍，我把它带到首尔了，你一定需要它的，是不是？请振作吧，要振作起来！拿出勇气来面对那些人，面对你无法面对的人，小鱼先生拥有的，比自己想象的要多好多……我喜欢看到小鱼先生穿上战袍的样子……"

我站在广场上，无法确认自己的存在。

圣美的影像从屏幕上消失后，KBS的节目继续放送。

情侣们逐渐散去，市政厅广场恢复了闲适悠闲的样子。

/第三十八章/

飞扬的决断

我站在市政厅广场，感觉自己被周围的人群挤得越来越小，整个身体也快要被浓缩成一个结晶了。我不由自主地伸出手，想将身边的人推开些，让自己能够顺利地呼吸一口气，手推了出去才发现人们已经走开了。我的手，推在空中，接踵而来的感觉是恍然大悟：哦！人们已经走开，正在远离了。

一个人孤独地站在广场上，看着一对又一对的情侣，如同在云中漫步，不断从你面前飘过、飘过、飘过……彩色的灯光洒在地面上，照在他们身上，拖出扭曲纠缠的道道影子，让人迷惑，来不及羡慕他们有多好，来不及祝福他们永远不老。

夜风吹起时，我终于清醒过来：我站得太久了，腿已经麻木。

我拉了拉灰色的僧袍，将自己裹得紧紧的。

夜越来越深，我像一个鬼魂一样在大街上游荡着，天知道我走了多少条街。我似乎路过了德寿宫；走过石墙路，看到一个又一个的汉字标语“身土不二”；走过中区贞洞，看到Star-six电影院刚放完午夜场，年轻时尚的人们欢声笑语，踏在归家的路上……这时候，我才依稀记起，贞洞应该是首尔的浪漫之街，我曾经来过这里，圣美也跟我说过好几次。

我和她在客厅看完《角落饰店》《玛丽的鞋带》《舞于八月二十》……很多电影之后，她总是会鼓起圆圆的黑眼珠问我：“真是浪漫呀！小鱼先生想去贞洞走走吗？想在冷冷的街上用呼吸呵暖自己的双手吗？”

我真是愚蠢呀，直到现在，我才知道她建议我们到贞洞走走是什么意思。

过了很久，我觉得自己应该干点儿什么，比如给圣美打个电话。我翻了翻口袋，发现还有十几万韩元，于是，我找了个酒店走进去。

我站在前台，先是让自己安静，屏住呼吸，然后放松，再深呼吸几次，我拨打了圣美的电话号码。

无人回应。

然后，我又拨打了家里的电话，依然没有应答。

时间在慢慢地过去，我换着两个号码拨打，依然没有回应。旁边的一个客人在结账，说的是韩语，我一下子醒悟过来，也许圣美已经回到了首尔，我拨打她中国的电话自然没有人接听。

在首尔要寻找圣美应该不是一件很困难的事，所以我并不担心。这也只能怪我粗心，晚上看到圣美做的广告时，屏幕上有显示她的联络方式，只是我当时一直沉迷于她的神态，哪里会注意到那些数字。

看来，必须等到晚上再看一次电视了。

我走出酒店大门的时候，对面那座医院，那座很气派的医院，让我产生了不安的感觉，因为我看到医院门口停着一辆车，是那辆双龙主席。

黑色的双龙主席，很宽大的一辆车，一眼就能让人认出来。

酒店门口有两根巨大的柱子，我走到其中一根后面，小心翼翼地看着对面的那辆车。

过了大约五分钟，一个高大英俊的男子从医院里走出来。

是韩承晚。虽然距离很远，有二十多米的样子，但我一眼就认出是韩承晚。他确实很醒目，无论走到什么地方，有再多的人在他周围，都不会妨碍别人一眼将他认出来，不愧是英俊、高大、强壮的家伙。

他穿着深黄色的风衣，看不清他脸上的表情。我想起崔光浩跟我说起的那些事，这里是首尔的高档社区，韩家老爹正在住院，想必就是这家医院。我转了一晚上，竟然转到了韩家老爹住院的地方。

说是巧合可也算不上，韩家老爹不住这里还能住哪里呢？我一晚上都在这附近兜兜转转，不停在这家医院门口又能停到什么地方？

对面那辆车的司机帮韩承晚拉开车门，等他回到驾驶座位上后，黑色的双龙汽车向前面开去。

我脑子里一直在高速转动，韩承晚应该被他的家人赶出去了，现在还有资格坐这辆双龙主席，这只能说明他现在是和飞扬在一起。那么飞扬……

按照韩国的风俗，韩承晚和飞扬没有一丝可能待在一起，尽管飞扬比韩承晚小上好几岁，可她毕竟是韩承晚的妈妈。我心里突然一阵剧痛，强制自己不要再想关于她的事。我又想到，韩承晚变成现在这个样子，很有可能是圣美凶狠打击的结果，若不是有中国市场的惨败，韩承晚恐怕已经在飞扬的扶持下成为韩家家主了。

依照飞扬的性格，她对圣美只怕也是恨之入骨了……

一想到飞扬可能会对圣美展开反击，我立刻心乱如麻。飞扬的手段我是领教过的，她要整治一个人，多半会让对方求生不得，求死不能，比变成植物人还惨。

回忆起飞扬那天的神态，她对韩承晚似乎很关切，事情变得像个循环，飞扬毁灭了圣美的男人，圣美就一举摧毁飞扬的男人，然后，飞扬很有可能要鼓起勇气毁灭圣美。

想到这里，我马上拦下一辆出租车，叫司机跟上前方的双龙主席，叮嘱司机跟得隐蔽些，不要让对方发现。不管怎样，不管我怎么对不起飞扬，她怎么惩罚我都可以，但是，我绝对不能看到飞扬去打击圣美。

这是我唯一的念头。

我要保护她，必须保护她，不能让她受到伤害，一丝伤害也不行。

双龙汽车一直向郊外驶去，开了一段时间，我就认出了路，这是通往飞扬农庄的那条路。在车上，我想了又想，这里是私人物业，出租车肯定是开不进去的，恐怕连人也不方便走进去。

在公路上远远地看到围着农场的木栅栏后，我叫司机停下车。从停车的地点可以看到远方有一座山崖，连绵的土坡包围在山崖周围。我仔细看了看，那里的轮廓给我熟悉的感觉。如果没记错的话，有一处山坡就是我上次离开时，在海边看到的那一个。

我直接走了过去，然后沿着那条通往小教堂的路，悄悄走了回去。

上次来这里的时候天色很晚，看不清周围的情形，这一次可以发现农庄很清静，四周看不到一个人，距离小教堂三百米左右的距离，有一处淡黄色的两层小楼，想必是飞扬说过的别墅。教堂除了正门，其他三面都被茂密的植物围着。

我从教堂后面走过去，把耳朵贴在窗户上，在外面倾听了好一阵，没有听到任何声音。于是，我大着胆子走了进去，回到这个噩梦般的地方。

走到那架管风琴旁边，我发现那两本日记依然放在原来的地方，就在第一排的座位上，银色的钥匙闪着光，静静地躺在封面上。由此可以知道，这个地方平时很少有人来。

我迟疑了一下，走到座位边坐下来，拿起笔记本，随意翻开一页。看到的内容让我感到很不适，只好急忙往后翻，一直翻到不那么刺激的地方才停下来。

这是第二日，被韩先生带回自己公寓的第二天。

那里又开始痛，黄白的浓臭液体汩汩向外冒，发出死了很多天的鱼虾的味道。床被弄脏了，被子也脏了。我想去洗手间。用完全身力气，我终于让自己靠在床头，看到膝盖后就动不了了，一点儿都动不了。我只能靠在床上，让它慢慢流，看着它一点一点地在床上扩大湿的范围，大腿上感觉很冰凉，很黏。

我捏了捏自己的脸，只剩一层皮。

终于停止了，不再流了。它干了，像黄色的虾壳，床上、腿上都有这种虾壳。温和的屋子里有张舒服的床，我躺在虾壳中。

韩先生回家了。他用脸盆装满水，端到床前，拿着厚厚的毛巾帮我擦。

他很认真，很专注，一点点地帮我清洗。

他叫我“阿妈妮”。

我很想跟他道歉，我把美丽的房间弄成了地狱。他的眼神很纯洁，我无法开口。

他把床垫和被子全部换了，重新让我躺进温暖的被窝。他用棉布被子盖在我身上。我很喜欢这样的被子，喜欢闻棉布的味道。

韩先生放了一把椅子在床边，放了很厚的一堆书在地板上。

在台灯下，他总是看着我，然后看书。

就这样，他看我一会儿，埋头苦读，看完书，又看我一会儿。

他说他不会送我去医院的，他不想让别人看到我的样子，他要请最好的医生来帮我治疗，就在家里给我治疗。

……

第十六日。

既见君子，云胡不喜……

他要我监督他读书，用最严肃的态度监督他。韩先生……承晚真是个很认真的人啊，随便从书中取一句话出来，他就会接着背下去。

承晚把我带到草地上晒太阳，他很老实地跪在草地上，很严肃地在我面前背诵。

风雨凄凄，鸡鸣喈喈。既见君子，云胡不夷？

风雨潇潇，鸡鸣胶胶。既见君子，云胡不瘳？

风雨如晦，鸡鸣不已。既见君子，云胡不喜？

我拿着《诗经》，看着他背书。

哦，上帝！这不是我梦中才能看到的景象吗？小时候，每年到了冬天，爸爸妈妈就会带我去山里度假，屋子里有很暖和的炭盆，木炭烧得通红。妈妈总是抱着我，然后爸爸妈妈互相出题，我也跟着回答。

承晚很柔顺地跪在草地上，两只手放在自己的腿上。

我从来没有见过承晚这样的人，从来不敢想象真的有承晚这样的人。

……

第五十六日。

我结婚了。

虽说有牧师的祝福，站在病床边和一个老人结婚，我依然感觉有点难过。只是有一点难过。

承晚很平静。

我有点难过。

我一页一页翻着，看着飞扬写的日记。

礼堂内很安静，窗外传来树叶摇摆的沙沙声，间或传入我的耳中。

飞扬的日记很怪，有时候会写上几万字，很详细地记录她和韩承晚做了些什么，包括吃晚饭的时候韩承晚喝了几杯酒、酒的种类……从头到尾，他们没有做过一件超越常规的事。

有时候她只写几个字，甚至随便画个符号就算一篇日记。

我正要继续看下去的时候，听到门外传来脚步声。于是，我立刻把日记本恢复原样，迅速走进旁边的告解屋。

透过门的缝隙，可以清楚地看到外面的情况。

飞扬和韩承晚走了进来。飞扬走在道路中间，韩承晚一脸恭敬地走在她身旁，他甚至没有和她并肩走，而是落后她略略半个肩膀。

“对不起，妈妈。由于要处理那些交接的工作，所以到现在才能回国向您汇报那些糟糕的事。”韩承晚轻声说。

两个人走到前排坐了下来，距离我只有三四米的样子。

飞扬皱着眉说："承晚，应该说对不起的是我。不是因为我要对付那个人，你现在也不至于这样。这里没别人，不用像在外面那样净说客套话。"

韩承晚说："是，妈妈。"

飞扬眉头皱得更深："你不是已经想办法进入李圣美的公寓了吗？怎么被中国警察带走了？到底是怎么回事？"

韩承晚说："没错，9月15日那天，我打了电话给圣美，告诉她我知道小鱼的下落，但是必须去她家才能告诉她。"

飞扬问他："你去了吗？"

韩承晚说："去了。她把我带进书房，我跟她说小鱼去韩国找你了。"

韩承晚低下头："按照计划，把事情讲完以后，趁她不注意，我就抱住她，想把事情做完。"

飞扬脸色很难看："不错，征服她对你的事业很有帮助，原来的计划也是这样，你按照计划做没有错。但是接下来事情怎么会变成那样？"

韩承晚说："我被袭击了，一下子晕倒在地上，醒过来的时候已经在警察局了。"

飞扬连声催问："被谁袭击了？你都抱住她了，难道她有力气袭击你？"

韩承晚脸色也变得很难看："我后来才知道，圣美家里还住着另外一个男人，那个男人用平底锅敲我的脑袋……"他垂头丧气地说，"对不起，妈妈，我是个没用的人。"

飞扬惊愕："另外一个男人？"

听着他们的交谈，我在告解屋里紧张得快要晕过去。另外一个男人我知道是谁，是明灿。

我在首尔街头流浪的时候，韩承晚竟然对圣美做出了丧心病狂的行动。若不是明灿在家，后果不知道有多严重。

虽然明知道韩承晚被警察抓走了，但我想到那个情景还是吓出一身冷汗。

飞扬说："那真是太可惜了，你一直在追求圣美，被心爱的人抓进警察局，滋味不太好受吧？"

韩承晚低头说："待在警察局的时候，我问过自己很多次，我是否真的喜欢圣美呢？妈妈，也许我是强迫自己喜欢她吧。装作自己很喜欢她，逼着自己接近她……"

飞扬放在膝盖上的手猛然一抖："承晚，你喜欢谁呢？你想让谁做你的妻子？”

韩承晚的脸上全是迷茫的神色：“妻子？妻子是什么？我不要，我不要妻子！我才不要一个莫名其妙的女人跟我有亲密的家庭关系，那是绝对不能容忍的情况！我可以有姐姐、妹妹、妈妈、姑妈……绝对不能要妻子！”

飞扬叹了口气：“可是，每个人都该有自己的伴侣，每个人都要习惯，两个人会有一个小小的家庭，生儿育女，慢慢变成一个很大的家族……承晚，这不是世界上最美好的事情吗？”她脸上浮出一丝悲哀，“可惜，我永远也不能生育了。”

她迟疑着，慢慢把手放到韩承晚的膝盖上：“承晚，愿意跟我去中国吗？这里已经被我卖掉了，明天必须搬走，我想回国，回国……我累了，想回去了，有很多事可以做，可以去菜场买菜，也可以去公园看老人打太极拳，实在闷了，可以开个咖啡厅，看别人来喝咖啡，看他们牵着手来喝咖啡，牵着手离开，看到那样的人，也会让我感觉很快乐吧。”

韩承晚惊讶地看着她：“什么？离开韩国吗？你不要走！”他脸上的肌肉在抽搐，“你走了，我会死的，我会死的！”

飞扬说：“这里我们是待不下去了，我很厌烦在报纸上看到关于自己的新闻。承晚，我真的很疲惫，连小指头都不想动一动，我想回家……回自己的家。”

韩承晚额头青筋暴露，大吼道：“那我怎么办？那些我都不在乎！我被赶出家族了，一元钱也没有，我不在乎！老头子昏迷了，明天可能就会死掉，我同样不在乎！可是妈妈，你也要抛弃我，我怎么活下去？！告诉我，我该怎么办？”

飞扬凝视着他：“我知道你什么都没有，因为你什么都不知道。承晚，你什么都不知道。之前……我悄悄在国外银行放了三百万美元，这次把农庄卖掉也有几百万……”

她脸上的表情逐渐坚决：“跟我走，跟我回中国，不是作为……作为你的妈妈。跟着一个女人去中国，跟着一个完全陌生的女人去中国，可以吗？承晚，能做到吗？”

韩承晚毫不犹豫地说：“好！妈妈去哪里我也去哪里！我要永远跟着妈妈，我才不要那个见鬼的家族！”

他的神情很恍惚，也许，这些日子对他来说太刺激了些，此刻的韩承晚，与印象中的那个人完全不同。

我想，韩承晚看起来很高大，内心也许很脆弱吧。

飞扬的脸色很苍白，颤抖着收回放在他膝盖上的手，摊开自己的日记本，点燃打火机，慢慢地烧它。

火焰在升腾。

火光中，飞扬的脸忽明忽暗。

“妈妈你……”韩承晚迷惑地张口。

“住口！”飞扬粗暴地打断他，“我烦死了，烦死了！快要窒息了！”

两个人安静下来，笔记本燃烧发出噼啪的细微响声。

过了很久，飞扬才说：“对不起，我不该对你大声说话。承晚，不管怎么说，我比你小五岁……你总是叫我……那个称呼，让我感觉很困惑。”

“可是……”韩承晚委屈地说。

“没有可是！”飞扬说，她努力地深呼吸了几口气，“你要是想跟我去中国，最好忘记所有的一切，重新开始！我把最心爱的笔记本都烧了，就是要让你知道，我和你，许飞扬和韩承晚，没有过去，一点儿过去都没有！”

韩承晚眼圈发红：“妈妈……”

飞扬气得浑身发抖：“你再叫！你再叫就一个人留在首尔，不准跟我去中国！”

看到外面的情形，我不知道心里是什么感觉，有点酸，有点涩，有点期盼，有点难受。他和她，没有结果，似乎又有点光明在前方。我感受到了什么，想抓住，那感觉却又不见了。

飞扬站起来向外走去。

韩承晚慌忙起身，毕恭毕敬地跟在她身后。

飞扬就这样消失在我的视野里。

留在原地的，只有那堆冒着黑烟的灰烬。

第三十九章 晚霞满天

飞扬和韩承晚走了很久，我才从告解屋里出来，走到那堆灰烬那里，我蹲下身，用手指轻轻在里面拨动。

他们两个明天就回中国，应该是去杭州吧。他们会如何相处？我想了又想，想不出那会是什么情景，也许会很古怪，也许会很特别。我猜飞扬会很头疼。

任何一个女人，带着一个比自己大五岁的儿子生活，恐怕都会很头疼。

我没有惊动任何人，悄悄地沿着原路退出农庄，重新回到公路上。天气很冷，我哈着手，跺着脚，指望运气能好一点，不要像上次那样，拦了几十辆车才成功。

这一次拦车比较顺利，也许是我穿着僧袍的缘故。站在马路上不久，我遇到的第一辆经过的车就停了下来。这是一辆陈旧的小货车，驾车者是个穿着廉价西装的中年男人。他态度很好，我刚上车，他就跟我合十行礼。

我用英语跟他说："你好，谢谢你载我。"

他惊奇地看着我："啊？是来自外国的高僧？真是难得的奇遇。今早出门的时候，老婆就说我会有好运气，我还以为是哄我开心呢，没想到老婆说的话就是正确呀。"

我对他笑了笑："请不要误会，我不是高僧，我只是寺里的杂工。很抱歉，让你失望了。”

他说：“那太可惜了。也许老婆说的好运气会应在别的地方吧。一定是这样的，我今天可以赚到更多的运输费。”

我问他：“你运的是什么东西呢？”

中年男人摸了摸自己的肚子，说：“把乡下的酒运到城里，然后把城里的油画拉到乡下。村子里每家人都准备买油画。”

我问他：“什么酒啊？首尔没有人酿造吗？”

他说：“是红匕首，全韩国最好喝的酒，只有我们村子才会生产，是祖传的高明技术。”

我咳嗽不已：“这个……”

他兴致勃勃地接着说：“价格也很公道，那样的滋味儿，再美妙不过了……”然后，他不笑了，抱怨说，“可惜城里的人不会欣赏，越来越少人喝我们的酒了。韩国的年轻人真不像话，我很为大韩民族的前途担忧……如果有一天红匕首的酿造技艺失传了，身为不肖后人的我们，怎么对得起国家呀！”

这是典型的韩国式对话。老一代韩国人的习惯是，动辄把话题跟民族、国家前途之类的概念牵连起来，学生补考一次会被说成对不起国家，不小心在路上吐痰也是对不起国家，只要做出任何不妥的事，都可以归结为对不起国家和民族。

我连忙阻止他：“大叔，求你了，不要再说那个红什么的酒，为什么村子里的人要买油画？”

他被我引开话题，说：“因为现在油画很便宜，嘿嘿，以前只在电视里看别人家里挂油画，真是气度不凡！村长说了，我们要做忠清南道的模范村，一定要给外来的人好印象，所以每家都应该挂油画。大伙儿听了也很赞同村长的意见，这次就是委托我去首尔采购油画的。”

我点了点头。朝鲜民族是很讲面子的民族，他的村长那么干我完全可以理解。可以想象的是，这个村子一旦采购，那么其他村子一定不甘落后，肯定会跟着去购买。

中年大叔摸了摸自己的脑袋，说：“你看我，跟来自外国的客人说了这么久也没介绍过自己，真是失礼。我叫姜禀文，请问你怎么称呼？”

我老老实实地说：“我叫江鱼乐，是中国人，请大叔多多指教。”

他呆了呆，挠头的手放了下来：“啊！是来自中国的客人，真是太罕见了。我们喜欢中国呢，全村的人都喜欢。”

他掏出手机，兴高采烈地说：“我要跟老婆说一说，我今天见到了一个中国朋友。”

他一边打手机一边问我：“您要去什么地方？我会送您过去。”

我说：“去救仁寺，我在寺里做杂工。”

他说：“去救仁寺后门好吗？我记得从后门入寺要经过一个草庐。”

我点点头：“好。”

中年大叔说完电话，感慨地对我叹息：“中国真是个不错的国家，我们这次要买的油画就是来自中国，真是托贵国人民的福呀。不然，身为乡下人的我们，不知道什么时候才能在家里挂油画呢。”

我笑了笑：“大叔，你真会说话，像你这么能说会道的人，很快就会发财吧。”

他笑呵呵地说：“承蒙夸奖，希望会发财吧，希望今天就能发一千万韩元的财。”

一路上，和中年大叔谈谈笑笑，倒是挺愉快的。

一个多小时后，他直接把我送到了救仁寺。

我身上的钱全部给了出租车司机，若是没有这位好心的大叔送我，我都不知道该怎么办，连回寺的车费都没有。正要向他表示感谢的时候，他也跟着下了车，热情地说：“天气真是冷呢，您可不要冻着了。”

他说得没错，天气确实很冷，呼出来的气息会在空气中形成丝丝白雾。

中年大叔给我戴上一顶狗皮帽子，又把一条很粗大的围巾缠在我的脖子上。

“暖和吗？暖和吗？”他问我。

我感激地看着他：“谢谢大叔，很暖和。可是我怎么还你帽子和围巾呢？”

他搓着手笑道：“不还也可以的，我先去办事，待会儿再去东大门采购油画，顺便也可以买新的帽子和围巾。”

然后，他笑眯眯地上了车，向我挥挥手就走了。

真是个纯朴的大叔啊。

我目送他离开，直到车影看不见了，才向山上走去。

天气真的很冷了，想必应该是深秋了吧。山路边的青草，变成了金黄的颜色。

大叔把我送到的地方是后门，只要爬上这座山的山头，走过那些蜿蜒曲折的木制长廊，越过清澈明亮的沟渠，再经过那座草庐，就可以下山回到菜园。

我裹紧脖子上的围巾，沿着陡峭的山路向上走去，有些金黄的野草生得很高，我就伸出手，抚摸着它们向前走。

山里的气息真是十分清新，走在这样的季节里，即便是再愁苦的人，也会感觉到发自内心的喜悦。冷风吹起，一根金黄色的草叶在空中飞舞，飘到我的身边。

我伸手将它握住，放在鼻子下边闻了闻它的味道，然后放手，让它在风中飘走，飘走，飘走，越飞越高，越飘越远。

很快我就翻过了山顶，开始下山。

踏过美丽古老的木制长廊，看到了环绕半山的清澈沟渠，偶尔会有一片红叶漂在水面，浮浮沉沉，起起落落，带着奇妙的节奏，旋转着向远方漂去。深秋的溪水，如此美不胜收。

到达半山草庐的时候，左边的大树上，掉下一片红叶。

我刚抬起腿，准备跨越小溪，看到这片落叶，我就停止不动，静静地凝视着它，唯恐做出的任何动作都会影响它的飘落。

我的视线随着它不断移动，一点一点向下移动。

红叶很绚烂，每一丝脉络浮凸出来，向人诉说着生命的印记。它左一飘右一飘，偶然还会翻个个儿。我连大气也不敢出，盯着它慢慢下落，我想看到它完美地落入水中，在晶莹纯洁的水中漂向远方。

然后，我的视线移动到半山草庐，我停在半空中的脚猛然踏了出去，整个人在这一瞬间跨过了小溪，红叶落在我的围巾上，贴着我的脸颊。

秋天的救仁寺，半山的草庐里，圣美穿着蓝色的外套，看起来像颗蓝色的星星。

她看起来有多美？我不知道，也许，那个样子本身就代表美。可以这样说，群星闪耀的夜空，美得就像现在的圣美。

我慢慢走到她面前，一直看着她的眼睛。

还不是那样的她，还不是同样的我，还不是措手不及的偶然。

她的眼神还是愣愣的，毛茸茸的，嘴唇看起来有点薄，泛着粉色珍珠的光泽，似乎缺血的样子；胸前，是十几条绳子编成的项链，项链末端是一个黑色的小木牌。这块木牌，让我想起《笑傲江湖》中的黑木令。

我看着她，她也看着我，在她眼里雾气潮生之前，我猛然张开手，将她紧紧地抱在怀中。

我的鼻子开始发酸，酸得难以遏制，我想我的声音开始哽咽："我不知道……我一直不知道你在我身边……圣美小姐，圣美……"

她伸出拳头，在我脑袋上猛然敲了一记，我看到一些闪着金光的字符在空中飘舞，在脑中回荡："你的头发呢？小鱼先生……为什么要戴上这么丑陋的帽子？你的头发呢？难道小鱼先生没有头发了吗？"

她把我的帽子摘掉，又把脖子上的围巾去掉，摸了摸我的头发，然后狠狠地把我抱住，娇小的身体，爆发出惊人的力量。

她大力地把我推开，抓住我胸前的衣服，眼睛一眨不眨地看着我："看看你，小鱼先生！我几乎忘了你是什么样子……几乎忘记你有多么努力……啊？你又丑了，更加丑了！不敢看下去了！真是的，拿出全部的勇气也无法看下去了！"

她把头贴在我的胸膛，伸出手围住我的腰，抱紧，抱紧，抱紧。

我惨叫道："圣美，圣美啊，放开我好吗？让我离你有两步远，隔着两步看你，否则，我会幸福得爆炸的！"

"小鱼先生，小鱼先生。"她低声叫着，音调婉转，低头看去，可以看到很长的睫毛盖在白玉般的脸上，"你是小鱼先生吗？是的，你是的……"

过了好久，她慢慢放开我，伸手将自己的黑木令取下来，套在我的脖子上，"你有事情想问我吗？我会全部告诉你，毫不保留地告诉你。"

我摇头："我不会问的，永远也不会问。圣美，我只想做一个傻子，什么都不懂，什么都不会明白，我只要知道你就在我面前就行，这已经足够。"

圣美小声嘀咕着："真是爱偷懒的男人呢。"

她摸着我胸前的黑木令，眨了眨眼睛说："送它给你代表什么也不想知道吗？"这句话里包含着不怀好意的味道。

我胆战心惊地看着她："这……"

她得意地笑了笑："你会用多久的时间去猜呢？小鱼先生，希望你不要猜得太久哦。"

残阳西斜，金黄的野草在风中婆娑起舞。

"跟我回家吧，有好多人在家里等你呢。"

太阳快落山的时候，两个人互相拉着手向山下走去。

"是定情物吗？"

"继续猜。"

"是家传宝物，一代一代传下去，专门送给心爱的人。"

"继续。"

"是宝贝，戴着它对身体有好处。"

"小鱼先生笨死了！继续。"

“其实什么也不是，你在吓我。”

砰！

“想跳舞了吗？一点觉悟也没有的男人！”

“是上天的恩赐，可以带来好运气。”

“啊？真是没有见过你这样的人啊，很奇怪的人！怎么能猜到那里去呢？”

“我猜不出来，告诉我吧，圣美，圣美啊……”

“不可救药！难道不记得我每次戴它是什么样子吗？”

“我……”

“以后不要离开我了，总是要让我看到你，好吗？”

“是。”

“那个契约……回去改签期限吗？”

“这……”

“你的五件衬衫我也带过来了，是小鱼先生在首尔发展的本钱。”

她狡黠地看着我：“我要看到小鱼先生穿着公鸡战袍去东大门卖衣服、卖油画，很想看到那个样子呢。”

我呆了呆，看着晚霞中的她，心情好似一只腾飞的鸟，终于一句话也说不出来。

图书在版编目（CIP）数据

很奇怪的他 / 孙智著. — 北京：中国友谊出版公司，2016.8

ISBN 978-7-5057-3720-4

Ⅰ. ①很… Ⅱ. ①孙… Ⅲ. ①长篇小说 – 中国 – 当代 Ⅳ. ①I247.5

中国版本图书馆CIP数据核字（2016）第098938号

书名 很奇怪的他

作者 孙 智

出版 中国友谊出版公司

发行 中国友谊出版公司

经销 新华书店

印刷 北京盛通印刷股份有限公司

规格 635×965毫米 16开

18.5印张 312千字

版次 2016年9月第1版

印次 2016年9月第1次印刷

书号 ISBN 978-7-5057-3720-4

定价 32.80元

地址 北京市朝阳区西坝河南里17号楼

邮编 100028

电话 （010）64668676

如发现图书质量问题，可联系调换。质量投诉电话：010-82069336